退戈
著
02
喋血與伸冤
Bloodshed and avenge
Name / Wu
DIAGNOSE REP
00:00:02
HD 2K FPS60
HIVα - 03
POSITIVE
HIVα - 04
POSITIVE
ATTENDING
PHYSICIAN

# 目錄
CONTENTS

# 第一章　峰迴路轉

一個小時後，穹蒼坐在開著大燈的審訊室裡，對面是覥著臉朝她尷尬微笑的私家偵探。

警察抓到趙燁的時候，他正躺在床上，對一切一無所知。等到了審訊室，依舊沒回過神。

不過他表現得很鎮靜，探頭探腦的，跟看新鮮事似的，還有閒情不停打量這間狹小的房間。

他擦了擦鼻子，問道：「幾位同仁，什麼事啊？」

聲音在空曠的屋內迴響，顯得特別宏亮，連趙燁都被自己的嗓音嚇了一跳。

旁邊的同事拍桌：「裝，繼續裝。」

趙燁叫道：「我沒裝啊！」

員警按著鍵盤，審問道：「你昨天晚上去了哪裡？」

趙燁：「躺在家裡睡覺啊。」

同事：「二十七號晚上，吳鳴報警說有人跟蹤他，那個人是你嗎？」

趙燁正準備否認，穹蒼冷不防開口道：「李毓佳已經指認你了。我們只要查證一下街道上的監視器畫面，看看你的白色麵包車是否有跟在吳鳴的車後面，就可以確定那個人是不是你。你自己主動承認，讓我們少一點工作量，還能算你認錯、態度良好。」

她的聲音跟沒有溫度似的，眼神也深得像一汪寒池，趙燁一眼望去，莫名覺得遍體發寒。

他挪動著屁股，讓自己坐得端正，好顯得有氣勢。而後扯了扯嘴角，不敢再繼續嬉皮笑臉。

穹蒼繼續道：「今天淩晨一點左右，你出現在吳鳴的社區門口，趁著警衛睡覺的時候悄悄溜進去，然後趁機殺害了吳鳴。」

「啊？我沒有啊！」趙燁急叫道：「跟蹤和殺人是兩回事吧？我只是求財而已！難道吳鳴死了嗎？他是怎麼死的？」

同事嗤笑道：「裝得挺像的啊。你昨天晚上不是去過了嗎？難道沒看見？」

趙燁：「我真的沒看見人啊！」

「那麼巧？」穹蒼勾著唇角，饒有興致道：「你出現的時間，恰好是吳鳴死亡的時間。你沒看見人，難道是看見屍體了？」

同事幫腔道：「你自己聽聽，深夜淩晨，請你去他家裡做客。有什麼事情不能白天說，非得等到晚上啊？」

趙燁：「他喝得醉醺醺的，說要找我談生意，那我……我不就去了嗎？」

員警問：「多少錢的生意啊？」

趙燁含糊道：「沒多少。」

見他還在閃爍其詞，同事氣得拍了下桌：「嘿！你這小子！」

穹蒼並不生氣，只是看著面前的資料，不緊不慢地對著它讀出來：「昨天晚上，吳鳴喝得酩酊大醉，沒有反抗的力氣。他的後腦有一處有明顯撞擊傷，死亡時間和你的行動軌跡吻合。」

穹蒼繼續道：「吳鳴這個人口碑挺好的。我們調查了他所有的親朋好友，唯一一個跟他交惡的就是你。你抓住他的弱點勒索他。能做出這種事情的人，肯定貪得無厭，但吳鳴又是一個謹慎的人。於是你們兩個商談不妥，發生了爭吵，你失手將他殺死，最後倉皇逃跑。」

趙燁：「你們要我說幾次啊？我沒見到他！」

穹蒼抬起頭，目光分明落在他身上，卻好像不是在看他：「我覺得你還不清楚這件事情的嚴重性。讓你說實話，是真誠地勸告你，幫你自己。而你簡直是在浪費時間。」

穹蒼說：「吳鳴身家雄厚，旗下有多位知名網紅。現在他被人謀殺身亡，無數的媒體記者守在外面等一個結果。警方不可能放過任何線索。你禁得起警方地毯式的搜查，和媒體狂風暴雨式的審問嗎？」

趙燁在她的步步緊逼中開始慌了，額頭出現薄汗。

「我沒進去！」趙燁兩手按在桌上，真到了緊張的時候，卻沒辦法流暢地開口，「是吳鳴打電話給我，讓我過去的。結果我去了以後，就聯絡不上他們了。我沒有他們家的鑰匙，又不敢在外面大聲喊人。我以為他是在耍我。我懂，入室搶劫的罪行很重，三更半夜的，他們要是想害我，我簡直百口莫辯。所以我逗留了一會兒就回去了。你們自己去查，我真的沒進他們家門！」

「你所謂的『逗留一會兒』，就足夠你殺人了。」穹蒼輕嘆了口氣，說：「房間裡的腳印被擦拭過了，而花園裡屬於男性的鞋印，只有四十四碼和四十二碼的。吳鳴穿四十四碼的鞋，你應該是四十二碼吧。現在人證跟物證都齊全了，你說，怎麼辦呢？」

「我沒有，不是我！」趙燁瘋狂叫道，「不是我！你們不要冤枉我！」

燈光將趙燁臉色的變動照得一清二楚。他的嘴唇在剎那間沒了血色，變得一片蒼白。

「可是昨天晚上，社區的監視器畫面顯示，那個時段只有你一個人出現，不是你，還能是誰？」穹蒼手肘抵在桌上，將身體湊近了一點，輕飄飄道：「你有跟蹤和勒索的前科，與吳鳴關係不好，昨晚出現的時間又那麼湊巧，你覺得法官和大眾會相信你嗎？」

趙燁眼珠一轉，急切問道：「李毓佳呢？她更恨吳鳴！」

穹蒼說：「她當時不在家。」

「那麼巧？你們去查她啊！」趙燁拍著胸口說：「當初就是李毓佳委託我調查他的！」

「我知道，她告訴我了。」穹蒼問：「調查結果呢？吳鳴出軌？」

「吳鳴根本不是出軌，我騙她的！」趙燁壓著嗓子，深呼吸後小心道：「吳鳴就是個變態。他喜歡穿女裝，還特地買了一間房子用來悄悄穿女裝。他還陽痿，我看過他蒙著臉，悄悄去醫院買威而鋼。他明明是自己不能生，對外卻說是他老婆有問題。呵，他老婆要是真的有問題，他早就離婚了，他哪是什麼重情重義的人？他……我就是想拿這些跟他要點辛苦錢。你情我願的，不算勒索。」

同事翻白眼：「這是哪門子的你情我願啊？」

穹蒼問：「你到吳鳴家門口的時候，有聽見什麼動靜嗎？」

「沒有，什麼都沒有！裡面一片安靜。客廳裡的燈是亮著的，但是沒人幫我開門。」趙燁說：「真的不是我！」

穹蒼提著檔案站起來，冷聲說：「先去你說的那間房子看看。」

不久後，一輛警車載著趙燁開往城市郊區的社區。

此時正好是市中心壅塞的時候，他們花費了比平時多一倍的時間，才抵達社區門口。隨後和社區交涉，請開鎖師傅過來幫忙開門。

穹蒼推開房門，目光一寸寸地從屋裡的擺設掃過，邁開腳步，彷彿走在一條她曾走過一次的道路。她嘴裡低聲呢喃道：「異裝症……」

員警一邊拍照取證，一邊感慨道：「真是人不可貌相啊。吳鳴很在乎自己的口碑，他肯定不允許那些照片被流出去。我覺得趙燁的嫌疑很大。」

穹蒼按著額頭，說：「總覺得這一幕似曾相識啊。」

員警走過來問：「隊長，你沒事吧？」

「沒事。」穹蒼說：「你留在這裡好好搜證，看看有沒有有用的線索，我回警局一趟。」

「哦。」

等穹蒼回到警局的時候，早上被她派去查資料的下屬也正好回來了。

「有兩個……說不上好壞的大消息。」

那位女警摘下帽子。雖然是二月的冷天，卻出了一身汗。

她舉起手中的兩份檔案袋示意，周圍的同事立刻靠過來，等著她彙報結果。

「第一份是隊長讓我查的報案記錄。十年前……準確來說已經是十一年前了。十一年前的八月，在寧冬冬殺人的那一天，距離它兩公里左右的地方，發生了一起持刀搶劫案件。受害者的腹部被捅了一刀，好在傷勢不重，最後被搶救回來。警方在案發現場找到了一串新鮮的腳印，再根據受害者的口供，確定犯人應該是個穿四十四碼的鞋子，身高一百八十五公分，體重七十一公斤左右，身穿快銷品牌衣物，鞋子破舊的年輕男性，這幾點和吳鳴完全符合。但因為他當時做了寧冬冬的目擊證人，反而幫他製造了不在場證明，排除了他的嫌疑。直到現在都還沒找到犯人。」

一名員警皺著眉頭道：「妳是說，吳鳴當年做了偽證？那張紙條的意思，其實就是說他持刀傷人？」

那位同事聳肩：「不知道。目前我們可以這樣猜測。但是知道這件事情的人應該很少，連受害者自己都沒看見犯人的臉。」

「通常凶手會選擇凌虐一具屍體，都是有特殊意義的。強烈的憎恨、消失的正義，或者是遷怒、發洩。」穹蒼緩緩道：「前三起案件上寫的是『謊言』，很明顯是在指寧冬冬的事，這符合常理。因為寧冬冬已經坐牢坐了十年，他的冤屈沒辦法再得到聲張。可是吳鳴的死亡，指的卻是持刀傷人，是站在當年那個受害者的角度來撻伐的。」

穹蒼端起桌上的紙杯，手指將其摳到變形：「當年受害者並不知道吳鳴是搶劫犯，如果知道，他可以直接報警，還有機會能報仇。凶手又為什麼要因為一個不相干的人，一件有轉圜餘地的事，懷有那麼強烈的恨意呢？雖然過程對了，但重點和道理都不對。」

眾人的臉色都不太好看。這裡夾著一個令人不悅的資訊，讓他們不敢去深想。

其中一位同事拍掌道：「所以現在可以確定，這次的案件真的是模仿作案！會知道吳鳴這個祕密的，只有他最親近的人！要麼是像背後靈一樣跟著他的私家偵探，要麼就是他老婆了。」

眾人再次吵成一片。

穹蒼問：「李毓佳的病例報告呢？」

「在這裡。」同事將第二份檔案袋遞過去，說：「李毓佳在醫院做了驗傷報告。她身上有多處瘀青，大腦後方有被鈍器敲打的痕跡，醫師在她的傷口裡取出了兩塊碎玻璃。但是她身上的傷都比較新，應該不是長期家暴。這次住院，她確診了胃癌。」

一位同事聽見，嘆了一聲：「她也太慘了吧？」

送報告的同事道：「胃癌還算發現得早，更大的問題是，她還有ＨＩＶ。」

幾人都驚了下：「ＨＩＶ？」

同事點頭：「根據疾管署的登記時間來看，她是在去年被查出有ＨＩＶ，一直有好好吃藥。但是她還沒去領這個月和上個月的藥。」

「會不會是她得ＨＩＶ的事情被吳鳴知道了？所以李毓佳必須痛下殺手。」

「李毓佳真的很可疑，就目前來看她動機最大，雖然她沒有作案時間，但我沒辦法將她從懷疑對象排除。我懷疑是她買凶殺人。」

「老大，你覺得趙熚跟李毓佳，哪個會是凶手？」

眾人的爭論停下，一齊將視線轉向從剛才開始就不再開口的隊長。

穹蒼看向問問題的人，臉上露出了極淺的笑容。

那位同事下意識打了個哆嗦，頗感害怕道：「老大，你這麼笑，是不是已經知道怎麼回事了？」

穹蒼放下手裡的杯子，用手指在桌上畫了一條曲線，以陳述的語氣分析道：「趙燁進入社區後，不到半個小時就出來了。按照他的腳程，他頂多在吳鳴的別墅門口站了五分鐘左右。其實是沒有時間殺人的。」

一位男士嘀咕道：「可是除了他，沒有別人有作案時間了啊。」

另一人快速反駁：「不對，也許社區有可以避開監視器的入口。如果是熟悉社區的人，說不定會知道。」

穹蒼說：「吳鳴後腦的傷跟趙燁沒關係，是李毓佳打的，吳鳴當時走出臥室的時候，正用手按著傷口。他屍體上的外傷全部都是死後造成的，所以現場沒有留下太多血跡。」

「死亡報告還沒出來。」員警好奇道：「如果沒有致命外傷，那吳鳴到底是怎麼死的？」

穹蒼頓了頓，說：「我覺得可能是意外，沒有直接的凶手。」

這句話猶如一道落地驚雷，現場的人全都愣在原地。

「意外？現場的情況跟意外……有點差距吧？」

「老大的意思是，吳鳴是意外死亡的，凶手只是偽造了凶案現場，把它嫁禍給寧冬冬？」

「可是為什麼呀？這偽裝得不高明啊，真以為警察都是吃素的？」

「輿論是把更鋒利的刀，也許凶手本來就沒想嫁禍給他，但只要警方破不了案，他們就可以利用輿論逼死寧冬冬。」

「到底是誰那麼痛恨寧冬冬啊？」

穹蒼不受他們的情緒影響，依舊緩緩道：「你猜不透凶手的想法，是因為裡面可能還有你不知道的內情，沒必要做這樣的聯想。不管推理成不成立，證據形成的邏輯鏈告訴我的就是這個結果。」

眾人認真聽她解釋。

穹蒼說：「如果趙燁不是凶手，他就沒必要說謊。趙燁說他到的時候，屋裡的燈還亮著。」

先前跟她一起審訊的同事點頭：「對啊！」

穹蒼看著那人笑。

「啊，不對！」另一人叫道：「我們早上過去的時候，他們家的電閘是關著的，還是小劉通電的呢。」

「啊？」同事說：「摸黑行凶啊？非得把電閘關上嗎？為什麼呀？」

「因為監視器。」穹蒼的聲音和聲線總有種特別的味道，讓人不知不覺跟著她的思緒走，「那個人應該知道吳鳴的家裡有安裝監視器，為了防止證據被拍到，他先關掉了電閘。但他沒想到的是，吳鳴自己已經把監視器關了，他的行為其實是多此一舉。可是他不知道。」

幾人點頭。

穹蒼繼續說：「趙燁是被吳鳴叫過去的，如果吳鳴那時候還活著，肯定會過去幫他開門。可是屋裡沒有動靜，說明那時候的吳鳴已經無法行動或者死亡了。趙燁離開之後，又有一個人來到吳鳴的家裡。他切斷了電源，並破壞吳鳴的屍體，偽造成殘酷的凶殺現場。所以吳鳴身上的傷口都是死後造成的。因為那個人來的時候，吳鳴就已經死了。」

眾人被她一說，有種豁然開朗的感覺。只是這個彎轉得太快，讓他們有些難以投入。直覺上覺得有道理，邏輯上卻好像陷入了死路。

「可是為什麼啊？到底是誰？目的是什麼？陷害？還是說他本來是想殺人？」

穹蒼說：「吳鳴的監視器是前兩天剛裝的，知道這件事的人很少。門鎖經鑑定，沒有任何被撬過的痕跡，凶手很可能是用鑰匙直接開門進去的。」

穹蒼說完，鼓勵似地看著幾人。

幾人小心翼翼，生怕說錯，在穹蒼的注視下宛如面對師長關懷的學渣。

「李……李毓佳？」

穹蒼點頭：「我偏向是她。」

眾人鬆了口氣。一名年輕員警紅著臉慚愧道：「可是為什麼啊？我還是想不透。」

穹蒼說：「這只是我的猜測。監視器畫面顯示，李毓佳推了吳鳴一把，然後慌慌張張地跑了。吳鳴在很久之後才從屋裡走出來，他當時可能是陷入暈厥了。人在慌亂之下，很容易判斷錯誤。尤其吳鳴當時酒醉，身體狀態不好。李毓佳可能誤以為吳鳴被自己殺死了。」

眾人皺眉沉思。

穹蒼繼續道：「李毓佳太慌亂了，她走了之後才想起家裡有裝監視器，可能拍到了這一幕。於是找人幫她回去處理現場。結果那個人布置完現場後和李毓佳交流，李毓佳才知道。吳鳴當時是躺在客廳裡，並沒有因為她的推搡而死亡。所以監視器畫面反而成了她的不在場證明，她就讓人把那段監視器畫面留下了。」

這樣一來，很多細節就真的對上了。

下屬激動道：「那我們要不要現在去把李毓佳抓回來審問？」

穹蒼笑說：「不急，還沒有證據，先等屍檢報告吧，記得派人看著她。」

直播間裡的朋友有很多問號。

『……啊？』

『為什麼要在大晚上的時候跑劇情？我早上七點起來看的時候，就聽見一句「意外死亡」。你們懂我的心情嗎？這不人道！』

『大神看起來挺溫柔的，循循善誘啊，從沒對我等凡人表現出任何不屑，感動。』

『這ＩＤ裡的名字縮寫……我好像知道她是誰了。果然，這世上的天才總是少數。』

『慕名而來！為了搶她的課，我們學長專門做了一個外掛，結果第一年壞了沒用上，第二年她就辭職了。』

『所以大神的職業真的是老師啊？』

遊戲的節奏很快，尤其穹蒼已經探索到了一定程度的線索，屍檢報告在當天晚上就出來了。

與他們比較熟悉的法醫，主動把報告送過來，順便和他們解釋一遍。

眾人都很好奇，吳鳴究竟是怎麼死的。

「額——」法醫用手指掐住自己的脖子，做了個鬼臉，「就是這樣窒息而死的，但又不全是窒息而死的。」

「什麼意思？」

法醫找了張椅子坐下，兩手架在扶手上，說：「吳鳴的呼吸道被自己的嘔吐物堵塞，因為無法動彈，最後窒息而死。但是，我發現他有慢性呼吸衰竭的障礙。他的肺部、胃部、肝部都出現了與之相關的症狀，這是長期缺氧造成的。而且你們肯定想不到，我在他的血液裡驗出了微量毒素。我認為他很可能長期處於被人投毒的狀態。」

「投毒？」眾人精神一震，面上流露出意外的神色，但又很快消弭下去。他們互相對視，紛紛從嘴裡吐出一個名字：「李毓佳？」

相同的名字一起出現，邏輯好像就變得合理了，甚至成了一種特殊的作證。但他們還是盡量保持自己的公正，冷靜地去分析。

「長期投毒肯定需要身邊的人才能做到。除了李毓佳，好像沒有第二個人選了。她是從什麼時候開始這麼做的？」

「吳鳴的身邊，只有李毓佳在不停地接觸醫師。她在近幾年的時間裡以備孕為藉口，頻繁接觸中醫和西醫。我想她有足夠的管道獲取她需要的毒藥。」

「先聽我說完嘛。」法醫笑道：「從吳鳴身上檢測出的毒性挺複雜的，並不是只有一種。比如莨菪烷類生物鹼、氫氰酸類等，雖然都很微量，但結合在一起，幾乎五臟六腑都被毒過了。加上他平時因為應酬經常酗酒，導致他的身體很差，可以說是外強中乾。根據他的屍檢情況推測，微中毒的行為很可能持續了四、五年以上。」

眾人唏噓：「這也太狠了吧！五毒俱全？」

正在看資料的穹蒼微微抬了下頭，補充說：「中藥裡面有。」

法醫點頭：「對，這些毒素可以從植物中提取，而且大部分都可以入藥。微量服用或經過正常處理，不會對人體造成太大的傷害。」

一位年輕員警猜測道：「李毓佳一直在調養身體。她會不會是以補藥的名義，哄騙吳鳴服用多劑量的中藥？」

穹蒼突然開口，清朗的聲音瞬間吸引了眾人的注意：「如果吳鳴會聽李毓佳的話，兩人之間的關係就不會變得那麼僵硬了。吳鳴連李毓佳受傷、住院都不會去探望，更不用說陪她一起吃藥。他對李毓佳有著很高的防備心。」

眾人張了張嘴，想要進行反駁，卻不知道該從哪裡切入，畢竟這個推測在他們看來站不住腳。

穹蒼補充道：「如果李毓佳一直對吳鳴投毒，為什麼還要備孕呢？備孕是很辛苦的，奔走於不同的醫院，會見不同的名醫。尤其她還在前兩年多次凍卵。對於女性來說，凍卵對身體的損傷是很大的。如果只是為了欲蓋彌彰，那她的隱忍跟謀算未免太深，這跟她在吳鳴死後的表現截然不同。」

確實，如果李毓佳早在五年前，甚至更早以前就想殺死吳鳴，就不會等到最近才去找私家偵探跟蹤吳鳴。

何況五年前，吳鳴的事業才剛起步，雖然小有名氣，資產卻不算多。兩人當時處於婚後的穩定生活中，不可能會互相憎恨到這種地步。

幾人迷茫道：「那會是誰啊？凶手究竟是怎麼投毒的？」

穹蒼闔上資料，吐出一口氣。將東西遞給一旁的法醫，說：「我知道了，跟我去吳鳴的家一趟吧。」

穹蒼帶著隊裡的員警，火速趕往吳鳴的別墅。

當眾人看見擺在櫥櫃上的巨大玻璃罐時，竟有種啞然失笑的荒謬感。第一次搜證的時候，他們完全忽略了這個東西，因為它太常見了，許多人的家裡都有，總是讓人輕易忽略它的危險性。

穹蒼看了手錶一眼，現在已經是清晨四點多。再過三個小時左右，天色就要大亮了。他們這群人一直在走訪排查，徹夜未眠，每個人臉上都帶著深深的疲憊感。穹蒼也是。

穹蒼問：「周琅秀呢？」

「從昨天吳鳴出事之後，就一直跟媒體哭訴。現在應該在家休息了吧。」

穹蒼說：「等天亮之後，把她叫過來。」

直播間的人卻在一大清早被驚醒了。這段劇情比什麼都有效，直接讓他們從濃濃的睏意中清醒過來。

『我驚呆了，我承認我沒見識，但這一波峰迴路轉，確實有點東西。』

『如果只看警方給的通告，我一定會覺得是陰謀論。至於現在……』

『哎，我又押錯了。副本探索度超過百分之八十還押錯，我可真是個天才。』

『我才剛起床，你們在說什麼？堅決不看重播，我一定能猜出來。』

穹蒼度過了一小段還算清淨的休息時間。

早上八點半，空氣裡帶著一股清新的味道，氣溫稍低，街道上開始熱鬧起來。

穹蒼走進審訊室，周琅秀已經坐在裡面。監視器的紅光閃動，對準了前面的位置。

穹蒼翻開面前的資料夾，隨口問道：「周琅秀，對嗎？」

「對。」周琅秀表現得有些侷促，因為她從來沒看過審訊室。作為一位極其普通的中年婦女，她對警局有著極深的恐懼。

穹蒼等人還沒開始問話，周琅秀已經緊張道：「你們為什麼要把我抓到這裡？我沒犯罪吧？我只是說了實話，記者問我，我就說而已。我告訴你們，你們別想著欺負人！」

穹蒼抬高視線，並沒有因為她虛張聲勢的話語表示不悅，反而露出安撫的笑容，說：「別緊張，只是找家屬聊聊天而已。這裡比較安靜，而且還有監視器，方便我們進行記錄。」

周琅秀問：「那李毓佳呢？」

穹蒼：「等和妳聊完，我們就會去找她。」

周琅秀擔心道：「她會不會跑了？不然你們先去抓她啊！她很狡猾的！」

「我們有派人盯著她。」穹蒼說：「她還沒被排除所有嫌疑，我們是不會放她離開的。」

周琅秀得到了她的保證後，這才安心了一點。

穹蒼抽出一張吳鳴西裝革履的採訪照片。她把那張照片放到桌上，說：「吳鳴的事業很成功，根據我們的走訪調查來看，他朋友對他的評價也很高。他是一位非常優秀的青年。」

周琅秀看著照片，眼眶再次泛紅，她手指撫上去，悲傷道：「當然。他從小就很聰明也很有出息。他是我兒子。」隨後她的面孔飛速一轉，惡狠狠道：「該死的臭婆娘，都是她！都是她害的！」

穹蒼說：「吳鳴平時應該很辛苦吧？」

周琅秀說：「非常辛苦！他整天熬夜加班，經常出去跟人拚酒吃飯。好幾次都累得胃出血了，我心疼得要死。哪像那個李毓佳，整天好吃懶做，不知道在幹什麼，只會花我兒子的錢！她命好，我真的恨死她了，我們家倒了八輩子楣才把她娶進門！」

「做我們這行也很辛苦。同事們已經很久都沒有好好休息了，就是想盡快找到殺害吳鳴的真凶。」穹蒼抽出一張照片推過去，說：「我在吳鳴的家裡看見一桶像這樣的藥酒，那麼大的玻璃缸只剩下一半了。他經常喝這種藥酒嗎？這是做給他喝的？」

周琅秀說：「是我做的！他應該好好補補。李毓佳才不會關心他的死活，只有我這個做媽媽的把他放在心尖上！」

穹蒼盯著她的眼睛，一字一句地問道：「所以這桶藥酒，是妳幫他準備的，不是李毓佳？」

周琅秀想也不想道：「怎麼可能是李毓佳？那婆娘哪有那麼好心？她要去哪裡弄到這

些東西啊！」

穹蒼手指敲著照片，再次求證道：「這藥方確定是妳配的？妳是從哪裡拿來的？」

「藥酒嘛！補藥丟進去，泡過之後藥效都很好！這是我們鄉下的偏方，我讓阿嗚每天都要喝一點。」周琅秀說：「補血、益氣、強心肺，還能解毒健脾。他太辛苦了，經常睡不好，每天都要喝完藥酒才能舒服一點。」

「裡面泡的草藥有這些，妳確認一下。」穹蒼再次抽出一疊照片，一張張放到桌上，「萬年青、側金盞花、紅豆杉的樹皮、華山參、馬錢子……」

周琅秀掃了一眼，看著穹蒼的架勢，心裡已經惴惴不安。她大聲說話，想要打斷這個話題：「我們鄉下有些不叫這種名字的，不過好像確實有這些。你們能不能問正事啊！」

穹蒼說：「妳再確認一遍。」

周琅秀急道：「你是不是想要那個偏方啊？我可以給你，你快去把李毓佳抓起來！她殺了人，她會跑的！」

「馬錢子炮製後可以入藥，有消腫止痛、強健脾胃的功效。」穹蒼拿起最後一張照片捏在手裡，立在半空朝周琅秀示意，「可是它的種子本身含有多種生物鹼，是劇毒。」

周琅秀急切道：「你到底在說什麼？」

「萬年青，小劑量服用有強心的效果。大劑量服用會出現中毒症狀。」穹蒼指著上面的藥材道：「側金盞花也是。華山參……」

周琅秀瞳孔顫動，顫抖叫道：「你什麼意思啊！你夠了！你們那麼閒，不去查我兒子的死因，在這裡說什麼！你們不會是想誣陷我吧？」

穹蒼面無表情地掃了她一眼，還是放下手裡的東西，手指交叉擺在桌上，道：「吳鳴的屍檢報告已經出來了。妳想知道妳兒子是怎麼死的嗎？」

周琅秀粗重地呼吸，站起身想要出去。可是審訊室的大門關著，她根本無法離開。

「當天晚上，吳鳴在外面喝了酒。回來之後，他和李毓佳發生了爭吵。之後李毓佳跑了。吳鳴可能是心情不好，又下樓拿了一瓶紅酒，坐在桌邊喝酒澆愁。可是他已經喝了很多酒，酒精麻痹了他的神經，讓他的感官有點遲鈍。等到晚一點，他感覺身體不適，又去櫥櫃那裡倒了一碗藥酒。」

周琅秀見無處可逃，轉過身，眼神凶狠地瞪著她。

「常年服用過量的中藥，他的身體受到了不同程度的損傷，出現了呼吸衰竭一類的症狀。喝完藥酒後，他發現自己還是很難受，所以想去拿醒酒藥。可是他的身體沒有力氣，在碰到藥瓶的時候，整個人倒了下去，將藥瓶推到了地上。」

穹蒼不急不緩地從一堆照片中抽出一張，擺在桌子的中間。照片上，一個藥瓶滾落在客廳的角落。

她不管周琅秀是否有在看照片，繼續說道：「他的胃部開始抽搐，有了胃出血的症狀。同時過量飲酒，讓他忍不住想要嘔吐。然而他躺在地上無法動彈，甚至難以呼吸。最後因為嘔吐物堵塞了呼吸道，窒息而死。」

周琅秀捂著耳朵尖叫道：「不可能！」

她刻薄乃至是殘忍地對待李毓佳，溺愛又信賴著自己的兒子。她認為這世上只有最完美的東西才配得上吳鳴，所以她把最好的一切都給了他，怎麼可能出現這樣的錯誤呢？吳鳴是她最偉大的成就，是跟她血脈相連的家人。

穹蒼說：「這就是妳兒子的死因。凶手既不是寧冬冬，也不是李毓佳。如果真的要說誰是凶手，應該是妳。是妳的補藥導致吳鳴出現不同症狀的功能障礙。可以說他是因為窒息而死的，也可以說他是因為中毒而死。」

命運的巧合，有時候就是如此猝不及防。

這位瘋狂撕咬著別人，要求別人來給兒子償命的女人，得知自己才是將吳鳴推入死亡深淵的人，無論如何也無法接受這個事實。她瞳孔渙散，瘋狂搖頭道：「不對！他是被人殺掉的！他都被人分屍了，怎麼可能是意外？你們是不是破不了案？怎麼可以想出這麼惡毒的方法來誣陷我！你們真的好不要臉！」

穹蒼說：「他身上並沒有致命性的外傷，屍體也有窒息死亡的徵象，法醫不可能誤判。」

周琅秀不理會，歇斯底里道：「我要告訴媒體！你們為了包庇凶手，居然嫁禍給我！

我是他媽媽，我會害他嗎？我怎麼可能會害他！」

穹蒼默默地看著她陷入癲狂，自顧自整理起桌上的東西，而後把檔案攤在桌面上，起身道：「妳可以不接受，但事實就是這樣。吳鳴在深夜一點左右因為意外死亡。隨後有歹徒進入家中，對他的屍體進行破壞，並偽造了凶案現場。這是兩件事情。至於那個人究竟是誰，我們會繼續調查。而妳，可能暫時出不去了。遺憾。」

審訊室裡傳來一陣高過一陣的刺耳尖叫，那猶如毛糙玻璃一樣的聲音，不停在走道迴響，伴隨著沉悶的摔打聲。周琅秀像個發狂的人一樣肆意宣洩，靠著傷害別人和傷害自己逃避現實。想把她帶出來的員警，也被她尖銳的指甲劃傷，然後冷著臉警告。

穹蒼在外面駐足了片刻後，淡然轉身離去。

# 第二章　另有其人

「你說，這叫什麼事？」員警回憶起整件事的經過，依舊覺得這像是一齣諷刺意味十足的荒誕小品，「周琅秀就算了，她沒有文化，不懂醫學。吳鳴好歹是個知識份子，居然也會落到這種地步。他要是能把對母親和對妻子的心平衡一下，我看他再向天借個二十年也不難吧？」

穹蒼說：「只可惜……」只可惜，人心不可預測。

兩人走到開闊的大廳，同事問：「老大，那接下來要準備逮捕李毓佳嗎？我們還差一個破壞屍體的犯人，如果不抓到他，媒體跟民眾大概很難相信吳鳴是死於意外。」

單單知道吳鳴的死因，事情還不算結束。如此受關注的案子，打著「人證被報復」、「青年富豪」、「政府瀆職」等各種標籤，就應該有個「跌宕起伏」的過程——這是大眾潛意識裡對「真相」的期待。

他們又不了解吳鳴，他們的熱情只是源於感興趣罷了。當發現事件發展得平平無奇的時候，他們就會偏向「陰謀論」的說法。

「我們沒有證據。」穹蒼搖頭說：「沒有證據證明那個偽造凶案現場的人跟李毓佳有關。」

從作案的手段來看，李毓佳是個謹慎的人。雖然最初她因為吳鳴的死亡亂了分寸，但她在離開別墅後，很快就冷靜了下來。

她對吳鳴已經澈底失望。一個絕情的女人會有脫胎換骨的改變。當她已經無所顧忌，她還有什麼好害怕的呢？

從她抵達好友社區的時間來看，在開車的途中，她已經快速思考好利弊，並策劃好整個過程。

她將鑰匙留給犯人，教那個人如何避開社區和家中的所有監視器，並用最容易吸引大眾目光的方式，對現場進行掩飾。而她在離開別墅後，一直忙著處理吳鳴遺產的事情。

如果警方幸運的沒有發現她的罪行，那麼她的人生就能迎來無比光明的未來。如果最後她的計謀暴露了，那麼在警方勘查案件的幾天裡，她也有機會完成財產的轉移和隱藏，為下一步做打算。

她冷漠、冷靜，目標明確。

她已經身患胃癌和ＨＩＶ，卻依舊想要獲取財產，很可能只是不希望將吳鳴的遺產留給周琅秀，那個她無比憎恨的女人。

這個理由讓她有十足的動力。

「確實，我們現在沒有證據強制傳喚她。」同事有點心急道：「可是時間拖得越久，對我們破案越不利啊。犯人有潛逃的風險，也不知道李毓佳在打什麼主意。」

李毓佳已經有一天一夜的時間可以處理證據，必然不會給自己留下太多破綻。就算警方現在把李毓佳抓回來，恐怕也問不出什麼。何況對方有完美的不在場證明，他們只能請求配合，不能強制傳喚。

同事問：「我們一定要先找到那個犯人嗎？我們要去哪裡找？一一排查街道的監視器畫面嗎？？」

穹蒼說：「既然李毓佳能考慮到社區監視器和家裡的監視器，說不定也會考慮到附近街道的監視器。如果附近的監視器拍不到嫌疑人的正臉，那排查的範圍可就大了。」

同事虛脫地嘆了口氣，最怕就是「範圍大了」這四個字，導致眼淚自然而然地開始分泌。他抬手擦了下眼角，將莫須有的淚光拭去。

穹蒼說：「李毓佳是從什麼時候開始聯絡那個人的呢？是在誤以為自己殺死吳鳴的時候？還是一個人住在醫院，孤苦無依的時候？又或者是被確診胃癌，卻發現身邊沒有人關心她的時候？再或者更早一點，在發現自己確診了ＨＩＶ，人生陷入黑暗的時候？」

同事偏過頭，期待地看著她。

穹蒼沉聲說：「人類是很脆弱的，越是處在脆弱的時候，越需要別人的關心。一個願意幫她頂下罪行、偽造現場的男人，對她來說應該很重要。」

相比起吳鳴的死亡，清楚認識到吳鳴的冷酷無情，才是最讓李毓佳傷心欲絕的事。在接受這個結果後，吳鳴死了，就不是什麼難過的事了，對她而言反而是一種解脫。

李毓佳獨自忍著疼痛在醫院躺了兩天，她也只是個普通人，在這段期間，她不會忍不住向別人訴苦嗎？

穹蒼說：「去醫院看看。」

同事立刻點頭：「好。」

李毓佳是在別墅區附近的一家私人醫院接受治療的。這家醫院綠化環境好，監視器也架設得很齊全，平時住院的病人不多，服務相對完善。

她當時住在三樓。

兩人穿過安靜的走廊，來到後方的住院部，並順著指示牌直接上了三樓。

空曠又明亮的走道裡，一名護理師從不遠處的病房裡走出來，推著車輛在各個病房確認病人的體溫。

穹蒼過去叫住她，抽出證件表明身分，說道：「您好。我想知道，前兩天住在三一六號病房的李毓佳，您有印象嗎？」

護理師幾乎沒有思考，點頭說：「我知道。那個被家暴又確診了胃癌的女士，對吧？我們當時聯絡她的家屬，結果她的家屬都沒有到場。」

穹蒼將證件塞回胸口的口袋裡，一邊問道：「那您記不記得，有什麼朋友來醫院看過她？」

護理師搖頭：「好像沒有，也沒有人來前檯登記。她一直都是一個人，連出院手續都是我們幫忙辦的。」

穹蒼的搭檔抿了抿唇，說：「您再想想。男性，鞋子四十四碼，身高一百八十三公分左右。」

「真的沒有。」護理師的語氣變得肯定，「起碼沒在住院部裡看過，否則我們會知道。我們對她的印象挺深刻的，何況最近她家裡出了點事，對吧？我們都互相確認過了。」

年輕員警微不可察地嘆了口氣。

穹蒼保持著微笑，繼續問道：「李毓佳不在病房的時候，通常會去哪裡走動？」

護理師有些不好意思直視她的臉，聲音逐漸變小：「這裡的病人家庭背景都挺好的。何況李女士的心情非常不好，她出去清淨的時候，不喜歡我們跟著。不過肯定沒有離開過醫院，否則我們會知道。」她說完沉吟片刻，補充道：「不過病人通常都會在樓下的花園散心。大樓後面有一片草地，陽光挺好的，風景也不錯。」

穹蒼問：「請問那邊有裝監視器嗎？」

「有，還裝了不少。」護理師說：「您可以去我們的警衛室調監視器畫面。」

「謝謝。」穹蒼對她粲然一笑，「感謝您的配合。」

護理師臉色微紅：「能幫到二位就好，我先去忙了。」說完，她低頭匆匆離去，急促的步伐像是羞怯而逃。

同事用手肘撞了下穹蒼，擠眉弄眼地曖昧道：「哎呀，老大，魅力不小啊。」

穹蒼：「……」

雖然這是一家私人醫院，但工作人員非常積極地配合員警調查，警衛很快應他們的要求，將這兩天的監視器畫面調出來。

只不過，穹蒼也不知道李毓佳會在什麼時候出門散步，又去哪裡見人。只能先盯著住院部的大門，確認相關時間，再請警衛按照時間和李毓佳的行動軌跡，調出詳細位置的監視器畫面。

警衛室的工作人員主動幫他們分擔工作，守在螢幕前尋找李毓佳的身影。

這段過程被拉得特別漫長，直播管理員乾脆把監視器畫面放大到半個螢幕，讓線上的觀眾也能一同感受這種快樂。

花了兩個多小時的時間，穹蒼順利還原出李毓佳在醫院裡的經歷。

第一天中午的時候，李毓佳獨自坐在長椅上發呆。她先是呆坐著，然後捧著臉開始哭，到最後又用手背不斷擦拭自己的眼淚，讓自己保持冷靜。

那一段無聲的畫面，訴盡了她的孤獨和傷痛。

到了傍晚，她去附近的店鋪買了一碗粥，坐在花園裡的涼亭裡吃了。隨後呆坐在原地，直到護理師來喊人才回去。

第二天，李毓佳再次來到花園，坐在一個角落。沒過多久，一個身材健壯的成年男性朝她靠近，坐在她身邊。兩人說了一段話，似乎發生了爭吵，最後男人氣急敗壞地離開了。

但男人並沒有真的離開，過了大概四十分鐘，畫面中的男子提著一袋外送的餐點走了回來，李毓佳伏在他的肩膀上哭了起來。

男人來醫院並沒有防備。他穿得很單薄，臉也光明正大地露出，被監視器拍得一清二楚。

「就是這個人。」穹蒼按住自己的鼻頭，閉著酸澀的眼睛說：「麻煩把這段畫面交給我們，辛苦你們了。」

那位熱情的中年大叔笑道：「沒什麼，為人民公僕服務嘛。」

穹蒼急忙拿著監視器畫面趕回警局，直播間的網友發出一陣被救贖的感嘆。

『我在直播間看監視器畫面，看得我眼睛都要瞎掉了，何苦呢？』

『三天再這樣，我就不愛它了。』

『雖然是高畫質的監視器，但我覺得那麼遠的距離拍攝出來的樣子，還是挺模糊的，他們到底是怎麼在第一時間看出那是李毓佳的？』

『我以後再也不會輕易說出「去調監視器畫面」這七個字了。才兩個小時而已，我受不了了，這根本就是酷刑。』

『這個角色藏得好深，都快要結束了才出現，很有大魔王的風采。』

有了正面且高畫質的照片，嫌疑人的身分很快被查明。

陸聲，三十二歲，職業登記為無業，家庭住址為ＸＸＸ。

申請好證件，警方第一時間前往逮捕。

警察出現的時候，陸聲幾乎沒有抵抗。他只有在最初的時候嚇了一跳，或許是沒料到才不到兩天的時間他就暴露了。但他很快就接受了這個事實，沉默地跟著警察回到警局，並跟隨他們去實驗室，做了足跡鑑定。

可是這並不代表他願意配合。在進入審訊室後，陸聲一言不發，無論審訊人員如何指控或勸導，都不肯說出任何事實。

哪怕警方將現場找到的鞋印甩到他面前，告訴他等鑑定結果出來後，他要面對的刑事刑期時，他也沒有要反駁的意思。

他沉默寡言的模樣，很難讓人把他和破壞屍體的凶嫌連接起來。

穹蒼請另一個部門的朋友調查了陸聲的銀行帳號，發現他近日並沒有收到鉅額轉帳。他的帳戶每個月會有一份不固定的收入，來自網路平臺，他平時靠遊戲直播賺錢，但是不高。

在僵持了數小時後，陸聲的足跡鑑定結果出來了，確認與吳鳴家中發現的腳印吻合。這也證明穹蒼的猜測是正確的。

可惜，這只能證明陸聲是破壞屍體的犯人，並沒有直接證據可以證明李毓佳與此事有關。

隊裡的人一個換一個進去和他溝通，用了各種手段，試圖讓他供出幕後主謀，最後都不幸鎩羽而歸。

陸聲打定了主意不說話，眾人根本無法從他這裡取得突破。

穹蒼站在控制室裡，望著透明玻璃對面的男人，目光離散，讓人看不透她究竟在想什麼。

同事在一旁不住撓頭道：「這個人的口風可真緊！這是死了心了啊。」

穹蒼側過身不再旁觀，乾脆地說了句：「找別的切入點吧，他不會說的。」不管是從哪方面考慮，陸聲獨自將事情扛下，都是利益最大化的選擇。利益就是最牢固的契約。

「我再去見一次當晚收留李毓佳的那個朋友，你們去查一下街上的監視器畫面。從李毓佳出門開始，到她進入社區門口，我需要你們把她經過的每一個路口，每一個時間都標注出來，統計完之後再拿給我。」穹蒼抬腳往外走，單手拉開門，在離開前留下一句話，「吳鳴的死亡是一場意外。李毓佳就算心思再縝密，也會在倉促的計畫中留下很多破綻。大家再辛苦一下，案子很快就能結束了。」

員警點頭應道：「好。」

李毓佳的那位朋友姓于，是她的大學同學。

據說當年兩人的關係很好，可惜李毓佳太早結婚，婚後回歸家庭，和朋友的交流也變少，彼此之間的感情就慢慢淡了。去年于女士來這邊工作，有事請李毓佳幫忙，兩人才重新熟絡起來。

于女士聽見門鈴聲過來開門，問道：「誰啊？」

穹蒼和同伴抽出證件：「來問兩句話，請問方便嗎？」

于女士見是警察，當即皺眉，語氣很衝道：「你們之前不是已經問過了嗎？佳佳那天晚上一直跟我在一起，她不可能是凶手！你們別在她身上浪費時間了！」

穹蒼並不介意，反而溫柔地笑了下，說：「其實我們已經抓到凶手了。」

「啊？」于女士驚訝地眨眼，「你……你們已經抓到了？」

穹蒼：「是的。等正式起訴後，警方會對外公告，目前還請妳幫忙保密。今天過來，是有部分細節的問題想要和妳再次求證，方便我們後期寫報告。」

「我明白，我明白。」于女士的臉色緩和下去，退開一步說：「你們進來吧。」

穹蒼走進去，在門口的位置脫下鞋子，而後在沙發的邊緣處坐下，與于女士保持一個座位的距離。她的同事坐在旁邊的單人沙發上，拿出紙筆，準備記錄。

穹蒼放鬆肢體，身體微微前傾，問道：「李毓佳是在凌晨一點左右抵達這裡的，是嗎？」

于女士點頭：「反正是在一點十五分左右走進我家的，我還親自下去接她。」

穹蒼：「她來到妳這裡後，情緒怎麼樣？」

「當然是很生氣了！」于女士提起這件事，深深為自己的姐妹覺得不值，張口將對方數落出一朵花，「大學的時候，我就讓她招子放亮點，不要選吳鳴，可她偏偏不聽，一根筋撞上去。結果你看，結婚以後，吳鳴對她好嗎？熬了那麼多年，錢是有了，可她享受到了嗎？她陪吳鳴從白手起家，再看著他功成名就的去包養別的女人，呵呵，我都替她不值！雖然現在吳鳴死了，但他們兩個的婚後財產，能有多少還不好說，吳鳴那個人忘恩負義，防她跟防賊似的，根本就是個媽寶男。要我說，吳鳴她媽媽比李毓佳可疑多了。那個老太太就不是正常人！」

年輕員警的手一抖，在紙上拉出一道墨跡。他用手指擦了擦，抬起頭對穹蒼做出了一言難盡的表情。

穹蒼問：「所以她那天晚上一直在跟妳哭訴？」

「對啊。」于女士滿臉厭惡道：「我也是聽她講我才知道，吳鳴真不是個東西！」

穹蒼問：「李毓佳大半夜跑出來，她家裡的人都沒有打電話給她嗎？」

「沒有！佳佳當時出來得太急，沒帶手機。」于女士說：「她跟我借手機打給吳鳴的媽媽說要離婚，要分財產，豁開罵了對方一頓。我說她可算是清醒了！」

穹蒼面色如常地應了兩聲，繼續問道：「妳有聽見他們兩個說了什麼嗎？」

于女士搖頭：「沒有，佳佳很愛面子，不會讓我當面看她出糗。她去陽臺打電話，邊打邊哭，沒講多久，對方就把電話掛斷了。」

穹蒼問：「我能不能借一下妳的手機？」

于女士順手從茶几上拿過套著粉色水晶殼的手機，解開鎖定螢幕後遞給穹蒼，同時道：「佳佳把通訊記錄刪掉了，你現在看不到，但我保證我說的是真的。」

穹蒼隨手滑了一下，發現確實如此。她禮貌地將手機遞回去，徵詢道：「妳能不能跟我去電信局查一下這個號碼的通訊記錄？我們要申請的話會很麻煩。周琅秀否認有過這通電話。她說李毓佳不可能跟吳鳴離婚，因為她想要吳鳴的遺產。」

于女士一聽，當即憤怒道：「可以啊！那個老太婆也太過分了，我們馬上去！做偽證是不是要坐牢啊？能不能讓她長點教訓？她兒子惹上什麼仇人，我看有一半以上都是她的功勞！」

穹蒼起身道：「麻煩妳了。」

幾人去電信局找出被刪除的號碼，同事送于女士回家，穹蒼留著，讓後臺追查一下號碼的歸屬。

果然，號碼的所屬人不是周琅秀，而是陸聲。

兩人在當晚有過交流，李毓佳聰明地避開了自己的通訊工具。

可惜事情不如她預料的那麼簡單。

等穹蒼回到警局，她之前吩咐隊員對李毓佳的車輛做的時間統計也出來了。

雖然部分街道的監視器畫面還沒傳入系統內，無法對影片進行分析，只有最基礎的存檔記錄功能。但李毓佳出行的時間明確，夜晚的街道又很空曠，排查還是比較方便的。

年輕員警看見她，揮了揮手裡的檔案，招呼道：「老大，你回來了？我們正準備把資料送去技術部分析呢。」

穹蒼伸出手：「給我就好。」

員警狐疑地把東西遞過去。穹蒼低頭一掃，見表格上連測速也標注出來了，做得十分詳細。

她將上面的數值和地點一一輸入地圖，腦海中已經完成了計算。在登記到三分之一的地方，她停下了動作。

「這段到這段，我要整段路程的記錄。」穹蒼說：「李毓佳在這個區域做過停留。時間在十分鐘到十五分鐘之間。」

同事歪過腦袋去看，確認後拿出電腦比對監視器畫面的時間，搖頭說：「沒有，李毓佳是從小巷子穿過去的，有一段路拍不到。不過我們可以去問問附近的商家，看看有什麼發現。」

穹蒼問：「那附近有什麼二十四小時營業的店鋪嗎？」

同事說：「路口有家肯X基。附近還有一家二十四小時營業的便利商店。」

穹蒼笑道：「很好，那就去問問。」

幾人沒有休息，馬不停蹄地趕去目標位置附近的店鋪，找店員詢問當晚有沒有見過李毓佳。

由於幾家店鋪值夜班的店員都不在，他們最後還是直接跟店家拿了監視器畫面，幹起老本行。

監視器畫面看多了也就麻木了，眾人托著臉頰坐在電腦前，用一雙死魚眼盯著快轉的畫面。

這次的幸福卻來得如此突然。

他們順利在便利商店的監視器畫面中，看見李毓佳走進大門。

她從口袋裡拿出一百塊，然後從店員的手中接過手機，去角落打了通電話。

由於她背對著鏡頭，距離又太遠，無法得知她當時的情緒和對話內容。打了通五分鐘左右的電話後，李毓佳回去，把手機還給對方，對方堅持把錢還給她。

因為她趕時間，被推拒兩次後，就急匆匆地離開了。

門口的監視器拍到她走出門後往左邊走去，在走了十公尺左右後出了拍攝範圍。眾人精神抖擻，快樂地跑去隔壁的店鋪，跟他們要安裝在門外的監視器畫面，聚精會神地盯著新一輪的影片。

穹蒼和她率領的NPC，正因為有所突破而感到興奮。可直播間的觀眾就不一樣了，他們感到疲憊。

『明明快要結束了，沒想到工作量還是這麼大。搜證真的太難了。』

『當初大神翻作業的時候，我想這一定是頂天的折磨。是我太天真了。沒想到後面還有監視器畫面。』

『我竟然無法分辨出工作和監視器畫面哪個更可怕。』

『電視劇不是都詐一詐就能詐出來了嗎？不如找個談判專家來試試。』

『然而事實是更多的犯人都不見棺材不掉淚，甚至見了棺材也不落淚。就算鐵證擺在面前，他們也敢喊冤，喊得自己都要信了。能被鬆動的，通常都是有利益相關的人。吳鳴擁有億萬身家，反正傷害屍體的刑法又不重，換做是我我也願意，等分財產。』

等穹蒼幾人拿著證據回到警局的時候，天色再次暗了下來。

黑夜似乎很適合這樣的劇情。它讓人不知不覺感到疲憊，進而放下心防，可是真正的劇情才剛開始。

賀決雲垂著眼，坐在冷硬的椅子上，等待對面的人開口說話。

「好久不見，李毓佳。」穹蒼坐姿慵懶，和善地笑著，想跟對方拉近關係，「我聽說你的朋友都叫你佳佳，介意我也這麼叫你嗎？」

賀決雲自以為他的表情控制已經在多年的遊戲中被訓練得爐火純青，沒想到在面對穹蒼的時候，還是屢屢失控。他無情道：「介意。妳要是敢叫，我就投訴妳性騷擾。」

這麼入戲的嗎？

穹蒼調整好表情，說：「陸聲已經動搖了。如果你現在坦白的話，還可以算你自首，怎麼樣？」

賀決雲哂笑道：「我不知道妳在說什麼。」

穹蒼單手搭在椅子上，斜斜地坐著，語氣裡也透著一股輕鬆：「我跟他說『你長得不帥，沒錢，年紀不輕了，收入又不穩定。李毓佳圖你什麼？頂多圖個簡單好利用吧。隨便一句話，連下半生也搭上了，天真』。」

賀決雲回敬她一個冷笑，繼而保持沉默，跟陸聲的架勢一樣。

穹蒼說：「你是用什麼方法讓他聽話的？錢？反正他的犯罪事實已經定下了，就算供出你，他也一樣要坐牢。而你只要分出一點點財產安撫他，就是陸聲一輩子都賺不到的。這實在很有誘惑力。」

對面的人眼神沒有聚焦，像是在發呆，完全不理會她的話。

穹蒼看了一會兒，把視線從他臉上移開，繼續說：「你在跟吳鳴的這段婚姻裡過得很狼狽，忍不住想要尋求其他人的慰藉。雖然陸聲的經濟條件不行，但是他單純。對他來說，你有錢有勢，地位比他高一等。這樣的你願意溫柔、平等地對待他，讓他產生了感激之心，在相處中不知不覺地愛上你。然後他成了你手上一個好利用又不會背叛你的人。但你是真心喜歡他嗎？我覺得不是。經歷了與吳鳴的婚姻後，你還能那麼輕易地愛上另一個男人嗎？」

賀決雲吸了口氣，生硬地扯出笑容道：「你們叫我來，如果只是為了進行這種無端的指控，不如幫大家省點時間吧。刑偵技術年年進步，辦案手段卻還是這麼老套，你們不能與時俱進一下嗎？」

穹蒼：「我還是希望你能在我拿出證據之前主動自首。」

賀決雲搖頭：「妳真的很沒意思。」

「那就讓我來說點有意思的事情吧。」穹蒼兩手環胸，向後一靠，「吳鳴的屍檢報告出來了，你猜他是怎麼死的？」

賀決雲終於給了點反應，眼神變得認真起來，有意無意地把臉轉向她。

「你也很好奇吧，吳鳴居然不是因為你的推搡而死的。命運好像很喜歡跟你開玩笑，這次它總算偏向你了，可惜你沒有把握住。」穹蒼一字一句道：「吳鳴是間接被周琅秀毒死的。」

饒是賀泱雲，也露出了近乎恍神的驚訝，他下意識問了句：「妳說什麼？」

穹蒼點頭，又肯定地說了一遍：「周琅秀為吳鳴準備的藥酒，因為劑量過重，且部分藥物炮製不當，帶有多種毒素。吳鳴在長期飲用後，出現了慢性中毒的症狀。當晚你離開之後，他因意外死亡。但本質來說，那個意外跟他長期中毒有很大的關係。」

賀泱雲聽完後陷入沉默。他深埋著頭沒有反應，似在消化這件事。不久後肩膀聳動，胸腔悶悶發笑。

穹蒼一動也不動地看著他。

最後，賀泱雲終於笑出聲，並且越笑越大聲，抬起頭之後，眼角擠出了幾滴眼淚。

這是李毓佳本人在得知事實後的真實反應。她切實地感到暢快，暢快中又夾雜著對自己人生的可悲。她發現自己的生活，完全就是一場鬧劇，只有「莫名其妙」四個字可以形容。

「活該……」賀泱雲笑著哭道：「謝謝妳，這是我聽過最好的消息。周琅秀她也有今天？她現在在做什麼？我能去看看她嗎？」

穹蒼說：「應該是在自欺欺人吧。」

賀泱雲繼續大笑，笑到說不出話，原本蒼白的臉龐染上了一絲紅色。

穹蒼靜靜地看著他，說：「那麼，我們再說說你的事情吧。」

她翻開面前的資料夾，從裡面抽出幾張照片一字排開。

「二十八號晚上，你從家裡開車出來，在去于女士家的路上你突然想到，如果你不慎被判了故意殺人，你將無法繼承吳鳴的遺產。你和吳鳴的關係淡薄，乃至仇恨。兩人不久前才剛發生過劇烈爭吵，周琅秀又對你頗有微詞，從表面來看，你有很大的殺人動機，於是在意外殺人後的恐慌中，你出現了偏激的想法。」

「對於重病纏身的你來說，錢或許不是最重要的，但你無法忍受讓周琅秀獨享鉅額財產。所以你決定偽裝現場，洗清自己的嫌疑。起碼可以幫自己爭取到轉移財產的機會。」穹蒼的手指按在桌面的照片上，「你走進便利商店，借用店員的手機打了通電話。經過調查發現，號碼所屬人是陸聲。」

她的手指往左側移動：「從便利商店出來後，你偷偷把別墅的鑰匙放在這個小花壇的底部。一家器材店的監視器清楚拍到了這一幕。半個小時後，住在附近的陸聲趕了過來，從花壇裡拿走鑰匙。」

賀泱雲的目光落在那張昏暗的照片上，眼中還有朦朧的水霧，沒有出聲否認。

穹蒼：「抵達于女士家後，你找了個藉口，又用她的手機打了通電話給陸聲。在這通電話裡，你透過陸聲的描述得知，自己離開家裡的時候，吳鳴其實還沒死。你很震驚，難以相信這世上竟然有這樣的巧合。然而那時候陸聲已經破壞了屍體，你們沒有收手的餘地，於是你乾脆讓他按照原定計劃行動，並留下了家中的監視器畫面，作為自己的不在場證明。」

「三個小時後，陸聲再次出現在這個花壇前，並把鑰匙放了回去。第二天早上六點，你開車路過，拿回鑰匙，趕往別墅。整個過程，你說你沒有指使過陸聲，恐怕不會有人相信。」

賀泱雲笑了下。

穹蒼托著自己的下巴，說：「他現在已經死了，你可以解脫了。」

賀泱雲閉著眼睛不說話，穹蒼坐在他的對面等他。

過了不知多久，賀泱雲平靜地開口道：「結婚以前，吳鳴對我很好，甚至可以說是殷勤。他家裡很窮，非常窮。我們學校的學費已經很便宜了，但是他家的開銷大，他不停地打工，還因為營養不良差點住院。可是他每次一拿到薪水，都會買禮物給我。我以為他喜歡我喜歡到卑微，連命都不要了，後來我才知道，這是商人對商品的投資。對他來說，我只是一個不錯的踏板。是他野心版圖裡很小、很小的一塊。」

在吳鳴功成名就後，就沒有人會聽李毓佳訴苦了。吳鳴在外保持著好好先生的口碑，打著愛妻的人設。所有人都以為她是豪門貴婦，生活無憂無慮。哪怕還有煩惱，也不過是一些調劑生活的情調罷了。

李毓佳在日復一日的冷暴力中趨近崩潰，就連在夢裡都在嘶吼著這些人的罪行。

賀泱雲冷笑道：「他早就知道自己不能生。他當年捅傷別人，留下了心理陰影，之後又因為生活壓力大，生了病，徹底不行了。他不肯去醫院，只能我去。起初我真的以為是我的問題，他看著我不停受苦、憔悴、失眠、發燒，卻一概不問。對外還稱是我不想生孩子，他要尊重我的想法。我是見鬼了才會相信他。他成了廢物，就來折磨我？」

持刀搶劫的罪刑很重，尤其吳鳴還把人刺傷了。如果他當年進去了，可能到現在都還在牢裡。

不知道在每個寂寞的夜晚，吳鳴不期然地回首往事時，有沒有出現過後悔的念頭。

穹蒼問：「你沒有想過要離婚嗎？」

賀泱雲說：「我不甘心也捨不得。我的心腸不像他那麼狠，我總是會想起他曾經對我的好，以為他可以回心轉意。事實是到了後來，他甚至能面不改色地用花瓶砸我的頭，然後若無其事地離開。呵呵，白費了那麼多年的感情，甚至越賠越多，一無所有。我不是一個好商人，在他眼裡，我只是個韭菜。」

「人心是最不能用來當作籌碼的東西。就算在一起十年、二十年，一旦沒了感情，堆積起來的可能就不是親情，而是憎惡。」穹蒼說：「所以我是一個悲觀主義的投資者。」

賀泱雲沉浸於自己的人設：「吳鳴這個人很虛偽。他做那麼多的慈善，只是為了掩飾內心的不安。媒體和網友的誇讚，能讓他忘掉當初的自己。他能逃避一時的刑罰，卻一輩子都逃避不了自己的良心。可是他對我那麼殘忍，他的內心就不會不安嗎？他能意識到當年搶劫的錯誤，但在他眼裡，我卻是個活該受苦的人？他對我就沒有一點感情嗎？」

穹蒼在心裡回了句。

「沒有。」賀決雲自己回答道。他慘澹地笑了下，「最終，我還是變得像吳鳴一樣利用別人，妳覺得像我這樣的人很可悲嗎？」

穹蒼深深地看著他，想幫他鼓掌。正當她感慨於Q哥對角色的解讀真是鞭辟入裡、精妙到位，賀決雲表情一變，急切地澄清了句：「這些不是我自行發揮的，都是原版供詞。」

穹蒼：「……」

賀決雲快速切換回狀態，嘆道：「就這樣吧，我認了。你們逮捕我吧，起碼我下半輩子不用做像吳鳴那樣的可憐蟲。」

穹蒼：「……」問題來了，這應該算是影帝還是影后？

穹蒼帶著賀決雲從審訊室走出去，正好陸聲也被押著從對面的房間走出來。數人在狹窄的走道上相逢。

陸聲儀表邋遢，看到他們後喉結一陣滾動，忍不住問道：「我能不能問你們一個問題？」

穹蒼用餘光瞥向賀決雲。

「你們是怎麼抓到我的？」陸聲哽咽道：「我就是打遊戲而已，什麼也沒幹。我進入遊戲後一直在打遊戲，也不曉得能做什麼。劇情快轉後拿到完整劇本我才知道，我命中註定少了一通電話。我一直……在等妳的電話，這位美女，請問怎麼稱呼？」

……破案了。原來是你！

賀泱雲冷冰冰道：「大哥。」

陸聲虎軀一震：「咦！」

穹蒼同情道：「他的意思是，他是你大哥。」

陸聲：「……」

陸聲將嘴裡的苦澀咽下，堅強地說完自己的臺詞：「沒關係，我不後悔，一切都是我自願的。佳佳，我希望你能好好活著，保護自己。」

穹蒼評價：半毛錢演技，不能再多了。

在他話音落下的同時，遊戲通關的字樣從半空飄過。

賀泱雲鬆了口氣，不等倒數計時結束，直接登出副本。

穹蒼看著身邊突然空出的位置，抬手抓了一下，然後隨著系統提示彈出模擬艙。

直播間的觀眾紛紛跳出來道喜。

『通關旋轉撒花！這算不算全員惡人的副本啊？除了跑龍套，竟然沒有一個人是無辜的。』

『有一個，陪跑全場但只有姓名的范淮。』

『倒也不必因為片面否認全部，其實都不是什麼無惡不作之徒，只能說人性總有卑劣，而他們比較不幸罷了。』

『撒花！可惜這邊的〈謀殺之夜〉副本沒開啟，大神沒拿到百萬懸賞。隔壁好幾個踩狗屎運的都撞開了。不過大神這邊的凶案還原度是目前最高的。』

『這個副本告訴我們，逃避責任的男人真的不行。』

『我內心本來很嚴肅的，奈何最後出了兩個活寶。還是撒花吧。』

穹蒼從模擬艙走下來，手腳無力。多段記憶同時恢復，對她產生了一定的衝擊。她在一旁的椅子上靜坐，以緩解大腦的疲憊。

機械室裡異常安靜，只有各種發動機運作的聲音。工作人員收到她下機的提示，又等不到她出來，小心地在外面敲門，詢問她的身體狀況。

穹蒼敷衍地回了一句後，把手插進口袋。指尖被硬物磕了下，她低下頭，摸出一張三天的身分卡。

穹蒼想起三天大樓裡的那間豪華休息室，不由扯起嘴角笑了出來，拿出手機傳送訊息。

穹蒼：『副本結束了，我請你吃頓飯吧。』

正在核對後臺資料的賀決雲受寵若驚，甚至不太敢相信，生怕是自己會錯意。他停下手頭的工作回覆對方。

賀決雲：『去哪裡吃？』

穹蒼：『休息室。裡面的服務高級又齊全，連專門的會所都比不上。』

賀決雲：「……」我真是謝謝妳。但是這跟我付錢有什麼差別？

賀決雲：『妳繼續編，妳還去過專門的會所？』

穹蒼：『哎呀。』

穹蒼的回覆透露著她的震驚，大概沒想到凡人居然這麼快就變聰明了。

穹蒼：『來不來啊？』

賀決雲：『去。』

賀決雲回答完，覺得自己不能表現得太過急切，將手頭的總結報告寫完上傳後，才不緊不慢地走過去。等他到的時候，穹蒼已經坐在那裡用餐了，也是一點都不客氣。她面前擺著好幾個大碗，手裡的涼麵還散發著冷氣。

賀決雲一看就樂了。可以，還挺會享受。

賀決雲在她對面坐下，指節在桌上輕叩以作提示。穹蒼聞聲抬起頭，客氣道：「你自便，當在自己家就好，我就不招呼了。」

賀決雲：「……」這難道不是他家的嗎？

穹蒼熱情推薦道：「這涼麵和滷牛肉挺好吃的。那邊的叔叔還幫我剝了一整隻螃蟹，也滿好吃的。」

賀泱雲掃了已經被清空的小碟子一眼，心情複雜道：「這邊可沒有剝螃蟹的服務，我都沒被招待過，妳面子大了。」

「是嗎？」穹蒼很高興。她笑起來的時候，身上那種清冷的氣質悄然褪去。她欣然道：「這裡的人太好了，還幫我調了醬。」

原來讓她高興是一件那麼簡單的事情。賀泱雲也笑了起來，說：「妳沒調過醬嗎？醬當然要自己調才有靈魂。」

穹蒼無比清醒道：「我不希望賦予它黑暗料理的靈魂。」

兩人對坐著吃飯的時候，休息室裡的人漸漸多了起來，大部分都是參加完《凶案解析》的玩家。

這次應懸賞召集的玩家人數非常可觀，其中不乏各路明星選手。賀泱雲認出了一些眼熟的人，坐在角落裡補妝。

能參加《凶案解析》的未必都是天才，三天更多是在考核玩家的心理素質，所以一些有鏡頭經驗的網紅反而容易通過測試。他們雖然破不了案子，但用搞笑反差的直播方式，依舊殺出了一條血路。

在兩人不遠處，一小批人聚在一起，看關係明顯是認識的同好。他們激動地討論著相關話題，原先還會壓著嗓子，到後面說得越來越激動，不自覺提高了音量。

「剛剛離開副本的時候我看了一下，隔壁有個直播間的人氣很高，是個女玩家，好像還是一個新人。沒有公司和團隊，居然衝上了贊助榜。很久沒看見那樣的玩家了。」

「我也看見了，我當時追了她第一次參加的副本。我猜她的年紀應該五十歲以上，經驗老道，性格沉穩，普通的年輕人不可能有那種運籌帷幄的感覺，說不定是個退休的專業人士。」

「這次的副本不是不開放給新人參加嗎？」

「普通新人跟內部專業人士能一樣嗎？應該是走內部推薦管道吧。」

「《凶案解析》什麼時候能再出一個像達達那樣的高智商美女啊？三天對這個遊戲的資格測試卡得太嚴了，再讓圈子掀起一波風浪吧！」

「說不定那個新人也在這裡，大家說話小聲點。」

「對啊。你們猜是哪個？」

賀決雲一邊豎著耳朵聽，一邊打量自己對面這位「專業的退休人士」，覺得有點好笑。

這群人縮著脖子，隱蔽在人群中搜索「新人」，可惜沒有找到吻合的目標。他們完全沒把可能性放到穹蒼身上，只以為她是玩家家屬或者三天的工作人員。

一無所獲後，幾人又開始討論起副本的劇情。

「靠，你們不知道，我扮演的是陸聲，我真的太慘了。我的工作不是遊戲直播主嗎？我以為線索全在遊戲好友裡，就不停帶著觀眾打遊戲、刷副本。結果到最後才發現，我扮演的其實是一個舔狗！我還為了刷副本，連續掛了兩次李毓佳的電話！」

「比我好，我演一個出軌的女人。我把陸聲找出來了，我以為他是凶手，把他叫到家裡，和吳鳴攤牌。結果吳鳴怒了，暴打情夫，劇情崩壞了，我就被彈出來了。」

幾人長吁短嘆地說著令人噴笑的細節。賀決雲一個沒忍住，一口麵嗆到自己，憋著咳嗽醞出兩汪淚花。

「你們這只能叫意外，和我同副本的那個玩家才是腦子有洞。抓著我要跟我打架，非說自己才是對的，還讓我聽他的話。我呸！團隊副本憑什麼要我聽他的話？於是我們兩個開場打了一架，雙雙進了醫院，在裡面待了兩天，等到出院的時候就被彈出遊戲了。」

「你們知道嗎？我抽到了吳鳴。為了觀眾，我穿了女裝和高跟鞋，然後去找李毓佳攤牌，李毓佳被我嚇傻後劇情就崩壞了，你們信嗎？」

幾人討論著，也發現不對勁。

「怎麼都崩壞了？就沒一個過關嗎？」

「這遊戲沒有存檔功能，每次都崩得我猝不及防，要是能重來一次，我肯定可以。」

「所以主要還是得看隊友啊。就隔壁那個新人的直播間，陸聲那個玩家也是個混子，什麼都沒幹，新人靠本事探索出百分之八十的劇情，跳過了〈謀殺之夜〉，最後副本探索度居然是完美。我看著都要哭了。」

「我看那個副本的李毓佳也是個混子，不過演技挺好的，就還有點用處。」

賀泱雲沒想到聽個八卦還會殃及到自己，表情陰沉，涼颼颼地掃向說話的人。記住他了。下次幫他安排個路人甲的身分。

賀泱雲還在分神偷聽，穹蒼已經吃完了。她將筷子平放，大碗一推，雙手搭在桌上看他。

賀泱雲有些後知後覺，被她這樣盯著，飯也吃不進去，挪動著往旁邊滑了半個人的位置。

穹蒼立刻跟了過去。

賀泱雲不得不承認這人是在針對他。

「幹什麼呢？」賀泱雲說：「妳吃完就走吧，不用等我。」

穹蒼道：「大家都是朋友了，有件事希望你幫個忙。」

賀泱雲：「妳先說。」

穹蒼：「我想見李毓佳。」

賀泱雲下意識以為她在挑逗自己，故意提他角色的事，筷子都舉到半空中準備拍下，卻突然想到她指的可能是李毓佳的原型人物。

這下動作卡在半空，不尷不尬。

「妳見她幹什麼？」賀泱雲調整了下，淡定地收回手臂，說，「不行，這不合規矩。」

穹蒼淺淺地笑了下，並不糾纏：「好吧，打擾了。」

她放棄得如此乾脆，賀決雲反而不自在了。

這女人不知道什麼叫求人嗎？還是她以為花一點時間陪自己吃個飯，就是難得的誠意了？

賀決雲彆扭道：「如果妳可以給出足以說服我的理由，我能試著幫妳轉告她的律師。」

穹蒼摳著身分卡的邊角，片刻後說：「今天已經很晚了。」

外面的天已經黑了。

賀決雲：「妳要講很長的話嗎？」

「沒有，沒什麼很長的故事。」穹蒼說：「只是今天太累了。」

賀決雲：「那就明天？」

穹蒼：「再看看吧。我先回去了。」

賀決雲道：「我送妳。妳不會開車吧？」

穹蒼笑道：「不用，方起說他會來接我，他也住在A大附近，我們順路。」

賀決雲想了很久才回憶起方起這個人，是那位負責評估的心理醫師。

這段時間恰好是許多玩家結束遊戲的高峰期，休息室裡的人越來越多，環境也變得嘈雜起來。

賀決雲低著頭，突然覺得面前的冷麵變得寡淡。興致索然。

他起身離座，請服務生過來端走餐盤。

# 第三章　真凶

賀泱雲本來以為，穹蒼說的那幾句話只是推脫，沒想到第二天早上，穹蒼就傳了一個地址給他，約他見面。

當車輛行駛到指定地點的時候，賀泱雲不意外地看見了捧著兩束花、安靜地站在路邊的穹蒼。

她今天穿了一身黑色的衣服，顯得整個人更加形銷骨立，沒什麼氣色。不遠處的石碑上刻著的金色字體，更是讓他的雙眼被刺了一下。

賀泱雲：「墓園？」

他記得穹蒼的母親很早就過世了，資料上也沒寫到親朋好友的資訊。

穹蒼說：「過來吧。」

夏末的早晨是沁涼的，尤其在墓園這種還沒照到太陽的地方。山間吹來的風，帶著一股特別的沉悶氣味。

賀泱雲一路跟隨穹蒼，和她來到靠近中間的一個位置，他看著穹蒼蹲下身，將手裡的花束分別擺在相鄰的兩個墓碑前。

灰色的石板與白色的菊花，人死後的存在都會變得如此簡單。

賀泱雲想起穹蒼以前說過，她因為買了兩個墳地而瀕臨破產，應該就是這裡了。只是他不明白這跟李毓佳之間有什麼關係。

他彎下腰，湊近墓碑查看上面的刻字。

賀決雲在看清上面的字後，直接愣在原地。

「她們是……」

穹蒼點了點頭，說：「一年前，她很高興地告訴我，她的兒子快要出獄了。但是她已經等了十年，她很緊張，不知道該怎麼面對、要用什麼樣的態度，才能保護好她的兒子，既不會讓他對疏離的親情感到不適，又能勸他盡快接受新生活。我說，我沒有主攻過心理學，我不知道。但是他應該能理解妳對他的包容。」

賀決雲聽她說話，就知道穹蒼與這位叫「江凌」的女士的關係不一般。

她提到這個人的時候語氣會有波動，看著這個冰冷的墓碑時眼神會出現哀傷。

謝奇夢覺得她是一個不近人情、缺乏同理心的人，顯然不是。

賀決雲思緒飄遠，就聽穹蒼說：「在她兒子入獄十年的時間裡，她從來都沒有放棄申訴。她始終認為她兒子是冤枉的，因為范淮是這樣對她主張的。作為一個母親，她只能依靠對兒子的信任堅持下去。但是直到范淮出獄，他們都沒有找到可以翻盤的證據。」

穹蒼的手指在照片上拂了一下，將上面的灰塵擦去。

照片上的女人五官明麗，笑容明亮，是她年輕時拍的證件照。因為在范淮入獄之後，她就沒有再拍過漂亮的照片了。

穹蒼站起身退了一步。

「既然范淮都要出獄了，她希望一切可以過去，哪怕沒有所謂的真相也沒關係。那麼久的奔走讓她明白，不停執著於一件沒有結果的事，可能會將下半生蹉跎進去。范淮還年輕，他才二十六歲。十年的時間也很漫長，讓許多人都忘了當年的事情。她覺得，也許一切都可以重新開始。」

疲憊是會讓人妥協的。絕望的是，終於選擇妥協的人，到最後發現，等待她的依舊是那個結局。

賀決雲嘆道：「對不幸的人，命運就像一座迷宮。」

你不知道什麼時候就會忽然轉彎，你以為自己正朝著未來的捷徑行駛，但你卻不知道，那或許只是獵人設下的一個陷阱。即便你提心吊膽地面對每一個反曲點，出口也在與你背道而馳的地方。

「我從來都不認為，所謂的『重新開始』是一種樂觀的想法。本質不過是一廂情願的逃避而已。」穹蒼冷笑了下，說：「可是這個世界，懦弱不是錯誤。對江凌來說，那是她最好的結果，我能理解。可對於某些人來說它才剛開始。將近沸騰的水，又怎麼能依照她的意願平靜下來呢？」

賀決雲看著她被晨光照拂的背影，問道：「妳覺得范淮是一個什麼樣的人？」

穹蒼想了想，仰起頭評價道：「范淮是一個偏科的天才。他上學時的成績普通，那是因為學校沒有適合他的課程，而他本身也不喜歡學校的學習風氣，沒有求學的上進心，整天渾渾噩噩。他屬於班級裡那種活躍氣氛、喜歡起鬨，可是不會讓人討厭的學生。他的空間思考能力十分出色，遠超常人，這也是他後來可以在毫無規劃的情況下，避開所有監視器，逃出警方嚴密包圍的原因。」

穹蒼說：「我跟他並沒有直接的接觸，你問我他是一個什麼樣的人，除了學術上的評價，我無法給你客觀的答案。因為我對他所有的了解都來自於江凌。而江凌對他的評價，想必你不會採納。」

賀決雲：「妳當初為什麼會收他做學生？」

穹蒼說：「范淮在某本科學雜誌上看見我，對我很好奇，抱著試探性的態度寫了一封信給我，我沒有收到。後來他又請求他的母親幫他遞信。」

穹蒼說著，聲音停了下來。

她想起第一次看見江凌時的場景。

那時候的她早已開始獨立生活，只是因為沒有大人的教導，日子過得比較糟糕。她在那種粗糙又糟糕的環境裡讀書、成長，摒棄了所有她認為多餘的東西，成為大眾眼中的怪人。

性格陰鷙，態度冰冷，不修邊幅，邋遢陰暗。

很少有人願意靠近她，也很少有人關心她。社交禮儀上的客套，是她能獲得的最大友善。

她從無數人的表情裡看過畏懼和厭惡的存在，同樣也不喜歡他們。

那時候，江凌手裡拿著一份信件，謙卑地站在她的門口，隔一段時間就抬手敲一次門。

宿舍大樓樓梯間的窗戶大開，到了夜裡溫度驟降。

穹蒼並不是基於對江凌的同理心，而是因為持續被打擾的不悅，才過去打開了門。

見到她，江凌那張明明年輕、卻已經爬滿皺紋的臉，先是露出驚喜，將面上的疲憊驅散，然後是驚訝，衝著穹蒼上上下下打量許久。顯然她也不知道，她兒子所謂的「A大老師」，只是一個看起來比她兒子的個頭小很多、明顯營養不良的女生。

穹蒼等了會兒，見她不說話，冷漠地要將門關上。江凌在倉促之中，將手卡了進來。門板重重地擠壓手指，江凌發出一聲痛呼，卻也成功阻止了穹蒼的拒絕。

穹蒼冷眼看著她，想要探尋出她真正的目的。

「沒什麼，不要怕。我只是不小心發呆了一下，手是我自己夾到的。」江凌因疼痛而不停抽氣，將信件塞進懷裡，騰出一隻手按著發腫的指節，朝穹蒼露出友善的笑容。她問：「妳家裡沒有大人嗎？」

穹蒼歪過頭。第一次從一個陌生人身上看到這種包含尷尬、討好、親切，難以詳細描述的表情。

她從這個女人的身上感受到了不同於他人的真誠。

她的感覺從來不會錯。

也因為這樣，她沒有把這個女人趕出去。

「我幫妳整理一下房間吧。」江凌說：「妳是不是沒扔廚房的垃圾？我好像聞到了汙水的味道。」

穹蒼默不吭聲，稍稍讓開一點位置。

江凌走進屋，發現情況比她想像得還要嚴重。她揣著手，腳尖不慎踢到地上成堆的外送餐盒，而前方的情況比門口更糟糕。她轉過頭看著穹蒼。

穹蒼問：「幹什麼？」

江凌打量著她，伸手扯了扯她脖子邊的T恤領口，笑道：「我先去買兩件衣服給妳吧。妳喜歡什麼樣的衣服？」

穹蒼嘴唇翕動，不太習慣地挑起眉毛。她從江凌的臉上讀出了高興的情緒，讓她以為是自己的錯覺。

「都一樣。」穹蒼當時說：「隨便吧。」

賀決雲沉悶的聲音打斷了她的思緒，他問道：「妳是從那個時候認識他母親的？」

「是啊。」穹蒼翹起唇角，「她對我很好。她的女兒上了大學後，還沒畢業就跟人結婚，和她關係疏遠，兒子身陷囹圄，沒辦法陪伴她。她很孤獨，很想被需要。她是一個性格溫柔的人。可惜她的人生經歷，讓所有認識她的人都拒絕接受她的溫柔。正好我看起來缺人照顧，於是她將自己的母愛轉贈給我。」

穹蒼就是看在江凌的面子，才會收范淮做自己的學生，並認真指導他。起初她對那個見不到面的學生，並沒有任何特殊的感覺，只是覺得這樣的行為可以抵消江凌的「保姆費」。她不喜歡虧欠別人。

可是，江凌同樣教會她許多事情。

這個中年女人總是嘮嘮叨叨，有著說不完的話，在任何小事上展露著自己的關愛。她潛移默化地影響著穹蒼，在不知不覺中構成了她單調人生裡轉折性的一筆，甚至讓她有種多了個家人的錯覺。

穹蒼在她的影響下，變得體面與禮貌。她知道衣服需要常洗常換，知道T恤疊穿T恤不是一種正確的穿法，知道生活需要品質，保持衛生是一種良好的習慣。知道樂觀是一種態度，幽默是一種優點。甚至還在她的推薦下，鑽研了冷笑話大全。

雖然沒有派上用場。

穹蒼的聲音細碎地飄在風裡，一字一句卻很清晰。

「她小心翼翼地想要尋求一種平衡，想要在這個脆弱暴躁的世界裡安然地生活下去。但是四個多月前，她的女兒去世了，她的兒子再次成為一個凶殘的殺人犯。所有的證據都證明，他就是一個窮凶極惡、不可被原諒的人。所以她也自殺了。」

一個失去信仰的人，帶著難以釋懷的傷痛離開了這個世界。

賀決雲看了墓碑上記錄的日期一眼，是鮮紅的四月三號。

也就是范淮被警方全城搜捕的那一天。

「她在臨終前打了通電話給我，對我說『對不起，也許我不應該讓妳教導我的兒子』。」穹蒼的笑容帶上了蒼白，「我覺得她的道歉莫名其妙。我根本不可能因為將來發生的事情，對過去做出評判。而且人類也不應該單一地從結果來對過程進行評價。我不認為我教授的知識，會使范淮走上歧路，更不會因此覺得後悔。如果我當時能分心多鼓勵她一句，也許她還能堅持下去。」

賀決雲看著穹蒼沒有血色的嘴唇，以及似乎要被風吹倒的削瘦身形，心底莫名生出一股難言的澀意。

翻過山頂掃射過來的陽光，在她身上披了一層半透明的金衣。

賀決雲第一次如此強烈地感覺到，這個人和普通人是一樣的。

她並不冷靜，也不冷漠，只是習慣用沉默來面對這個世界。她不將自己的喜怒哀樂展示給別人看，不代表她無動於衷。

一個浮萍似的年輕人，和一個找不到家的母親。賀決雲甚至能想像到她們兩人笨拙地扶持，互相尋求安慰的樣子。

她們在各自的生活中，扮演了比她們想像中還要重要的角色。

賀決雲聽著自己的聲音乾啞道：「妳相信范淮是無辜的嗎？」

賀決雲的問題讓穹蒼恍惚了一下。

穹蒼突然想起，那時候的江凌偶爾會跟她說范淮的案子。

江凌總是缺少人溝通，她的女兒不想長久地活在自欺欺人的世界裡，她就盡量不在女兒的面前提起。可是對著社會上的陌生人，她也不能告訴別人，說自己已經被法院判決的兒子其實是無辜的，她覺得那樣對死者太不尊重了。

只有在面對早熟又沉默的穹蒼時，她內心難以壓抑的傾訴欲才漸漸冒頭。

她其實不是想要得到穹蒼的認同，她只需要穹蒼的沉默就可以了。

穹蒼因為好奇，去查了當年的相關資料，並在江凌再次提起的時候，對她說：「我查過范淮的案件。當年的人證和物證都很齊全，證人之間也沒有關係，跟范淮毫無恩怨，案件的證據和邏輯都很合理，是冤案的可能性很低。」

江凌像是被嚇到了，臉色猛地變白，生怕她說出下一句，支支吾吾道：「是……是嗎？他……他……可能吧。」

穹蒼看見她這麼大的反應也很驚訝。她很快想到，可能有無數人對江凌說過類似的話，且後面緊跟著的措詞一定不怎麼好聽。於是她又補充了一句：「除非真正的凶手有很大的能量。」

大概是她不善說謊，說話的樣子太違心，江凌沒有相信，並因為這句話陷入了巨大的惶恐。

她真的很善良，她接受了社會道德對罪犯家屬的精神懲罰，接受那是一種犯罪成本。等過了很久，江凌再也沒有提過這件事，穹蒼才知道，自己當時的無心之言，可能傷害了她。

穹蒼手指微動，被她握成拳按在手心：「我從不以『好壞』這種虛無縹緲的標準去判定別人。我只相信證據跟事實。如果江凌對所謂的真相耿耿於懷的話，我也挺感興趣的。」

賀決雲深深地看了她一眼，然後說：「週三有空嗎？」

穹蒼低下頭，朝他致謝。

賀決雲還是有一個想不通的問題。他抬手按了按鼻根，掩飾自己眼眶的酸澀，問道：「妳為什麼會找我幫忙？」他們兩個其實不算熟悉吧？

穹蒼真誠道：「因為你是一個好人。」

如果只有這句也就罷了，她非得加上一句：「比較好騙。」

賀決雲頓時心塞。

「好人」就是被他們這群人弄成貶義詞的。

賀決雲把穹蒼送到大樓門口後，穹蒼沒有馬上出去，而是邀他上去坐坐。

賀決雲在她臉上辨識了片刻，覺得她應該只是客套，就說：「不必了吧？」

誰知穹蒼很快應道：「好的。」

賀決雲臉色一沉。這麼直接的嗎？不知道三揖三讓才能展現出誠意嗎？

緊接著穹蒼又說：「那我請你吃頓飯吧？」

賀決雲對穹蒼的請客簡直有了心理陰影，這次肯定道：「不必了，勞妳破費。」

穹蒼聞言笑了下，說：「我付錢，真的。」

賀決雲的表情舒緩了點。

穹蒼低下頭，往口袋裡掏東西，一邊說：「剛好，我有附近那家店的商品抵用券，再不去就要過期了。」

賀決雲雙眼麻木。

還好他沒來得及完成從大驚到大喜的情緒轉變。他就不應該相信這樣的人。

沒想到穹蒼最後摸出的是一張提款卡，她兩指夾著，在半空中晃了下，好笑道：「騙你的。三天第一場直播的贊助費用入帳了，我連付清房子尾款的錢都有了，請你吃頓飯算是感謝吧。」

連番被她整了幾次，賀決雲再蠢也明白了：「妳是故意耍我吧？」

穹蒼無辜：「這麼快就發現了？」智商果然提高了。

賀決雲呼吸沉重地指責：「妳有沒有一點良心！」

穹蒼擺正態度，認識錯誤：「真心請你吃飯。」

賀決雲惱羞成怒，直接伸長手臂，越過她幫她開了門。

由於他太過激動，忘了解開自己的安全帶，身形在半空被扯了下，差點撞在穹蒼的身上。好在他的手指已經碰到了開門的位置，他以扭曲的姿勢強行別過臉，快速按了下去。

熱浪從門縫裡吹進來，驅散了他的尷尬。賀決雲掩飾轟趕道：「我懶得理妳！下車下車！」

穹蒼假惺惺地嘆了口氣，推開車門走下去。

她本以為自己要吃一嘴汽車尾氣，已經做好準備站在旁邊，不想賀決雲竟然沒有在第一時間發動汽車，還停在原地。

黑色的貼膜讓穹蒼看不清裡面的場景，兩人一個車裡一個車外，靜靜地對峙了一分多鐘。

穹蒼不知道賀決雲是不是正透過車窗悄悄觀察她，但她知道這個好人此時肯定不自在。

她笑了一下，抬步往大門走去。

等她開了樓下的防盜門，賀決雲的車才調轉方向緩緩離開。

穹蒼兩手插進口袋，沒有選擇坐電梯，而是踩著樓梯有節奏地上去。

走到門口的時候，穹蒼聽了下，她已經聽見了裡面的動靜。

穹蒼低頭摸出鑰匙，開門後發現裡頭果然坐了個人。對方看起來還很年輕，正翹著腿，窩在沙發裡打遊戲。手機音效開得很大，各種技能的聲音從喇叭裡傳出，還有男女角色被攻擊時的嬌聲呻吟。

穹蒼問：「你怎麼在這裡？」

「妳逃掉我兩次預約，我來看看妳是不是出事了。妳知道我一秒鐘要多少錢嗎？」方起頭也不抬道：「妳別忘了，想繼續參加《凶案解析》的話，還得靠我幫妳寫精神測試報告，不要那麼快就打過河拆橋的主意啊。」

穹蒼沒理會他的不正經，在沙發的另一端坐下。

她思緒飄遠，目光渙散，用手指掛著鑰匙圈，不停地甩動。

金屬撞擊聲的存在感勝過了遊戲的音效。

方起輸了一把，大叫道：「不要甩了，吵死了、吵死了！」

穹蒼停下動作，認真地看著他說：「我懷疑你有躁鬱症。」

方起：「需要要我介紹一下躁鬱症給妳聽嗎？」

穹蒼：「算了。」

穹蒼起身去燒水和削水果，算是招待一下這位不請自來的客人。等到她端著水果盤回來的時候，方起正處在暴躁的狀態：「是誰？敢偷老子的家！這人是傻子嗎？連遊戲都不會玩還打什麼遊戲！」

穹蒼站在離他一公尺遠的位置，嫌棄地注視著他。

方起遲緩地察覺到自己的失態，抬頭看了她一眼，羞愧道：「不好意思，這是我們這行的通病。」

臭不要臉。

賀決雲比他可愛多了。

方起切出遊戲畫面，播放一首節奏輕緩的輕音樂後放到旁邊。然後拿起牙籤吃桌上的水果，一點也不客氣。

穹蒼坐在一旁查看電腦上的資料。

正當空間的氣氛變得弛緩的時候，方起突然問道：「身為妳的心理醫師，為什麼我不知道妳有創傷後壓力症候群？」

穹蒼：「我沒有。」

方起：「妳說妳怕黑，而且不是普通的怕黑。」

穹蒼長長的睫毛扇動了一下，說：「我騙賀決雲的。」

方起：「我看妳是騙我的吧？」

穹蒼敷衍道：「怎麼會呢？」

方起皺眉，表情嚴肅道：「如果妳不配合我的話，我只能去諮詢我的老師了。既然妳邀請我為妳做心理測試，我就要對我的專業負責。」

穹蒼點頭：「嗯，你去吧。」

方起站起來，坐到她旁邊的座位，說：「我實在不明白，妳為什麼那麼討厭我的老師。妳是我見過第一個不喜歡他的人，再怎麼說，你們也有八竿子打得著親戚關係吧？」

穹蒼平靜道：「沒有人會喜歡跟一個永遠都處在工作狀態的心理醫師待在一起。」

「那現在我們確實處在工作狀態，妳不應該抗拒我。創傷後壓力症候群是能治療的，我想幫助妳。」方起頓了下，問，「范淮找過妳了嗎？他有沒有向妳傳遞什麼資訊？很多時候，人類的大腦比妳以為的更容易受到影響。妳不能獨自解決所有事情，我希望妳能相信我。」

穹蒼說：「沒有。」

方起狠狠咬字道：「妳在說謊。」

穹蒼終於移開視線，在他臉上掃了一遍，說：「你才在說謊。」

方起：「……」他擼了把頭髮，「妳是火眼金睛嗎？」

穹蒼謙虛道：「還行吧。」

方起和她胡扯了一陣，發現自己確實無法從這個人的嘴裡套出她不想回答的事情，於是放棄了。

浪費時間一向不是他的準則。方起在帶來的報告上隨意打了幾個勾，又寫了個評語，拿起文件準備離開。

在他走到玄關的時候，穹蒼突然冒出一句：「希望你下次在來之前，可以先打通電話給我。我今天差點就帶著男人上樓了。要是他看見你，造成誤會怎麼辦？」

方起想說自己打過了，可穹蒼是個幾乎不接電話的人，正常人哪裡找得到。說到一半才明白她話裡的意思，萬分驚恐道：「是誰？」

穹蒼朝他笑了一下。

方起又一驚一乍地說：「真的？」

他立刻飛撲到窗邊往下張望，可此時樓下早已空空一片。

穹蒼曖昧道：「請你尊重成年人的生活。」

方起的內心十分複雜，身分卻又讓他不得不克制，只能乾巴巴道：「好吧。」

他走到門口，又不捨地回頭問了句：「到底是誰？」

穹蒼揮手：「再見。」

週三早晨，秋雨淅瀝瀝地下了起來。

賀決雲換了輛低調的車過來接人，因為天氣轉涼，還在車上放了一件風衣。

穹蒼捧著杯豆漿、捏著個肉包，站在路邊等他。

賀決雲問：「怎麼不吃？」

穹蒼：「你要吃嗎？」

賀決雲愣住了。

如果不接，會有點不甘心，畢竟這是穹蒼第一次真正請他吃飯，哪怕它只值幾十塊錢，哪怕這場合十分不正式。但是接了……他已經吃過早餐了。

穹蒼扯開塑膠袋，當著他的面一口咬下。

賀決雲面部肌肉抽搐了下，又變成看透世事的滄桑，說：「下車吧，主動點。」

穹蒼忍笑道：「今天真的請你吃飯，真的。」

賀決雲一邊發車，一邊氣道：「妳以為雙重肯定就能表達真誠了嗎？妳到底能不能嚴肅一點？我稀罕吃妳的飯嗎？稀罕嗎！」

穹蒼沉默地聽著，在一旁點頭附和。

她也沒想到賀決雲會相信自己開的任何低級玩笑，尤其對自己請客這件事有這麼大的執念，連豆漿和包子都不介意。

她之前是真的想請他吃飯的，結果他自己走了。

賀決雲的忿忿不平持續不到兩分鐘就消了，轉頭開始說起會面時的注意事項。讓她在見到對方的時候不要生氣也不要激動，更不能喧嘩。

不過他認為很難在穹蒼身上看到這三種情緒，倒是不用擔心。

在門口簽過字後，兩人進了單獨的隔間。

對面的女人明明才二十七八歲左右，看起來卻已經有三十五六歲的年紀。她就是李毓佳的原型。

從面容來看，她和李毓佳並不像，真人的五官比模型要精緻一點，身上的頹喪之氣讓她的美貌完全失色。

出生在中產家庭，嫁給了億萬富翁，最後過成這個樣子，她的人生經歷實在讓人唏噓。

穹蒼拉開椅子，在她的對面坐下。

兩人隔著玻璃窗對望，除了眼睛還在眨動，沒有其餘的動作。

一個表情麻木，眼下一片青紫，肩膀頹廢地垮著，似乎已經失去了對生活的所有希望。

另一個面無表情，氣場沉沉壓下，只有眼神一動也不動地盯著對面。

房間裡一片靜謐，秒針走動的時間變得清晰。

賀決雲抬手看了手錶一眼，確認時間的確是在流動的，不是他突然出現什麼異能。而現在也處在現實中，不是遊戲裡。

賀決雲換了個動作，目光在兩人之間來回巡視，懷疑她們有什麼特殊的交流技巧。

在這詭異的一幕持續了十幾分鐘後，賀決雲忍無可忍地彎下腰道：「妳們能不能用一些我可以理解的方式進行對話？」

穹蒼點頭。

賀決雲等了等，不見她吭聲，又說：「妳知道這次探視的時間只有半個小時嗎？不是妳非讓我帶妳來看她的嗎？妳想知道的，只是與她含情脈脈的感覺？」

穹蒼聽見時間提醒，動了下，終於開口道：「妳好。」

玻璃對面的女人看著她，還是沒有回應。

「我是范淮的老師。」穹蒼說：「妳可能不知道，或者不關心，他已經被全國通緝了。」

穹蒼自顧自地說道：「我今天來找妳是想問妳，為什麼妳會知道妳丈夫當年搶劫作偽證的事？」

女人的頭髮已經被剪短了，整張臉清楚地展露出來，讓穹蒼可以一眼看穿她臉上任何細微的表情。

穹蒼說：「不可能是他告訴妳的，因為他不信任妳。這是他的祕密，他不會告訴任何人。也不應該是他醉酒後順口說出來的，如果他有這個習慣的話，多年混跡酒桌早就暴露了。更重要的是，現場的布置和前三起殺人案件中一些警方未公布的資訊重疊，妳卻還原出來了。這不可能是單純的巧合。只有真正的凶手，才能告訴妳那些細節。」

女人的眼神閃動了下，眼下的肌肉些微抽動。雖然掩飾得很好，但穹蒼還是看出來了。

賀決雲見穹蒼刻意露出了然的神色，瞇起眼睛，探究似地盯著對面的人。

「從殺人到安排布置凶案現場的時間間隔很短。說實話，妳能那麼快就冷靜下來，讓我感到很不可思議，畢竟妳不是一個那麼清醒的人。我敢肯定，雖然妳那天不是故意殺死丈夫，但從妳的反應來看，妳早就在心裡設想過那種場景。有人給過妳指示，教妳如何布置現場，嫁禍給范淮。」

女人不迴避地直視著她，卻吞咽了一口唾沫。

「是誰？」

女人微微抬起下巴，像是坐得不舒服，開始小幅動作。

穹蒼雙手按在桌面上，逼近距離，注視著她的眼睛，加重語氣問道：「是誰？」

女人依舊沒有回答。

穹蒼的耐心告罄了，語氣也在長期的試探中染上不耐：「這件事從發生到現在，已經死了很多人。妳得到了妳想要的，為此妳犧牲了范淮的一生，連同他母親和妹妹的生命，背後或許還會有更多人因此犧牲。妳的人生已經比妳丈夫要卑劣無恥得多，妳的餘生真的能恢復安然平靜嗎？」

她張了張嘴，終於說出一句話：「這世上總有人會不幸罷了。」

「不幸？」穹蒼猶如聽見很好笑的事情，也確實笑出來了，只是無比的諷刺。她說：「妳的不幸是妳自己選擇的，當初有人逼妳嫁給妳丈夫嗎？有人逼妳在那個家庭裡卑微地生活七年嗎？有人逼妳出軌染病、逼妳犯罪坐牢嗎？妳明明有過無數可以選擇、回頭的機會，可是妳沒有。是妳自己一步步走到了今天，對錯都應該由妳自己承擔。可是范淮呢？他什麼時候才能選擇自己的人生？他的不幸是他的錯誤造成的嗎？妳卻說『總有人不幸』？妳憑什麼和他相比？」

穹蒼身體往後一靠，說：「妳那不叫不幸，叫愚蠢。他那也不叫不幸，叫人為。不是嗎？」

賀決雲擔心穹蒼激怒過頭，讓女人扭頭就走。

對面的人深吸一口氣，反駁道：「我沒有要陷害范淮，警方也沒有因此懷疑他。我甚至還幫他排除了嫌疑，不是嗎？」

「這就是妳自欺欺人的藉口？」穹蒼問：「妳為什麼要替那個凶手隱瞞事實？妳已經要坐牢了，你們之間沒有利益關係了。何必？」

女人：「我不知道范淮當年是不是無辜的，跟我沒有關係，我也不需要為他負責。」

賀決雲能明顯感受到「李毓佳」的鬆動。她有因為范淮產生動搖，可是在提到「凶手」的時候，又冷靜了下來。

穹蒼：「吳鳴……我是說妳丈夫。他當年的證詞和其他幾人邏輯和洽，才會成為重要證據。他沒辦法獨自編纂出那一段話，可是他和其餘證人又沒有明確關聯。那他的證詞是怎麼出來的？會不會像對妳一樣，進行誘導、洗腦、串供？范淮出獄以後，所有的證人都出事了。這可以說是范淮在復仇，也可以說他沒了翻案的機會。」

女人對她的話不置可否地笑了下，沒了那種被指責時的不安感。看來她並不認為殺死證人的，與十年前誣陷范淮的是同一人。或者說，她不認為策劃這起連環殺人案的真凶，是為了對范淮不利。

她甚至理解並認同那種行為。

女人站起身，任由椅子在身後推拉發出刺耳的噪音，然後晃動著身形朝門口走去。

穹蒼也站了起來。賀決雲搭住她的肩膀，示意她不要衝動。穹蒼很平靜，只是淡淡地問了句：「為什麼？」

「我還是那句話，這世上總有人會不幸。不幸會傳染，有的人能堅持，有的人不能。」女人看著門外狹長的走道，然後側過臉道：「你們想找的答案，不一定是你們想要的。真的，算了吧。」

# 第四章　晚安，江女士

兩人從石階上往下走。穹蒼明顯心不在焉，有些恍神。

賀決雲一手按住她的肩膀，引得穹蒼詫異地回頭看他一眼。

賀決雲問：「妳在想什麼？」

穹蒼沉吟兩句，說：「我在想她說的是什麼意思。她的心理素質和情緒控制都屬於尋常，幾次變化的面部反應告訴我，我說對了一部分，但也猜錯了一部分。可究竟是我猜錯了，還是她其實被人哄騙了，在不知道詳細內容的情況下，我無法進行判斷。」

「我發現你們這些人，總是對那種故弄玄虛的話比較在意。對方越是語焉不詳，你們就越想一探究竟，對吧？」賀決雲看著她一臉深究的模樣笑道：「如果她今天撒潑地和妳吵一架，妳還會把她放在心上嗎？」

穹蒼快速回答：「會。」

因為目前「李毓佳」是最明確的線索。

賀決雲說：「妳是真的相信范淮是無辜的。」

他是用陳述的語氣說的，沒有驚訝，也沒有譴責。

「要不然怎麼辦？」穹蒼自嘲地笑了下，沒有否認，只是繼續向前走，「像我們這樣的人，如果都不能相信對方的話，還能怎麼辦呢？」

賀決雲問：「什麼樣的人啊？」

穹蒼沉默良久，不確定道：「聰明到讓人忌妒的人？」

賀決雲：「……」他就不該同情心氾濫。

真是個不要臉的傢伙。

兩人沒走多遠，就看見一個高大的身影風風火火地衝了過來。眼見對方靠近，兩人默契地停止了話題。

來人明顯對穹蒼很是忌諱，刻意錯開穹蒼的目光，急急停在賀決雲旁邊。他抓住自己兄弟的手，譴責道：「我聽說你們來探視梁——你們知道這不合規矩嗎？就算她是遊戲的原型，你們也不能隨意接觸她。」

賀決雲攤手：「我們明明是走正常流程進去的，也徵得了對方的同意，不存在違規的情況。」

「那你們——」謝奇夢突地語氣一軟，「問出什麼了嗎？」

穹蒼好笑道：「打探消息啊？求人是這種態度嗎？」

「妳以為我們不知道？我們查出來的肯定比妳還要多，不要小看國家機器！」謝奇夢明明是在和她說話，卻偏頭看向賀決雲。

賀決雲被他瞪得不舒服，直接用兩根手指捏住他的下巴，往旁邊一扭，讓他正對著穹蒼，示意他少陰陽怪氣。

穹蒼哂笑：「怎麼，人民公僕不好意思見我啊？」

「我有什麼不好意思的？」謝奇夢說：「被列為嫌犯調查的人，就沒有一點自覺嗎？」

穹蒼：「我以為無能的人才會自覺慚愧。」

謝奇夢說不過她，又不敢嗆回去，拍了拍兄弟道：「老賀，你跟我來一下。」

賀決雲的五官都皺了起來，心想這位朋友未免也太膽小了。就聽穹蒼湊熱鬧地說：「我不會開車。」

謝奇夢叫道：「不會開車的話就去叫車啊！」

賀決雲：「是我送她過來的，我也要送她回去。」

謝奇夢不敢置信道：「老賀！你——你太重色輕友了吧？」

「先來後到也是一種規矩。」穹蒼衝旁邊的人一笑，「謝謝了。」

賀決雲：「哪裡哪裡。」

等穹蒼走開，賀決雲才用手肘碰了下謝奇夢，咋舌道：「成熟點，你搞什麼呢？那麼怕她？你這體型合適嗎？」

謝奇夢壓著嗓子：「我提醒過你！可我發現你已經陷進去了！」

「我想我們已經討論過類似的問題，我有自己的判斷能力，再多說就沒意思了。」

賀決雲下巴一點，示意道：「上車。」

謝奇夢跟上去：「我自己有車！」

賀決雲：「那你自己跟上！」

賀決雲把穹蒼送到樓下，就帶著車後的小尾巴離開。穹蒼並不在意他們兩個待在一起會說什麼，獨自回到家中，休息了一會兒後才打開電腦。

開電腦完全是下意識的動作，穹蒼的手比大腦快一步地打開了網頁。在搜尋引擎占領螢幕正中間後，她卻在下一秒陷入了無事可做的茫然。思考完後滑鼠一動，幾個文字跳動浮現，畫面進入了三夭的論壇。

當網頁上出現三夭標誌性的藍色圖案時，穹蒼的電腦竟然變得有些卡頓，右上角圖示轉動了幾圈才繼續往下讀取。

最先出現的是一個用紅字顯示的標題。一個小時前，三夭新發布了一則活動公告：

〈置頂通知〉《凶案解析》金秋九月，特殊限時副本：驚險逃亡，現正招募中！個人能力評分獲得超過九十分及以上的玩家，可報名成為「逃亡者」。普通網友可報名成為「追擊者」。三夭系統會在審核資料後挑選適合的玩家發送遊戲資格，有經驗者優先。遊戲獎勵豐富，歡迎大家踴躍報名！

〔點此查看活動詳情〕

穹蒼將內容來來回回看了兩遍，確認這個副本是針對范淮設計的。

當初范淮毫無準備地從警方的包圍中逃離，致使公家機關受到了多方質疑。尤其是來自媒體的抨擊，引發了一場網路「地震」。

之後范淮被列入全國通緝犯名單內，歷時數月的嚴密搜查，依舊沒能讓他落網。

社會對執法機關的不滿之聲越發加重，以外行人的角度不斷指責他們的行動，給出些令人啼笑皆非的建議。各方的偏見與苛責嚴重影響了機關的公信力，案件相關的員警頂著巨大壓力，多次出面解釋，卻始終被認為是在推卸責任。

這個副本應該是為了跟網友解釋，在抓捕逃犯的過程中需要面對種種困難。包括人力、物力、財力、技術侷限。

公告迅速被置頂成熱門貼文，網友像洗版似地在底下蓋樓。

『限時副本？九十分以上的玩家總共才幾個啊？那些人大部分都不是職業玩家，有時間來參加限定副本的就更少了吧？』

『追擊者是開放給所有網友嗎？也就是說我能報名了？夢不能少做啊，說不定真的會實現。』

『這是受不了網友的謾罵，所以再次聯合出了個新副本？』

『別忘了那個新人大神，她是最近這段時間唯一一個九十分以上的新人吧？她刷副本的頻率不高，會參加嗎？』

『我覺得可以啊。逃亡者就只有一個，追擊者一百人起跳，隨著時間增加還會繼續加派偵查人手，沒有上限。直接提供所有可提供的技術支援。追擊者開局就滿手好牌了，就是對逃亡者的要求有點高。』

『大型城市捉迷藏活動開始了（邪笑.jpg）。』

『如果逃亡者全軍覆沒的話怎麼辦？到時候豈不是更加證明警方的無能？這次的資源分配過於不合理。』

『我覺得這樣才算合理。否則到時候有玩家逃出去了，鍵盤俠又陰謀論說這把不算（微笑.jpg）。』

穹蒼瞥見逃亡者名單裡寥寥無幾的幾個名字，在後臺遞交了申請。

賀決雲接到穹蒼的報名通知時，正在和謝奇夢一起吃火鍋。他底下的員工還興奮地打了通電話給他，詢問要不要幫他在穹蒼的副本裡安插一個緊緊跟隨的角色，讓他們兩個再續前緣。

賀決雲對這個腦子有洞的孩子已經有了心理陰影，這位員工在坑老闆的手段上可謂嫻熟。何況能跟逃犯綁在一起的角色會是什麼人啊？人質嗎？那穹蒼肯定會在第一時間手起刀落解決他，畢竟誰逃跑還帶個大型拖油瓶？還以為是在浪漫私奔？

賀決雲像是那麼不要面子的人嗎？

賀決雲高冷回道：「大可不必。」

不懂揣摩上司心理的年輕人又問：『老大，那我幫你安排一個刑偵大隊隊長的身分如何？一個可能追不到她，但她卻永遠擺脫不掉的男人！你覺得這個人設可以嗎？』

「不用了！」賀泱雲憤怒回覆，「讓三天的工作人員去當指揮，你是想幫網友送人頭嗎？整天人設人設，你信不信我把你調去隔壁做策劃的助理！」

年輕人委屈道：『好嘛。那我幫你安排一個平平無奇的……小公僕角色，這樣可以嗎？』

賀泱雲簡直想把人封鎖。他放下手機，就看見對面的謝奇夢舉著手中的筷子，直直地對準他。

謝奇夢危險道：「你在跟誰說話？」

賀泱雲板著一張臉：「談工作。」

謝奇夢問：「我剛剛跟你說話，你聽見了嗎？」

「沒有。」賀泱雲幫自己倒飲料，隨口道：「你剛才說了什麼？」

謝奇夢的聲音驟然拔高，嚇得他手打了個哆嗦。

「談工作能讓你那麼投入忘情？你不會是在跟穹蒼聊天吧！」

這一個個都是什麼人啊！賀泱雲覺得自己的涵養每天都受到身邊人的挑戰。他無奈道：「沒有！我說你最近是有什麼毛病？你是被穹蒼咬過嗎？都沒見你那麼怕范淮，但見到穹蒼，就跟有心理陰影似的。你能不能來點可靠的證據？」

謝奇夢吞吞吐吐，最後凝重地說了句：「她很會說謊。」

光指「騙人」這一點的話，賀泱雲心想他早已深深體會過，可他被騙了那麼多次，也不覺得穹蒼是個會報復社會的人。

「你知道嗎，真要算起來的話，從小到大騙過你最多次的，多半是你的父母。在你還不懂事的時候，他們敷衍你、糊弄你，哄你吃藥、吃蔬菜，讀書，聽話。那你會覺得他們很恐怖嗎？」

謝奇夢仔細品味了下，猛地倒吸一口涼氣，驚恐道：「你覺得穹蒼喜歡我？你是從哪裡看出來的？」

「我呸！你腦子裡裝的是什麼漿糊，到底在想什麼啊？」賀決雲也差點被自己的口水嗆到，「我的意思是，說那些謊話無傷大雅。她不是真的為了騙你，只是為了開玩笑而已。」

謝奇夢激動道：「你不懂！沒那麼簡單！」

賀決雲敲桌：「不懂就吃飯！」

謝奇夢氣結，想要歷數穹蒼的過錯，可有些小事的確搬不上檯面，說出來容易因小失大。他幾番欲言，最後還是選擇先醞釀情緒，低下頭組織腹稿。

火鍋的湯底早已沸騰，白煙裊裊往上竄起。肉片孤獨地在紅湯裡翻滾，在肉質變老後，終於被一雙筷子夾走。

沒吃兩口，賀決雲的手機再次響起，收到一則來自客服的訊息。

那邊說有一家經紀公司想要簽穹蒼做他們的主播，希望三天代為聯絡一下。然而客服按照穹蒼留下的聯絡方式傳送訊息後，久久沒有收到回覆。於是問問監察者能否幫忙轉告，並把娛樂公司的聯絡電話轉傳給他。

後面還附上三天法務部門監督簽約的佣金表格。

賀決雲順手切換到聊天軟體，將內容簡要轉述給穹蒼。

穹蒼很快給了答案。

穹蒼：『不去。』

於是賀決雲把這兩個字原封不動地轉給經紀公司。

沒想到對面十分豪橫，應該是把賀決雲當成了穹蒼，傳了長長的文字過來。

『不跟我們簽約的話，妳是很難出頭的。我們可以幫妳洗白、幫妳安排搭檔，幫妳管理粉絲和催贊助。這行不好混，雙贏才是出路。希望妳能想清楚。』

『我們對妳也有一定的了解，穹蒼，不要小看團隊的力量。妳出頭會搶走別人的飯碗，那些人沒我們這麼好說話。妳身上有不少缺點，容易成為別人攻擊的對象。單看妳的身分就會讓人覺得很微妙了。』

這威逼利誘又高高在上的，賀決雲看著，直接被氣笑了。

從穹蒼的ＩＤ出現在新副本的報名列表開始，她的粉絲就呈倍數增長。憑她的實力，根本不需要額外的運作，早晚也能出頭。如果真的想賺快錢，露個臉才是捷徑，試問誰不喜歡高智商又漂亮的姐姐呢？

想賺錢還踐得二五八萬的，是把穹蒼當成低情商韭菜？

賀決雲直接截圖傳給穹蒼。

穹蒼：『回覆，滾（滾.jpg）。』

可以，文字加圖案，不愧是前教授，考慮得面面俱到。

賀決雲按照穹蒼的意願回覆對方，並封鎖那家經紀公司，不再放在心上。

穹蒼難得沒有神隱，還在繼續跟他聊天。

穹蒼：『你不是在跟謝奇夢吃飯嗎？』

賀決雲：『對啊。』

穹蒼突兀地冒出一句：『你知道謝奇夢為什麼要叫謝奇夢嗎？』

賀決雲當然知道。

謝奇夢的媽媽在懷他的時候，連續幾天做了一個很奇幻的夢，導致他媽媽一個好好的無神論者，都快信仰動搖了。

眾所周知，古代凡大人物出生必有類似的異象，彩霞滿天、神女託夢都是標準配備，沒有一個都上不了檯面。家裡幾個長輩聽說後，覺得謝家此子定成大器！謝叔叔覺得這事太好笑，乾脆把它寫到名字裡，讓他從名字裡透露出一股不凡。

賀決雲：『妳知道？』

穹蒼輕嘆回覆：『他沒浪費他爸媽幫他取這個名字的意圖，說過一百次了，特別不平凡。』

賀泱雲大驚：『妳認識他？』

穹蒼：『對啊，不然他講我壞話的素材是從哪裡來的？』

賀泱雲抬起頭問：「你認識穹蒼？我是說，在范淮之前，你跟她就很熟？」

謝奇夢愣了下，把筷子往桌上一拍，無比痛心地譴責道：「你你你，你還說你沒在跟她聊天！我就知道，你這一臉蕩漾，根本不是在談正事！」

「點到為止。」賀泱雲問：「你們兩個到底是什麼關係？」

謝奇夢遲疑地說：「就……八竿子關係？」

賀泱雲說：「那是什麼關係？」

謝奇夢解釋說：「她爸和我爸曾經是關係很好的同事，當然，我不認識。穹蒼還沒出生的時候，她爸爸就已經去世了。她媽媽受到一些刺激，精神變得不太穩定，和丈夫那邊的人斷絕往來。後來她母親也去世了，一時找不到願意照顧她的親屬。我爸是警察，看她實在可憐，就把她接到家裡暫住了一段時間。我們家本來想領養她，或者託關係把她介紹給可靠的人照顧。沒想到……那段時間我們相處得很不愉快。」

賀泱雲調整了下姿勢，緊繃著臉聽他敘述。但謝奇夢還沒開口，他已經下意識有了抗拒的心態。

「我原本不想說，畢竟她當時年紀還小。可是她真的很奇怪，特別奇怪，喜歡嚇人。說話詭異，故弄玄虛。」謝奇夢回憶起來，仍舊被當時的恐懼激得打了個寒顫，「那時候她媽媽剛走，她還那麼小，就會用她媽媽的名義騙人。不停地說她媽媽還在，說我們身邊有髒東西。還說一些類似『你在說謊，我媽媽告訴我的』之類的話，搞得我們全家人都起雞皮疙瘩。我當時也小，被她嚇得都不敢睡覺。」

賀決雲漆黑的瞳孔裡閃過疑色，眉峰上挑：「你確定她是故意的，不是因為別的原因？」

「我爸以為她是精神創傷後出現了幻覺，帶她看過心理醫師。她對醫師有點抗拒，可是思緒清晰，注意力集中，沒有發現精神分裂的症狀，她也很清楚自己在說什麼。」謝奇夢咬了下牙，帶著難以釋懷的語氣道：「如果只是這樣那就算了，可以當她是不懂事，能慢慢改。但她還會虐殺小動物。我們家養了三年的狗，就是被她殺掉的。」

賀決雲的眼皮不停跳動。他抬手按住鼻梁，說：「等一下，你說穹蒼虐殺動物？」

謝奇夢點頭，一陣後怕道：「童年被虐待、虐殺動物、尿床，許多連環殺人犯在未成年時期都有這樣的體驗，你知道吧？」

賀決雲手指躁動地在桌上敲擊，再次求證道：「她虐殺你家的狗？」

謝奇夢說：「是啊。那隻狗很聰明的，雖然比不上警犬，但也被我爸訓得特別有靈性。她把醫師開的藥餵給狗吃，把狗迷暈，然後在半夜把狗殺了，塞在廚房的櫃子裡。我媽當時還懷孕，看見的時候差點被嚇到流產。那麼小的孩子，你能想像得到嗎？」

「先不說穹蒼那個年紀能不能做到你說的這些事情。」賀決雲覺得謝奇夢說的事處處透露著詭異，乃至荒誕。他反駁道：「穹蒼怕黑，她怎麼可能在半夜跑出去虐殺你的狗，而且還把牠藏到櫃子裡？她為什麼要那樣做？」

「在她進遊戲之前，她從來沒有表現過她怕黑啊！反正我……我覺得她很可怕。當時我還幻想過，那隻被我當作朋友的狗，埋進泥土後死不瞑目，用淌血的爪子不斷往外爬。」謝奇夢心有餘悸道：「後來她身邊又連續發生了很多事情，證明那不只是我的錯覺。我也不想帶有個人偏見，可如果經歷這些事情的人是你，你一定會和我一樣。」

賀決雲站在謝奇夢的角度想了一下。他覺得穹蒼在謝奇夢的童年裡大概是個滿嘴獠牙的惡魔形象，咧嘴一笑，露出寒寒白光。難怪他到今天都對穹蒼抱有如此大的戒心。

但是，那跟賀決雲了解的穹蒼不一樣。穹蒼的惡劣喜好似乎僅限於愛講一些沒營養的冷笑話而已。她沒有強烈的自我表現欲，不愛社交，多數情況下只在學校和家裡兩點移動。會對江淩產生同理心，有一定的社會道德感。

她的確有很多事情沒說出來，可是她的行為並不符合謝奇夢所說的形象。

謝奇夢說：「當我再見到她的時候，我透過她的眼神知道她沒有變，只是學會了偽裝。她可能很享受犯罪並偽裝的過程。她有一位連殺數人並拋屍的學生就是那樣。那個凶手非常享受躲在暗中看警方忙亂的感覺，而他極其崇拜穹蒼，為什麼呢？」

賀決雲喉結滾動，俊俏的臉上帶著思考的凝重。他問：「奇夢，你究竟是害怕她，還是害怕她的能力？」

謝奇夢聳肩，嘆道：「我知道你很猶豫。你可以不相信，但我希望你不要忽略她的危險性。」

賀決雲扯開嘴角笑了下，不置可否。

兩人自動跳過這個話題。

和謝奇夢告別後，賀決雲回三天整理了一下資料。

他將穹蒼參加過的兩次副本的錄影畫面調出來再看一遍，同時將穹蒼接受測試時的影片調出來。

親自參與遊戲的時候，他面對的穹蒼是片面的，然而那樣的形象帶著一種真實感和親切感。而當他作為協力廠商來旁觀整場遊戲時，他發現穹蒼是一個無比可靠的人。

「可靠」是一個很有意思的詞，它代表能給一個人心理上的安全感。當這個詞語出現的時候，賀決雲就知道，他心底仍然相信穹蒼是一個好人。

他的直覺是他的人生經歷回饋的。他的人生經歷是他所見、所聞、所識累積出來的。如果他連自己都不相信，那還該相信誰呢？

何況，如果穹蒼真的是一個演技超凡入聖的人，她怎麼可能騙得了自己，卻騙不了謝奇夢？智商不允許啊。

賀決雲生出一種庸人自擾的好笑。他摸出手機，垂眸落在螢幕左上角的方形頭貼上，在腦海中想了幾句開場白，沒有打完，又點了退出，直接打電話過去。

穹蒼的聲音帶著點慵懶，問道：『喂？』

賀決雲聽著她敷衍的語氣，竟感覺有點放鬆。他靠著椅子轉了一圈，說道：「想問妳一些事情。」

『嗯？』穹蒼驚了一聲，也清醒不少。她說：『你居然能忍到現在才問？』

賀決雲笑了出來。

他站起身走到窗邊，看著外面星辰似河，直灑而下，夜燈如海，璀璨不已，閃耀的光點繪成一幅動人的畫卷。

「我記得方起說過，他說天才的世界裡早已寫滿了答案。所以，妳的世界真的不太一樣，對嗎？」

『這個世界是沒有答案的，我只是一個大腦受過傷的人而已。』穹蒼毫不在意地說：『不過，你們為什麼要把一個剛失去母親的六歲小孩，為了尋求外界關注而說的話當真呢？那是我騙他們的。』

賀決雲：「因為不懂事？」

穹蒼：『的確。』

賀決雲：「人更容易因為不懂事而說出真話，因為碰壁後會變得懂事。」

穹蒼的聲音輕得聽不見，像是含在嘴裡的呢喃：『是嗎？』

賀決雲問：「妳為什麼不跟老謝解釋一下呢？他其實是個很好說話的人。」

穹蒼：『反正我也不喜歡那個地方。我不喜歡任何有別人的地方。謝奇夢，呵呵，他這個人蠻有意思的。』

賀決雲：「所以老謝心心念念的那隻狗……」

『嗯……』穹蒼沉吟說：『當一個人精神壓力過大的時候，可能會做出一些偏激的事情進行宣洩，過後也許就會覺得後悔，再追究就沒有意思了。』

賀決雲幾乎沒有懷疑地問：「那個人是誰？」

穹蒼那邊沉默片刻，而後悶聲笑了下。

賀決雲被她笑得一愣，就聽對面的人輕嘆了句：『今晚的月色真美。』

賀決雲：「……」

「就……」賀決雲愣了下，表情十分詭異道：「妳只是在稱讚月色而已，對吧？」

穹蒼：『當然。今天一直天晴，夜空也特別清晰。』

賀決雲說：「好吧。」

穹蒼笑道：『晚安。』

賀決雲悶悶回了句：「晚安。」

賀決雲等了會兒，不見穹蒼掛斷。

他拿下手機，準備按下紅色標誌，聽筒裡又響了下：『順便約下次見面的時間吧。遊戲見。』

「遊戲見。」賀決雲的側臉在燈光下披著一層溫柔的淡光，唇角勾起一個弧度，「祝妳成功逃離。」

『這個不需要祝福。』穹蒼自信地說：『板上釘釘。』

穹蒼掛斷電話，卻已經被賀決雲弄清醒了，再也沒有睏意。

失去聲音後的房間變得更加寂靜，她聽見客廳裡傳來一頓一頓的悶響，應該是窗戶沒關緊，有風在吹打某樣垂掛著的物品。

穹蒼閉著眼睛平穩呼吸，輾轉數次，還是被那聲音擾得無法入眠。她認命地坐起身，光腳走向客廳。

已經習慣黑夜的視力，看著沒有開燈的走道，依舊帶著模糊的虛影。

立在角落的一個巨型花瓶，與穹蒼記憶裡的某個身影重疊，讓她的腳步僵在原地。

穹蒼並不樂見謝奇夢，如同謝奇夢對她的感覺一樣。那個人的出現又讓她想起那些已經快被她遺忘的事情。

她的超強記憶力導致當她開始追憶往事時，都能自動將那些關鍵的細節翻新補足，如同昨日再現，難以逃避。

而當那些迷茫無知的情緒蒙上時間的濾鏡後，曾經被她忽略掉的恐懼，如同老照片上的黃斑一樣浮上。

穹蒼往前走了一步，伸手在牆上摸索燈具的開關。

那個時候，她被安排睡在客廳的沙發上，謝奇夢養的小寵物則躺在角落的狗窩裡。

穹蒼很喜歡聽那隻狗睡覺時發出的輕微呼嚕聲，因為當時的她無法接受完全安靜的環境。那是一隻聽話又警覺的狗，極其討人喜歡。每當穹蒼靠近牠時，牠會很快從睡夢中清醒。但牠知道夜裡不能吼叫，從來只是睜著漆黑的大眼無辜地望著她。

那隻小狗在對待孩子時，總是特別有耐心，會陪著她一起熬夜。

寵物對人類的情緒把握要直接得多，安慰的方法也如此簡單。穹蒼將手伸過去時，牠會把頭靠上來，用自己的皮毛給予她溫暖。時間久了，牠會毫無防備地睡在她的手掌上，歪著腦袋，向她表示親近。

那天晚上，房子裡安靜下來，所有人都睡了。穹蒼像往常一樣，在失眠後走近狗窩，然而這一次，狗狗沒有出現任何反應，一直趴在地上。

穹蒼蹲在牠的木屋前面，抱著腿，安靜地觀察著牠的睡臉。

靜謐中，光腳踩著木地板的那種黏膩腳步聲在黑夜裡響起。穹蒼扭過頭，看見那道臃腫的身體一步步朝她走來。

兩人一高一低，互相對視，誰都沒有說話。

穹蒼看見她在沙發側面停了一下，用一雙毫無感情的眼睛陰惻惻地盯著自己。長髮垂落在她臉側，她下拉的唇角如同惡鬼的面容。

隨後，她轉身走去廚房，拎了把帶寒光的刀走回來。

夜風從縫隙裡吹來，帶著熟悉的泥水腥臭味，猶如跨越了時空將兩個場景相連。穹蒼眸光閃爍，喉頭乾澀地滾動。

整段記憶裡，她唯一覺得模糊的只有謝夫人的臉，也許是她太害怕了忘記去看，也可能是天色太黑了，她看得不仔細。唯有那種驚悚的感覺尤為深刻，說不出來由。

她記得自己挪動著朝後退了一步，看著對方手中鋒利的刀尖對準了自己，並隨著走動的步伐不斷晃動，幾段外突的血管緊緊纏繞著對方纖細的手臂，冰冷又強大。

當時的穹蒼想要說話，張了張嘴，卻發不出一點聲音。

她瞪著眼睛從對方裸露的腳趾移動到慘白的臉龐，然後低下了頭。

然而那把刀沒有刺向她，而是刺向了一旁熟睡的狗。

尖銳的刀鋒俐落地刺進狗的脖子，發出短暫且難以形容的割裂聲，輕微的聲音匯成畫面感，告訴穹蒼菜刀是如何刺入，又如何拔出，再反覆不止。

鮮血不停湧出，那聲音在黑夜裡將所有濃烈的情緒化作噴湧的泉水，往外迸發。

那隻狗大概是痛醒了，可惜因為嘴被捂住，身體也很虛弱，只能發出一點輕微的嗚咽聲。

穹蒼抬手捂住自己的耳朵，緊緊閉著眼睛。直到一股溫熱的液體流動到她腳邊，她才慢慢睜開。

以她的角度，正好可以看見躺在地上的那隻小狗。牠還活著，一雙朦朧漆黑的眼睛含著淚花，一動也不動地癱在地上。牠卑微地注視著自己，接受生命的快速流逝。

穹蒼與一隻狗產生的共鳴竟然是最強烈的。她覺得那隻狗的眼神和自己如此相似。

謝夫人在她的面前將狗抱走，塞進櫃子裡，背對著她，在櫃門前蹲了許久。

在瘋狂過後，這個女人大概是後悔了，臉上滿是虛汗，並將頭抵在櫃子的邊緣無聲啜泣。

臥室裡的人依舊在呼呼大睡。謝夫人抹了把臉後，走去臥室的那間廁所洗手。水聲嘩嘩而流，客廳裡保持著血腥的狼藉，證明方才的一切都是真實的。

場面腥臭、雜亂、顫動，刺激著穹蒼的感官。

穹蒼摸到了燈具的開關將它打開。

光線照下的一瞬間，所有的聲音和畫面，都從大腦中被驅散。

空曠的客廳裡，只有江凌留下的一串祈福木牌在晃動。那木牌用紅繩繫著，掛在玻璃窗的手把上。在夜風的擾動下，一會兒翻個面，上面印著「福」，一會兒翻個面，上面寫著「安」。

穹蒼笑了出來，抬手把額頭上的虛汗擦去。

如果是現在的穹蒼，能平靜地對此事進行評價，甚至會發出兩聲嘲笑。可惜當時的穹蒼，只能意識到一件事情——原來大人可以用如此極端的方法，來表示對一個人的不喜歡。

她無比思念自己的家人，一刻也不能等待。哪怕祁可敘不是那麼成功的母親，起碼可以讓她安心依靠。

她推開門走了出去，穿過漫長的街道回到自己的家，守在昏暗的家門口，等著母親回來。

漆黑的夜幕，那場沒有結果的求助，讓穹蒼突然領會，原來死亡就是讓人類被迫接受孤獨，從此所有的等待都成了緬懷。

穹蒼把紅色的木牌拿下來，關緊窗戶。

這世上有許多藏著祕密的人。

有許多將心中的殘暴與冷酷隱藏在心底，然後以仁善為面的人。

對於那些人，穹蒼覺得，在他們體驗過生命的脆弱後，還能將本能的衝動克制在法制紅線內，並維持著自己外表的正常，從某種程度上來說，也是一種強大。

正是他們的對比，才讓穹蒼清楚明白，她可能做不了一個多無私的好人，但她一定做不了變態，就算野蠻發展，最後也只會成為一個普通人而已。

穹蒼拿著木牌坐到沙發上，慢慢等待身上的冷汗褪去。她舉起手，讓木牌在空中不斷翻轉。

一位為人尊重的高知識女性，讓她知道殺戮的底線。

一位受人白眼的罪犯家屬，教會她什麼叫於心不忍。

穹蒼低笑出聲：「寶貴的一課。」

說明只要繼續活著，總會遇到一點好事的。

穹蒼拿過常用的那個包包，小心地將木牌放進去。

「如果善良可以被保佑的話，希望妳兒子有一天能光明正大地回來。」穹蒼笑說，「晚安了，江女士。」

# 第五章　遺失的歲月

《凶案解析》的新副本很快開始。這大概是三天有史以來開過參與人數最多的團隊副本。

穹蒼拎著她的黑色布包，目不斜視地走進大門。

三天的大廳依舊人聲鼎沸，由於這次報名的玩家人數眾多，且多是新手玩家，場面甚至比以往還要熱烈。

那些神情亢奮的明顯是新手玩家，他們還不懂如何掩飾自己的表情。被選中遊戲，意味著他們有機會在上億人面前嶄露頭角，這無疑是一件可以對外說道的美事。為了好好表現，他們早在出發之前，就將三天論壇上的重要攻略翻了一遍，可惜還沒等到正式實踐，尚在社交階段，那些複雜的理論，就已經被老玩家一一否定。

新舊兩批人正藉由遊戲攻略，展開口水四濺的激烈討論。

穹蒼穿過人群，上了電梯，在休息室裡靜坐片刻後，走去指定房間登入遊戲。

第三次登入遊戲，穹蒼習慣了很多。她靜靜地等著眩暈感過去，看著面前一行黑色的字幕：

〔逃亡者：QC1361〕正式進入遊戲！歡迎來到《凶案解析》，本副本為特殊限時副本，你將單獨開啟一段刺激的逃亡劇情。

請小心！被警方捕獲直接視為遊戲結束。逃離警方的追捕紅圈，視為遊戲勝利。紅圈範圍由警方排查追捕計畫決定，協力廠商觀眾可時時查看，玩家請自行判斷。

祝您遊戲順利！

身分：浪客不問來歷。你是一位正在逃亡的通緝犯。

玩家評分：96（這個角色簡直是為你量身打造！）

與角色契合度：86％（天才大多都是相似的，比如被命運偏愛過的大腦。）

逃亡進度：雖然通緝令尚未發布，但你的逃亡生涯已經開始，請珍惜接下來的每一秒！

註：你有三分鐘的時間站在原地觀察環境。倒數計時結束或離開原地後，副本立即開始。請小心街道上的監視器，以及路邊的熱心群眾。

〔點此查看副本詳情〕

穹蒼還沒將情緒投入，直播間的觀眾就已經吵嚷起來。

『這裡竟然有個九十六分的大神！是真實的嗎？』

『逛了一圈，發現這個副本的角色配合度都好高，所以能力值相對提升了一點。果然三天是根據智商來測角色契合度的吧！』

『這一期全是天才的專場！』

『九十六分？好，我決定守在這個直播間了。假都請好了，大神不要讓我失望啊！』

『我想去追擊者的直播間，感覺那邊會更精彩。』

『不是，這九十六分可靠嗎？看起來平平無奇。』

『曾經有人這樣懷疑過，後來他臉沒了。』

穹蒼關閉遊戲提示框，在周圍的霧氣散去後，逐漸拿回身體的控制權。她轉動著眼珠，目光緩緩從四周掃過，分析自己的處境。

結合資料來看，她現在所處的位置是室內，地點位於A市靠近郊區的區域。這間房子是范淮……寧冬冬的妹妹居住的地方。

穹蒼放低視線，當她看見面前橫躺著一具女性的屍體時，瞳孔不受控制地縮了下。人物應該才剛死亡，出血量大，傷口位於腹部偏左上角，可能被刺傷心臟。身上有明顯外傷，門牙脫落，死前曾受過虐打。

穹蒼隨即轉向自己的右手邊，在離她兩公尺左右的距離，一位成年男性的面部朝上，表情痛苦地躺在地上。此人身上未穿外套和鞋襪，未繫皮帶，腹部有多處刀傷，眼睛不自然地睜大，推測同樣已經死亡。

一個客廳裡有兩名死者。

穹蒼手指緊了緊，舉起手中的東西。她手心正握著一把西式菜刀，上面的血液尚未乾涸，還在蜿蜒向下滴落，握在手中，感覺沉甸甸的。刀刃上有輕微捲曲，應該就是凶器。

穹蒼轉過身，望向自己的背面。

門把上有血漬，推測是從內部打開的。透過半開的門縫可以瞥見一個藍色的人影，推測是某位上下樓的鄰居聽見了動靜前來查看。

如果忽略其他資訊，從門外那個人的視角來看，這屋子完全就是寧冬冬連殺兩人後的凶案現場。

兩具死狀淒慘的屍體、鞋子不慎踩中的血痕，以及握在手中的凶器，種種證據都讓她無從解釋。或許還要再加上有犯罪前科，以及連環殺人案重要嫌疑人的身分。

三分鐘的倒數計時，此時還剩下兩分三十秒。

在這樣緊迫的條件裡，三分鐘的限時顯得過於苛刻。極具視覺衝擊性的畫面，會在第一時間吸引人的注意力，進而影響到判斷力。

而半分鐘的時間，都不足以讓人們從凶殺事件的震撼中脫離出來，更不用說從有限的視野中，找到最佳的逃跑路線了。

在網友被帶偏了思緒，開始激烈討論起兩名死者的真正死因，甚至連完整的句子都沒打完的時候，穹蒼動了。

她抬起腳，與此同時，遊戲正式開始的提示音在背景中響起。

冰冷的機械音，猶如拔響的手榴彈引線，將眾人的心弦狠狠繃緊。

這是關鍵性的一刻，所有人屏住呼吸，留言區也冷清起來。

出乎眾人意料的是，穹蒼沒有朝著陽臺逃跑，而是以迅雷不及掩耳之勢衝向門口。

她身形矯健地貼向門縫，在外面的人正試探著推開防盜門，且視線受阻的時候，一手捂住來人的嘴，另一隻手拽住對方的手臂，將人拖進屋中，並用腳尖勾上大門。

被她帶進來的是一位身形矮胖的中年婦女，身上還有一股油煙味。她被動地趔趄一把後，看見了地板上的屍體，剎那間忘記自己的處境，想要放聲大喊。

好在穹蒼嚴實地捂住了她的嘴，趁她慌亂的功夫，從後面勒住她的脖子。

強烈的恐懼讓這位人質拚命掙扎，但寧冬冬的設定是一位身形高大、體格壯碩的成年男性。穹蒼只需要稍加用力，就可以完全制住她的動作。

感受到威嚇般的疼痛，女人終於安靜了。

「別動。」穹蒼用刀刃抵住她的脖子，開口後的聲音沙啞低沉，「不想死的話就保持安靜。」

那中年婦女發出一聲聲痛苦的嗚咽，眼淚直接流了下來，渾身顫抖地點頭，沒了半點反抗的勇氣。

穹蒼喝令人質跟自己過去，走到沙發附近，彎腰拿起地上的抹布塞進她嘴中。又移動到角落，扯下延長線，用電線捆住她的雙手。

這位不太幸運的中年阿姨，在驚嚇中被抽去了所有力氣，身體澈底癱軟如爛泥，在失去穹蒼的倚靠後，直接滑到了地上。

她仰著頭，淚眼汪汪地望著穹蒼，帶著無比的懇求與卑微。

穹蒼聲線平坦地說：「起來。」

阿姨搖了搖頭，卻不敢不聽。她艱難地想要在地上跪坐起來，試了幾次，都因為身形不夠靈活而翻倒在地，等好不容易爬起身，穹蒼已經從廚房搬了張木椅回來。

她把椅子擺到落地窗前面，平靜地指示道：「坐下。」

阿姨順從地在椅子上坐下。

穹蒼用女性死者掛在沙發上的圍巾，把阿姨的雙腿綁在椅子上，讓她無法動彈。又重複確認了一遍她手腳上的繩結是否結實，然後去廁所拿了一條乾淨的毛巾。

阿姨的鼻子噴出一個鼻涕泡，變得難以呼吸。她看著穹蒼再次走近，沒能理解穹蒼的善意，努力發著自己能發出的各種聲音，以宣洩自己的情緒。

「妳叫也沒有用。我知道他們馬上會發現妳在這裡，沒關係，我現在不想殺妳，妳好好聽話，就有機會活著出去。」穹蒼幫她換了一條乾淨的毛巾，她果然沒有趁機大喊。穹蒼捏著她的下巴說：「太用力咬合的話下巴會脫臼。別白費力氣。」

阿姨流著眼淚，發出幾個模糊的音節，大致是在問她：為什麼？

穹蒼不帶感情地瞥了她一眼，轉身走開。

現場看似有許多混亂的資訊，但局勢其實很清晰。

當時擺在明面上以供她選擇的答案只有逃跑。

一是從陽臺逃走。這間房子位於二樓，又有遮雨棚緩衝，直接跳下去也不容易受傷。但當時目擊證人已經站在門口，對方會在第一時間進入房間，看見兩名死者以及穹蒼的背影。

這個社區不遠處就有一間警察局，應該不到五分鐘就能趕到現場。穹蒼如果在毫無準備的情況下逃亡，將會陷入莫大的被動與侷限之中。

二是從正門逃走。這個恐怕更加糟糕。房間裡已經死了兩個人，從現場來看，兩人死前戰況激烈。樓裡的住戶很可能跟這位人質一樣，正在關注二樓的動靜。正面突圍的話，穹蒼怕自己都跑不出這片社區。

無論是哪種作法，都在第一時間被穹蒼否決了，可見遇到困境時拔腿就跑，並不是一個好選擇。

時間。她需要各種迷惑性的資訊來爭取關鍵性的時間。

直播間的網友被她唬住了。

『怎麼還發展成綁架事件了啊？』

『我在逃亡直播間裡看綁架？』

『我以為她跑了，還想著九十六分的大神果然當機立斷，沒想到她回來了，還把凶案現場弄成一個密室。』

『我知道，這一定是為了滅口。很符合一個通緝犯會做的事情，也算符合角色。』

『這件事情告訴我們，不要一個人湊熱鬧，聊八卦是需要朋友的，大家去的時候記得組團。』

將人質安頓好，穹蒼開始小心尋找兩位死者的手機。寧冬冬的身上是沒有手機的。他被警方監視了很長一段時間，為了擺脫警方的定位，他什麼通訊工具都沒帶。

凶殺現場已經遭到一定的破壞，必然會留下寧冬冬的痕跡，他是目前最可疑的人，這也是沒辦法的事。一個人在見到自己的妹妹瀕臨死亡的時候，想到的肯定不是如何保持現場乾淨，以證明自己的清白，而是試圖挽救妹妹的性命。

好在男性死者的身邊比較乾淨，穹蒼走動的時候，主動避開了那一塊，以防增加勘查難度。

不久後，穹蒼在餐桌下面找到一個被打碎了螢幕的手機，她剛按下home鍵，門口正好傳來一陣粗暴的拍門聲。那敲門聲急促且響亮，與穹蒼相隔不到半公尺的距離，震動著她耳膜的同時，也嚇到了直播間裡的觀眾。

「喂？小周，你們沒事吧？」外面的人大喊，「小周，你有沒有看見孫阿姨？她剛才說要上樓看看你，怎麼人突然不見了？」

不遠處的人質受到影響，剛才冷靜下來的情緒瞬間被挑動起來。她蓄起全身的力量，不斷搖晃身體，試圖利用椅子在地上的摩擦撞擊聲來引起門外人的注意。

兩種聲音同時在穹蒼的耳邊環繞，穹蒼箭步過去，拿起遙控器打開電視，並將音量調到最大，蓋過了其他聲音。

外面的人察覺到裡面的變化，加大嗓門喊道：「小周！你能不能開個門？你在裡面幹什麼？我知道你聽得見，你先回我一聲！小周！」

穹蒼不為所動，蹲到女性死者的身邊，把她的手指擦乾淨後，放到解鎖鍵上。人死後的三個小時之內，還是有可能利用指紋進行解鎖的。兩人的死亡時間都不長，穹蒼順利用她的手指解開了螢幕。

中年男人得不到回應，繼續拍門，且動作越加霸道，幾乎要把門砸出一個洞。他那一聲聲不斷加快頻率的敲擊聲，猶如閻王的催命咒，連協力廠商視角的觀眾都不自覺變得緊張，身處案發現場的穹蒼，卻還有閒情蹲在地上修改開機密碼。

「小周，你再這樣我就報警了！你為什麼不敢開門，是不是出了什麼意外？你出來，我們可以一起商量，關著是想怎麼樣！」

穹蒼點開軟體，開啟定位，不慌不亂地叫了一輛計程車，並買了四五張車票，一舉一動看得網友瞠目結舌。

「小周啊！」

外頭的聲音變得雜亂，出現了不同的音色，顯然是其他鄰居眼見情況不對聚集過來，對裡面的人進行勸導。粗略預估，起碼有三人以上。

「有什麼話不能好好說？你快開個門！」

直播間的網友自以為已經身經百戰，能夠做到泰山崩於前而色不改，可此時在各種噪音的影響下，也開始變得焦躁不安，產生了一種被圍觀的緊迫感。

當他們看見穹蒼放下手機後，仍舊沒有選擇逃跑，而是跑去臥室翻找衣櫃的時候，一個個全部破功叫出了聲，朝著螢幕噴口水。什麼功力道行，在穹蒼面前全都煙消雲散。

這位朋友是在搞什麼？再不跑，是要等著吃牢飯啊？

不管網友如何吐槽，穹蒼獨立於世界之外，始終按照自己的節奏行動。

她翻找東西的速度很快，目標明確，井井有條。

她從衣櫃裡拿出一件襯衫、一件西裝褲、一套休閒服，又從櫃子裡翻出了少量現金和化妝品等東西，將東西全部裝進一個黑色的包包裡後，拎著走了出來。全程不超過兩分鐘的時間。

兩分鐘的時間裡，外面的人開始試圖撞擊防盜門。「咚咚」的悶響中，門框與牆面不斷發出震動，聽起來極為恐怖。

如果他們順利破門而入，就能看見他們口中不斷呼喊的「小周」，此時正躺在血泊裡，早已沒了呼吸。

不過從他們的對話中可以得知，這棟大樓的人並不知道穹蒼——寧冬冬來了。

這是一個好消息。

穹蒼低著嗓子吼了一聲：「滾！」

她的聲音尖細且沙啞，失了音色，並不明顯，外面的人沒聽出不對勁。

鄰居們安靜了兩秒後，開始不善地警告。

「我們已經報警了，警察馬上就要來了！你要是惹事了就趕緊放人，還能算自首，從輕發落。大家都是鄰居，別做的那麼難看。快點把人放了！」

「老婆！老婆妳還好嗎？」

「我們要開鎖了！」

穹蒼走過去，拉開落地窗的窗簾，光色刺得人質閉上了雙眼，讓她原本就溼潤的眼睛又開始泛淚。

穹蒼拿下她嘴裡的毛巾，人質立刻發出一道壓抑許久的刺耳尖叫，外頭的人聽見，出現了短暫的靜默，穹蒼又把毛巾塞回去。

人群的情緒頃刻爆發：

「你想幹什麼！」

「小周，你別做糊塗事啊！打死老婆的判刑不嚴重的，但如果你殺了兩個人，你就完了！」

穹蒼去書房搬了一臺筆記型電腦過來，調整好監視器的方向，對準大門。又把電視兩邊的音響拆下來，連上電腦。

電視的聲音驟然停下，使得屋內進入像真空般的死寂，這種變化同時帶動了外面的人群，讓他們的爭吵停了下來。

穹蒼在頁面上輸入一行字，機械男聲將那句話讀了出來。

『你們全部閉嘴，叫警察過來，我要和他們交涉！』

『不要再撞門，否則我殺了她。』

眾人驚恐回答道：「好，好，你不要衝動，我們有話好好說。」

讓外面的人穩定下來後，穹蒼才利用手機上的社交軟體與電腦進行連接。

處理完最後一件事情，在網友心臟狂跳不止中，穹蒼終於拎起整理好的包包走進廁所，並從廁所的天窗翻了出去，藉由管道平安落地。

廁所的下方是一條比較僻靜的小路，鮮有人知。此時人群都被吸引到了正面，這裡更是空無一人。

當鏡頭掃過一片廣闊的天空與空蕩的道路時，觀眾們這才鬆了口氣。

『妳總算出來了！』

『女人，妳在玩火。』

『所以我為什麼要這麼緊張？』

『心理素質不高的人，真的玩不了這個遊戲，換做是我早就跑了。』

『那幾件裝備很重要嗎？拿到手機就夠了吧？其他的可以出去買啊！』

『買？未免也太小看警方的排查能力了吧？我就想知道她現在要去哪裡。』

然而網友還沒放鬆多久，隨著穹蒼彎出小路，迎面竟然出現了一支穿著警服，正匆匆趕來的隊伍。

警方的出動速度比穹蒼預想得還要快，這些玩家早已迫不及待地想參與遊戲，幾乎是奔跑著過來的。

要知道，寧冬冬可是警局系統裡的熟面孔，只要打上照面，必然會被認出。穹蒼下意識轉過身子。

也就是這個下意識的動作，讓隊伍中為首的那個男人，順著方向望了過來。

穹蒼本能地感受到一道刺人的視線，從自己腦後射來，一行人的腳步聲也跟著變慢了，這讓穹蒼明白，本次負責追捕的應該是一位經驗老道的刑偵人員，對罪犯極其敏感，只要自己表現出任何心虛的模樣，就會被他抓住破綻。

穹蒼幾乎沒有猶豫，當即用一種不太明顯的南方口音，朝前方的路口大聲喊道：「哎呀，你快一點啊，我都催你催了好幾百次了，你還不出來，到底有什麼好看的？不就是小倆口打架嗎！你難道不知道我們買幾點的車票嗎？」

她的舉動並沒有打消身後幾人的疑慮。作為本次追捕行動的主要指揮，章務平，在穹蒼身上感覺到了某種不尋常的氣息，不著痕跡地朝著她的方向靠近。

他從事警察工作多年，工作的準則就是不放過任何一個細微的疑點。這個習慣曾多次幫助他避開危險、捕獲犯人，畢竟刑偵工作從來容不得半點僥倖。

饒是穹蒼，也因為兩人越發逼近的距離開始心跳加速。她站在原地，控制身上的肌肉保持鬆弛，同時目光在前方游移，扮演好一位等待者的角色。

突然，她的上衣口袋裡響起一道鈴聲，伴隨著輕微的震動，將她的手指驚得抽搐了一下。

鈴聲是最普通的旋律，穹蒼從未發現手機提示音可以如此響亮。她狀似煩躁地把手放進口袋裡，滑向綠色圖示。

來電人是穹蒼之前預約好的的計程車司機。

「喂，您已經到了？不好意思，再請您等一下啊，您先把車停在銀行外面好了，我們馬上過來，真的！」

穹蒼的嗓門很大，單手插在口袋裡不停在原地踱步，但她並沒有做出刻意迴避的動作，從後方靠近的警察還能看見她少許側臉。

「停在巷子口那個地方？也可以，A3686B是不是？好好好，知道了，我們已經到了。馬上，謝謝您啊，謝謝。」

穹蒼掛斷電話，嘴裡咋舌怒罵，低頭擺脫著手機，不知道在做什麼。

章務平加快速度，已經走到她身後兩公尺左右的距離。

這時，一名年輕男子從轉角處急匆匆地跑出來，看見幾位警察，腳步緩了緩，用略帶新奇的目光打量他們。

穹蒼大步迎上前，與身後的人拉開距離，同時訓道：「還不跑起來！熱鬧有那麼好看嗎？」

被她指著的年輕人愣住了，一時沒反應過來，又見她與警察走在一起，以為她是在附近執勤的便衣警察，下意識聽她的指示小跑起來。

穹蒼在螢幕上按了一下，將手機收起，自然地靠過去攬住年輕人的肩膀，用半邊的身體遮擋章務平的視線，同時使力推著年輕人朝側面轉向。

「去那個巷口，走這邊比較近。快一點。」

章務平叫道：「這位先……」

他話音未落，不遠處傳來一陣驚恐的尖叫聲，按距離推測，就是報案人所在的大樓。那種多人混雜在一起的喊叫，哪怕隔著一百多公尺，依舊聽得人寒毛豎立。

幾位新人玩家急了，覺得章務平從剛才就變得有些奇怪，忍不住催促道：「隊長，你在幹什麼呢？追捕遊戲的關鍵在於爭分奪秒啊！那邊肯定有情況！」

兩句話的功夫，穹蒼已經拉著年輕人匆匆走遠，巷口處的計程車按響一聲喇叭示意。見那二人距離過近，關係不似作偽，動作又很坦然，章務平不由心想會不會真的是自己多疑了。

他們目前只知道這次的副本主題是追捕，可並不知道嫌犯究竟犯了什麼罪，根據報案資料來看是挾持傷人。

總不會剛出動就巧合地撞上嫌犯。何況，從遊戲載入到現在已經有十幾分鐘了，明知警方已經出動，玩家怎麼可能還在案發地點附近徘徊？

章務平暗笑自己敏感，收回視線道：「走！」

穹蒼聽見腳步聲逐漸遠去，將手從年輕人的肩上移開後，困惑道：「怎麼了，你不是和我共乘的那個乘客嗎？」

「不是啊。」年輕人終於回過神來，問道：「你不是警察嗎？」

「不是！」穹蒼也驚了下，說：「和我共乘的那個人一直沒來，我朝前面喊很久了，不是你嗎？」

年輕人失笑道：「什麼啊？你認錯人了。」

穹蒼將手機螢幕點開給他看，同時長手一指，說：「你看，就是這輛車，這個車牌號碼。」

「沒有，真的不是我。」年輕人擺擺手，「你認錯人了。」

穹蒼面露尷尬道：「那真是太不好意思了。」

「沒什麼，我也正好走這邊。我先走了。」

穹蒼與年輕人揮別，快步上了在前方等待的計程車。她坐到後排的位置，笑道：「不去車站了，麻煩先去市中心的商業街。」

司機爽快應道：「好的。」

穹蒼戴上耳機，說：「公司有事，急著開會，麻煩開快一點。」

此時，寧婷婷的家門口早已圍滿了人，因為狹窄的樓梯間站不下，還有群眾是站在一樓的樓梯口朝上張望。

警察一到，熙熙攘攘的人群立刻讓出一條走道，以供他們穿行。

章務平從中間擠過去，問道：「這裡是怎麼回事？報案人不是說是挾持傷人嗎？你們都守在這裡幹什麼？」

圍觀群眾七嘴八舌地回答他：

「你們總算來了，裡面要殺人了！」

「住在這裡的兩夫妻常吵架，這次吵得特別凶。」

「一樓的孫姐擔心他們，上來看看情況，結果就被他們抓進去了！你們說，這不是綁架嗎？」

「裡面的人說要等警察來了，跟你們談判，可是他很急啊，一直問你們來了沒。剛才他說已經砍下老孫的手指了，現在該怎麼辦啊？」

「我就說打老婆打得那麼狠的人，肯定不是好人，這個姓周的太可怕了。」

章務平一邊聽眾人混亂地彙報，一邊拉過身邊的年輕員警，示意他去隔壁的陽臺查看情況。如果時機允許，就翻過去控制住局勢。

那位年輕人接下任務，興沖沖地走了。

「隨時彙報情況！」章務平命令道：「切忌擅自行動！」

對方在對講機裡低聲保證：『我明白！』

章務平又打了個手勢，示意周圍的人保持安靜，然後貼近門邊，敲了敲門。

「你好，周先生，我是刑偵大隊的刑警，你要見我，我來了。有什麼要求，你現在可以提出。我們需要確認人質的安全，可以嗎？」

裡面沒有回應。

章務平回頭看了一眼。

「一直都是這樣。」從一開始就在圍觀的熱心群眾說：「你給他一點時間。」

正當他們在說話的時候，屋裡傳來了斷斷續續的奇怪聲音。

「等等。」章務平以為是自己聽錯了，抬手捂住單隻耳朵，說：「不好意思，我沒聽清楚，請你再說一遍。」

聲音重複了一遍：『幫我準備一輛車。』

章務平確定那是某個軟體自帶的聲音，對這詭異的現場皺了皺眉，嘴上快速接道：「周先生，和你說句實話，就算我們幫你準備一輛車，你也是逃不出去的。城市裡到處都有監視器，你能跑到哪裡去？不如你出來，我們好好聊聊。」

裡面的人回道：『你們是不是不誠心？』

章務平：「我們誠心，但是我們需要先確認人質的安全，請你不要傷害她們。你讓兩位人質出個聲，我們馬上派人安排車輛。」

『不行。』

章務平：「為什麼？是不是因為人質已經遇害了？」

章務平小心與對方交涉，可惜因為工具的侷限，他無法根據聲音來判斷對方的情緒，進而對談判方向做出轉變。周圍人群又太多，細碎的聲音嚴重擾亂了現場秩序。

章務平衝隊員點了點下巴，讓他們迅速清理現場。

圍觀人群被迫退出警戒範圍，那些拖沓的腳步和低聲的討論造成了一些騷動。

人群中突然有人低聲冒出一句：「你確定裡面的人是周先生？」

章務平回頭，找到說話的那個年輕人。

賀決雲背著個包包站在人群之中，神情淡然，氣質沉穩，一看就知道不是名新手玩家。但他自始至終都表現得十分低調，沒有要出頭的意思。

賀決雲走近，與他耳語道：「如果他真的是周先生，為什麼要用變聲器？夫妻爭吵，如果出現一方傷亡，活下來的未必就是丈夫。」

章務平其實也想到了，只是怕刺激到裡面的人，所以沒有拆穿。

賀決雲將剛剛收到的資料遞過去，裡面是刑事局緊急傳過來的住戶資料，夫妻的基本情況都有概括。

章務平快速掃了一眼後，把資料還給賀決雲，隔著門板試探性地問道：「寧女士，是妳嗎？」

過了十幾秒，屋裡才傳來回應：

『你們太吵了。』

『答應我的要求，就讓你們見人質。』

章務平耐心勸解道：「寧女士，妳聽我說。我知道妳在社會上受過很多偏見，生活壓力很大，如果這是一起意外，妳可以讓妳身邊的朋友或者鄰居替妳作證，證明妳長期遭受暴力，身心受到傷害，我們也會替妳說情。最後是有可能爭取到正當防衛或防衛過當的指控的。妳還年輕，完全可以重新開始。妳現在先開門，讓我們派人進去救治，好嗎？」

裡面的回答總是斷斷續續，措詞又十分強硬，顯得難以交流，這讓章務平生出不祥的預感。

這種情況，可能是因為寧婷婷在殺人後受到精神刺激，無法冷靜回覆。也有可能只是犯人在藉由談判來拖延時間。

章務平傾向於後者，畢竟這是一場逃亡遊戲。可即便雙方都心知肚明，在犯人持有人質，且警方沒有足夠情報的情況下，他仍舊無法強行突破，那是嚴重違規的OOC。

章務平往後退了幾步，確認裡面應該聽不見自己的聲音，示意賀決雲過來，小聲委託道：「你讓他們再複述一遍他們聽見的內容，一定要仔細，確認這屋裡到底有哪些人，當時都發生了什麼。」

賀決雲聽從指揮。

對講機裡傳來先前那位員警的聲音。

『隊長，他們陽臺的窗簾拉著，外面焊了不銹鋼防盜窗，從隔壁陽臺看不見裡面的情況，也無法進行翻越。我聽了一下，裡面沒有明顯的噪音。』

章務平：「去對面的大樓，往二樓客廳的位置看一下。」

『是。』

章務平又問：「隊伍裡有沒有身手矯健的兄弟？」

「有。我是國家二級運動員，平時喜歡攀岩。」

另外又有幾人陸陸續續地報名。

章務平點了幾個名字，說：「你們從客廳、廁所、陽臺的外牆攀爬上去，試試能不能看清裡面的狀況。一定要注意隱蔽，別被犯人發現行蹤。」

「好。」

這段期間，樓梯間的腳步聲紛至沓來，負責追捕的玩家越來越多，正從各處趕到現場。

章務平的思緒一次次被打斷，對這幫散兵游勇感到異常頭痛，命令道：「還沒有到場的兄弟先暫時不要過來，也不要穿著警服在抓捕範圍附近活動，太顯眼了！全體按兵不動，等我指示！」

而此時，穹蒼早已遠離住宅區，正朝著市中心靠近。

由於現在是假期，街上塞車，整體行車速度緩慢。好在她的司機是一名老手，見縫插針，偏愛小路，很快離開雍塞路段。

網友跟著穹蒼的視角走，只覺得坐上車後，歲月一片和平。

『不趁著還能自由行動的時候，趕快去車站跑路嗎？』

『有風險吧？警方發現死者後，肯定會在第一時間搜查各大車站和機場，如果到時候查到她上了哪輛車，不就可以守株待兔了嗎？』

『從追擊者的直播間回來了，那邊亂哄哄的，都不知道要幹什麼。』

『畢竟有很多業餘人士，但勝在人多。』

『硬生生被加了一段綁架劇情，偏偏還要依照程序走，大概特別茫然吧。』

穹蒼平穩地坐在車裡，將耳機裡的聲音放大。

對面的員警已經不怎麼和她進行交涉了，間或響起的對話中帶著明顯的敷衍，顯然已經發現她故意布置的綁架現場，純粹是為了絆住他們的腳步，普通的處理方式根本沒用。

穹蒼抬起頭，目光從窗外掃過。車輛正好開到一間高中前面，恢弘的大門配上鎏金的字體，看起來氣勢非凡。

因為放假，校園裡空蕩蕩的，幾乎沒有行人。兩個住校的學生從裡面打打鬧鬧地走出來，勾著肩膀放聲大笑，身上都是青年肆意張揚的朝氣。

穹蒼放下車窗，看著那邊發呆。

范淮曾經問過她，高中的生活是什麼樣子的。他剛升上高一不久，就被警方帶走，從此開始了漫長的牢獄生活。接受調查、等待審判，到最後入獄改造，就是他顛沛高中生涯的全部。

很可惜的是，穹蒼也沒什麼經驗。

如果說范淮的人生是從十六歲起開始斷層，那麼穹蒼一直都過著特立獨行的生活。她不明白所謂「青春的美好」和「學習的辛勞」，也不感興趣。

范淮解釋說，就是挺好的。他從入獄起一直在回憶短暫高中生涯的全部。包括那幾天的天氣、風向，感覺每一天都嶄新且自由。

從某種程度上來講，兩人有點相似，他們都很寂寞。只是穹蒼並不討厭那種寂寞，范淮卻受此折磨。

他不斷透過保持學習的方式，讓自己過得像一個普通的學生。學生的身分對他來說，已經成了一種嚮往的存在。

這一刻，穹蒼突然有些理解，范淮在選擇逃亡時的那種心情，和選擇打電話給自己的原因。

大概是太孤獨了吧，他害怕孤獨這種東西。

司機不停瞥著後照鏡，忍不住和她聊天：「這是我們A市很有名的高中，很多學生都想來這裡讀書。」

穹蒼應道：「我沒怎麼讀過高中，已經沒什麼印象了。」

「啊……是去工作了嗎？」司機見她衣著並不光鮮，斟酌著勸告說，「還是讀書比較好。有機會就多讀書，現在不是有很多社會人士跑回去讀大學嗎？有學歷的話，薪水也會比較高，我也在學習呢。」

穹蒼「嗯」了聲，淡淡接上一句：「只上了一年，就特招上了大學。」

司機：「……」看看他這張喜歡自取其辱的嘴！現在的乘客都這麼喜歡浪費別人感情嗎？

穹蒼歪過頭看著上方。烏雲沉沉，既沒有蔚藍的天空，也沒有炫麗的光色。

沒有什麼值得回憶的美麗風景。

「今天的雲好多。」

「清明節嘛，大概晚點就要下雨。」司機聽見乘客說話，快速恢復了元氣，笑道，「不下雨就沒有清明節的味道了。」

穹蒼也笑了下。

從學校前面轉過去後沒多久，就臨近商業區，這一片店鋪林立，什麼都有賣。穹蒼讓司機提前在路邊停車，抽出一張鈔票遞過去。

司機笑說：「現金啊？」

穹蒼：「是啊，不用找了。」

她從包包裡捏出一頂帽子，遮住自己的半張臉，朝旁邊的店鋪走去。

網友炯炯有神地看著這一幕。

『變身真是永恆不變的話題，不知道這位大神的化妝技術高超嗎？』

『這是不是有點不太合適？再不跑就來不及了，別忘了計程車是用寧婷婷的手機叫的，很容易就能查到啊。』

『越慌越容易露出破綻，穩住。』

『九十六分真的很沒有九十六分的味道。』

# 第六章　重重包圍

章務平辛苦調度著一群業餘人員，大感心力交瘁。好在這群人雖然不專業，卻夠聽話。隊伍逐漸進入正軌。

幾個被他派出去查看情況的玩家紛紛回報資訊。

『廁所的天窗沒關，裡面沒人，是否現在潛入？』

『報告，我現在在客廳的牆外。從手機的拍攝畫面來看，一名人質被綁在客廳裡，還活著，沒有明顯外傷……一位年輕女性躺在沙發前面，身上有血跡，暫時無法看清詳細情況，似乎沒了生命跡象。別的就看不清楚了。』

『人質一直在劇烈掙扎，她情緒很激動，是在幹什麼？』

章務平聲線低沉，有種晚來風雨的怒意在裡頭：「各方位是否有看見嫌疑人的蹤跡？」

『沒有。』

『沒有。』

數人都說沒有。說明客廳、臥室、廁所、陽臺，都沒有犯人活動的蹤跡。

章務平說：「直接進入！進屋後小心走動，不要破壞現場！」

新人玩家緊張問道：「不需要打配合或是什麼嗎？有什麼注意事項嗎？我沒經驗啊。」

「不需要！」章務平咬牙切齒道：「裡面根本沒人，嫌疑人已經不在了！」

他上前用力拍打大門，直接對著裡面喊：「過來開門！」相繼幾道落地聲後，負責偵察的員警進入屋內。他們在客廳相遇，發現房子裡果然空無一人，一群人之前都在對著電腦演獨角戲。

『我靠……』對講機裡有人失態地罵了聲，『兩個都死了。』緊接著防盜門從裡面被打開。

章務平率先衝進去，地上觸目驚心的兩具屍體直接映入他的眼簾。他停在一個稍遠的距離，制止身後的玩家繼續進入現場，嚴厲道：「非技術偵查人員不要再進來了！守在門口，拉起封鎖線，嚴禁外人入內！」

他走到桌前彎下腰，看著筆記型電腦上彈出的斷開連接提示，說：「催促技術人員，查一查這臺電腦的訊號接入位址，立刻。」

玩家們聽見指令，像無頭蒼蠅一樣亂轉起來，想要參與遊戲卻沒有途徑，只能在通訊器裡交換情報。

『居然還有第三個人？為什麼口供裡都沒有提到？我還以為這次的逃犯是女主人。』

『嫌疑人應該在我們到場之前就已經離開了，利用電腦上的監視器控制這邊的情況。』

『兩人都已經死亡，確認是兩位屋主。』

『現場找到一部手機，是男性死者的。女性死者的手機暫未找到。』

『用男性死者的手機撥號，未接通。』

章務平的指令穿插在中間：「馬上請相關人員調出寧婷婷的消費記錄跟通訊記錄。」

被綁做人質的中年婦女已經被解救，現在正坐在門口的臺階上緩神。

她因為長時間的掙扎，導致手腳上都留下了不同程度的青紅擦痕。與屍體共處一室，讓她的精神受到強烈刺激。當員警向她詢問口供的時候，她只能啜泣搖頭，幾乎說不出話。員警試圖安撫她，卻被她順勢抱住，靠著肩膀哭泣。

這樣一位年近六十歲的無助長輩確實很可憐，可是眾人都很心急，實在沒時間等這位NPC調整自己的情緒。

「您有看見那位嫌犯的長相嗎？」

阿姨哭著點頭。

「他長什麼樣子，有什麼明顯特徵？」

阿姨搖頭。

「您別搖頭啊。穿著或身高都可以。您再想想。」

阿姨勉強回憶一遍，倒抽著氣，含糊地說：「藍色衣服……黑色褲子，比我高大概一個頭的小伙子，眼神很凶……」

正在檢查屍體的章務平，聞言停下動作，第一時間想起在過來路上撞見的那名男子。

藍色衣服，黑色褲子——果然是他！靠！

章務平差點被鋪天蓋地的悔恨淹沒。

就差那麼一點點！居然眼睜睜看著罪犯和自己擦肩而過！

看來那位玩家不簡單，他的心理素質未免也太強大了。

「您知道房間裡這兩人是怎麼死的嗎？」

阿姨放聲尖叫道：「他殺的！是他殺的！」

章務平寒著聲音問：「您看見他殺人了嗎？」

阿姨搖頭，表情裡帶著劇烈恐懼後的空洞，她比劃著動作說：「他拿著刀，刀上面全是血，他用刀抵著我的脖子威脅我！」

章務平問：「他威脅您什麼？」

阿姨：「威脅我不要出聲！」

「他有沒有傷害您？」

「有……沒有，但是他特別凶。」阿姨捂住自己的臉，「我覺得他真的會殺了我！」

新人玩家快速記錄她說的話，同時腦袋飛轉，宛如毛利小五郎附身道：「所以逃犯就是這次的凶手？那是不是可以申請下達通緝令了？我去找人要社區門口的監視器畫面，給人質辨認一下身分。」

章務平皺眉，想說哪有那麼簡單？你連現場都還沒勘查就指認凶手，通緝令是那麼好發的嗎？

新人玩家自顧自地往下推測道：「他是為了什麼？搶劫？入室搶劫，持刀殺人，這個很嚴重吧？可是他為什麼要殘忍殺害兩個屋主，卻留下一位人質呢？」

技術偵查人員在這時開口道：「不對，門鎖沒有被破壞的痕跡，門是從內部被打開的。門把上有血漬，說明門被打開的時候，已經有人受傷了。至於是誰的血，我們已經採集樣本，明天再給你們答覆。」

「明天？我們沒有時間啊，我先去調監視器畫面！」

章務平心裡有一種預感。他拿出手機，從裡面調出寧冬冬的照片，遞過去給阿姨看，問道：「是不是這個人？」

阿姨掃了一眼，立即點頭說：「對，對，就是他！」

她掐住章務平的手臂，沒有及時修剪的指甲深陷了進去：「他是誰？同仁，你們要快點抓到他呀！」

章務平正想掩飾，一旁用餘光看清照片的新人脫口而出道：「寧冬冬？」

章務平當即扭頭，狠狠瞪了那人一眼，新人被他嚇到，不知道自己做錯了什麼，立刻噤聲。

「他就是那個殺人犯寧冬冬？」阿姨已經叫了出來，歇斯底里地質問道：「你們警察為什麼要把他放出來，你們看，他又殺人了！他又殺了兩個人！」

章務平無法回答，只能找人安撫好她，把她帶去樓下。

在樓下錄完口供的賀決雲小跑著上來，他找到章務平，俐落地彙報道：「根據大樓住戶的口供來看，所有人都只聽見了兩位死者的爭吵聲，完全不知道有第三人在場。」

賀決雲打開本子，對著上面記錄的內容複述：「房子的隔音很差。他們最早聽見男性死者在打罵，中間有砸東西的聲音，緊接著寧婷婷吼著要離婚，她丈夫就說『我打死妳』之類的話，喊得特別大聲，樓上和樓下的住戶都聽見了。沒過多久，這個房間就安靜了下來。安靜了大概三五分鐘，孫女士跟她老伴懷疑寧婷婷可能出事了，兩人討論了一下，最後孫女士決定上來看看。過程就是這樣。」

頻道中有玩家茫然道：『所以寧冬冬到底是不是凶手？他為什麼要殺害自己的妹妹跟妹夫？』

章務平思忖片刻，說：「男性死者身上有多處刀傷，但數道傷口都不深，可見刺他的人力氣應該不大。」他走到寧婷婷的屍體前面，舉起她的手說：「寧婷婷的手心有一定的磨損，小指上還有一道刀痕。如果是以這種姿勢握刀的話，傷口恰好吻合。」

一位員警握著手中的相機不斷按快門，順著他的思緒想了一遍，問道：「你是說，丈夫是妻子殺的，妻子是寧冬冬殺的？」

賀決雲無奈道：「寧冬冬殺她做什麼？他們是兄妹啊。」

玩家滿臉無辜：「我怎麼知道？」

在進入遊戲之前，他一直跟隨媒體的節奏，默認范淮就是凶手。哪怕相關記憶被遮蔽，他的潛意識還是這樣認為。

賀決雲看著地面說：「寧冬冬應該是在他妹妹死後，或者受傷之後才出現的。」

「你怎麼知道？」

章務平有豐富的辦案經驗，在看到現場的第一時間就有了相關猜測，但他沒有開口解釋，就是想聽聽賀決雲的意見。

賀決雲手指在地面上畫了個圈，說：「看見地上噴濺式的血液了嗎？很完整的一個圈，刀被放在這個地方。寧冬冬過來，一腳踩在了血點上，在這裡留下一個完整的腳印，從位置和距離來看，他蹲下來查看寧婷婷的情況，並拿起手上的刀。這很可能只是震驚之下，反射性的動作。」

周圍的人小心翼翼地圍了過來，隔著一段距離觀察現場。

賀決雲說：「如果是寧冬冬刺的，然後把刀拔出來，血液噴濺就不會呈現這種形狀，血液會噴濺在寧冬冬的身上。這個現場其實挺乾淨的，兩位死者身邊的環境都保護得很好，有點經驗就能看出真假。而且——」

賀決雲把手裡的本子丟給對面的員警。

「我剛才已經找社區管理員，要了一樓防盜門前面的監視器畫面。一樓的住戶說，兩位死者停止爭吵的時候，剛好是在十二點零二分，他當時正在看午間節目，所以不會記錯時間。監視器畫面裡，寧冬冬是十二點零五分進來的，跟一樓的那位人質，前後不超過兩分鐘的時間差距。寧冬冬總不可能走到樓上，二話不說就把妹妹殺了吧？根本沒有作案時間。」

現實中也是這樣，警方只是懷疑范淮跟前三起證人死亡的案件有關，但從來沒有懷疑他會殺死自己的妹妹。

章務平點頭：「我也同意，寧冬冬只是出現的時間比較巧合。」

「真的有這麼巧的事嗎？」玩家懷疑地說：「既然他不是凶手的話，那他跑什麼呀？」

「被人看見他手裡拿著刀，大概是怕百口莫辯吧。」一人嘆道：「畢竟他之前已經坐過牢，很容易讓人產生先入為主的偏見。這次還有半個目擊證人，就算執法機關不起訴他，案件爆發後，民眾也會懷疑他。」

賀決雲補充道：「寧冬冬一直主張自己當初是冤枉的，他對警察可能沒有信心。」

一直熱鬧的頻道竟然出現了數秒的沉默，饒是熱情的玩家也不知道該說些什麼。

一人問道：「我們現在能申請通緝令嗎？」

章務平深吸一口氣，說：「從現場來看，我們沒有絕對性的證據，能證明這兩位死者是寧冬冬殺的，甚至很有可能不是。門是從內部被打開的，他不是強行入室。雖然他把樓下的住戶綁在屋裡，卻沒有傷害她，很快就離開了。也不是以金錢為目的。我認為這不足以構成綁架罪。你說要發布通緝令……我不覺得申請會通過。」

而且從私心來講，章務平希望能再給寧冬冬一次機會。讓他以配合調查的身分回來，而不是直接通緝。

在這件事情上，寧冬冬只是一個目睹妹妹死亡的受害者。章務平不知道他為什麼要選擇逃跑，甚至不惜一切代價。但從他沒有傷害人質的行為上來看，他應該不是一個壞人。

有時候想要毀滅一個人的人生，真的太容易了，因為社會很苛刻。

寧冬冬大半的人生都已錯付，他明明還那麼年輕，千萬不能再重蹈覆轍。章務平對他有惻隱之心，這也是他的責任。

章務平的眼神堅定起來，說：「寧冬冬現在的情緒應該很不穩定，我們一定要盡快找到他！以免他一時衝動，越走越偏！」

聽著警務人員分析全過程，網友不知該如何表述自己的心情。他們做好了寧冬冬是凶手的準備，且對此堅信不疑，結果被當頭狠狠打了一棒。

設身處地地思考一下，他們或許還會懷疑警方給出的案情通告。

……不對，他們就是警方。

『追擊者的團隊裡也有很多厲害的人啊。我還以為三天會把一群砲灰放過來，沒想到素質還不錯。』

『說砲灰的，怕是不知道這邊的指揮章務平也是八十五分的大神。就經驗來說，他比許多天才更厲害。』

『居然在這麼短的時間內就看出寧冬冬不是凶手，但這樣就發不了通緝令了，遊戲難度也大幅提升了吧？』

『這兩個居然不是范淮殺的？（滿頭問號.jpg）』

『我現在有點懷疑范淮真的是冤枉的了。警方應該有重啟調查吧？有沒有相關的情報流出？』

『不要再隨便相信『內部情報』了，真的『內部情報』在決定公開前是不會外流的。』

凶殺現場已經分析完畢，章務平等人現在著重於搜捕寧冬冬的蹤跡。然而這是他們急不來的。

終於，技術人員調出寧婷婷那部手機上的消費記錄和通話記錄。

技術人員的手指在電腦上重重一敲，把頁面放大，說：「寧冬冬用她的手機，叫了輛計程車，最後的通話紀錄也是跟那位司機的。我們已經聯絡了司機，司機說，他是在市中心的商業街附近把人放下。另外，寧冬冬在客運網站上，買了五張分別去往不同地點的車票。」

玩家捏著下巴道：「買了車票，人卻去了市中心，這兩個的方向完全不對啊。他是想轉移我們的視線吧？」

「這個你們得自己查。」技術人員說：「根據女性死者金融卡上的消費記錄，最近的一筆就在十五分鐘前。」

「是誰？」

技術員：「我正在問。」

技術員揉了揉眼睛，片刻後回答道：「那個人是……哦，那個人是商業街的一個店主，他說寧冬冬沒帶金融卡，在他那裡買了一套衣服，然後跟他兌換了五千塊的現金。所以，寧冬冬現在很可能還在市中心。」

有人問：「能不能根據寧婷婷的手機進行精準定位？」

技術人員說：「對方拿走的手機是iOS系統，想要直接定位比較麻煩，我們沒有時間。而且寧冬冬現在已經領完錢，我不認為他那麼聰明的人，會長時間把死者的手機帶在身邊，給我們留下線索。」

「那就只能調監視器畫面了。知道時間、地點、人物，我們完全可以從監視器裡找到目標。」

賀泱雲無情地掐斷他的信心：「市中心的人流量非常大，而且今天還是節假日，定位地點可說是人山人海。別忘了，那個玩家是一名高智商人士，她會選擇的停車點，很可能是避開主要監視器、又處於人流量正中心的位置。如果我們要查看周圍一整圈的監視器畫面，那麼多的人，你要用多長的時間才能從裡面找出逃犯？你知道她是走在路邊的行人，還是坐在車裡的乘客？你確定監視器一定會留下她的正臉嗎？」

另一人插話道：「就算沒有長相，我們也已經知道逃犯的身高、身材、衣著，照樣能作為參照依據。只要抓住目標的走向動態，憑藉市區完善的監視系統，我們就可以有條不紊地展開追捕行動吧？」

聽著他們如此天真又輕鬆的發言，幾位專業人士簡直笑都笑不出來，不知道該從哪裡開始解釋。

他們以為翻監視器是看電視嗎？輕鬆愉悅？還能配點瓜子和可樂？

用監視器來確定逃犯的位置，他們一定會處於被動。

「不對。」賀泱雲的聲音依舊沉穩，「你們不知道她的衣著，至於身形也可以用服裝跟姿勢進行掩飾。如果混在人群裡，你根本認不出來。」

眾人齊齊扭頭看向他。

賀泱雲走到鞋櫃前，指著地上的腳印說：「寧冬冬在離開之前，在這裡換了雙鞋子。」

「對啊。因為他的鞋子底部踩到血了，所以他換了男主人的鞋子。」

「不，她應該是先換上男主人的拖鞋，去臥室拿了可以更換的衣物。」賀泱雲轉身指向臥室門口，「變裝掩飾，也是逃亡中很重要的一環。她能冷靜地布置好現場，肯定也會考慮到這一點。而男性死者的衣櫃裡究竟有哪些衣服，我們並不知道。」

一些人懊惱地嘆道：「那翻監視器豈不是毫無目標？該怎麼辦啊……」

「這不就在討論怎麼辦嗎？」

有人急道：「我們越討論越是在浪費時間！每一分每一秒都很珍貴，各位動起來啊！」

這句話激得頻道裡出現了多種不同的聲音。沒有耐心的玩家已經開始煩躁。

『誰不知道要動啊？你不計畫好要怎麼行動？難不成一百多人各混各的？』

『去守轉運站、火車站和機場總是對的吧？我在外面等很久了，能不能給我點事情做？』

『哎呀，別搗亂了！吵架的都給我閉嘴！』

場面混亂起來，章務平等人的表情堪稱陰沉，網友也陷入迷幻的無言之中。

『確實挺難追的。』

『一群散兵，越多越亂，專業人士也帶不動啊。』

『一群散兵也有一百人了，其中還不包括三天免費贈送的技術人員。他們現在最缺的就是人。排查需要大量的時間、人力，尤其在遇到棘手的罪犯時，對方會不停幫你設置迷惑資訊。你知道一個刑偵中隊才多少人嗎？案件沒有發酵時，當初負責追擊范淮的還不到三十人啊，已經是傾盡全力了。』

『我發現Q哥一直在悄悄為大神說話，他該不會是間諜吧？』

『你們有沒有覺得，離開了大神的Q哥，耍寶氣息都不見了，變得成熟可靠，我都不敢認了。』

『Q哥本來就是三天的監察員，不是什麼人都能做的！是大神坑了他而已！』

章務平沒有責罵他們，對於這支臨時組建的陌生隊伍，並不適用系統內的領導方式，他太過嚴厲，只會引起反效果。

章務平一句多餘的話也沒說，思考完對策後，直接進行安排。

「A市的幾個主要火車站、轉運站，都要派人排查。小型的轉運站需要兩人進行配合，大型的車站需要四個人，火車站則需要六人到十人一組。可以找相關的工作人員一起幫忙。離這幾個地方比較近的玩家，現在開始報名。」

章務平在電腦上的名單裡畫上紅線，快速安排好幾人的工作。

一位玩家舉手道：「是不是還有交流道？逃犯可能會偷車從交流道離開。」

「交流道？」賀決雲否決道：「你知道A市各區有多少個交流道嗎？今天是清明連假，高速公路不用收費，工作人員大部分輪休，旅遊的車輛全在高速公路上塞著。你要是在交流道一一排查，會導致嚴重的交通堵塞，引起民眾恐慌。而且，我們哪來的人手？用什麼理由申請這麼大規模的排查？」

「找個人關注一下車輛報失情況。今天之內，有任何相關情況，都要在第一時間進行排查。」章務平讚許地看了賀決雲一眼，附和說：「我們確實不應該把範圍畫得太大。既然寧冬冬現在還在市中心，我們就圍繞著市中心進行布防。他想要順利逃走，肯定是要出來的。」

章務平拉出地圖，仔細觀察過後，相繼在上面圈出幾個地方。

「在這幾個車流量大的路口，對出市中心的車輛，以酒測攔檢的名義進行單向排查。這幾條小路平時人流量不大，可以直接查看監視器畫面。這幾個路口重點關注，在路口對可疑的行人檢查身分。如果寧冬冬想要離開，必然要經過這些地方。技術人員繼續追蹤寧冬冬以及兩名死者的身分證使用情況。只要我們排查得夠仔細，他就無所遁形。」

幾人一聽，發現全部都是最基礎又最辛苦的工作，聽起來一點也不威風。

「就沒有什麼黑科技嗎？」

章務平拍拍對方的肩膀，鼓勵道：「人類就是自然界最大的黑科技，發揮你的才能。大家都不要愣著了，快點動起來！我們能不能成功，就看大家工作得夠不夠仔細！」

眾人的熱血還沒開始揮發，樓下的一名員警就連忙跑來找章務平，緊張道：「隊長，媒體來了！」

章務平聽見「媒體」兩個字，靈魂連著肉體俱是一抖，那反應跟聽見大軍壓境、絕症降臨沒什麼兩樣。

他並不是討厭媒體。大家分工於社會的不同行業，目標都是為了社會的和諧與發展，只是因為各自的職業訴求不同，兩者的合作經常出現不愉快的體驗，讓他心生抗拒。

章務平問：「哪家媒體？」

「好幾家！」那位員警說，「有幾家是這幾年網路上比較有名的媒體公司，之前報導過寧冬冬的事……負面的那種。」

章務平如臨大敵道：「拉好封鎖線和窗簾，不要讓記者拍到凶殺現場。附近有沒有公關專業的人，出去跟媒體解釋一下。記住，所有跟案件有關、未經求證的事情，全都不能透露！」

員警說：「可是他們好像已經知道寧冬冬的事了。」

章務平眼前發黑，喝道：「誰說的！」

那人哭喪著臉說：「那個被綁架的人質說的。媒體採訪了她，她說寧冬冬是凶手，看見寧冬冬拿著刀殺人了。還說自己被寧冬冬拿著刀恐嚇綁架，差點死了。媒體全程拍了下來，我們攔也攔不住。現在要怎麼辦啊？」

章務平胸口抽疼，險些窒息。

員警還嫌不夠，又幫他插上一刀，直接斷了他半條老命。

「他們是直播的。」

賀決雲：「……」

頻道裡陷入長久的沉默。

這時候，所有玩家都意識到，輿論可能會對這件案子產生巨大的影響。

在他們身為普通群眾的時候，他們希望能夠擁有絕對的知情權，所以享受利用輿論逼迫政府公開執法的權力。

當然，這不是一種錯誤。可當他們站到執法部門的位置上以後，才發現有些事情跟他們想的不一樣。

所謂的知情未必是事實，大眾憑藉有限資訊獲取的也未必是真相。然而人們總是喜歡用有限的線索去推測全貌，並信以為真，最後以陰謀論的方式否認政府的權威，導致事情邁向失控。

玩家們已經能預想到媒體公布採訪結果後，大眾會對此事做出什麼樣的反應，現在他們需要面對一個註定兩難的局面。不管他們怎麼處理，政府的公信力都會受到質疑。

「如果我們現在出去澄清，媒體和民眾都不會相信吧？」一名玩家小聲說：「受害者在鏡頭前篤定寧冬冬是凶手，如果我們強行為他解釋，大眾會不會認為警方是在推卸責任或惡意包庇？」

「別想了，這是必然的。」

「寧婷婷可是他的妹妹啊！」

「這樣不是更有戲劇性嗎？」

有人惱怒道：「樓下的阿姨怎麼亂說話啊？我告訴她不要對外洩露案件詳細，她偏不聽。她知不知道她這樣一句話，寧冬冬很可能連命都沒了！」

有多少人願意為自己輕飄飄的一句話負責任呢？哪怕他知道自己的證詞會在網路的輻射下影響許多人。

這時，章務平的手機震動了下，房間內數人相繼拿出手機查看。

一款使用者數量極多的社交軟體突然推播今日新聞，驚悚的內容直接掛在標題上。

『寧冬冬再殺兩人！警方何時……』

「這……這不是搗亂嗎？都還沒向警方求證，就發這種新聞，他們瘋了嗎？」

賀決雲窺視著章務平，想從對方陰沉的臉上讀出他下一步的計畫。他意味深長道：

「如果寧冬冬看見這則新聞會有什麼想法？會覺得警方太過無能，沒能勘查清楚，還是認為警方為了便利出賣她，進而做出過激的舉動？說實話，我們現在有點被動。」

章務平權衡再三，做好決定。他用力抹了把臉，將身上的頹意甩去，重新展現出領導者的強勢作風，穩定大局。

「剛才分配到工作的人，先去執行自己的任務。記住，基層排查工作一定要認真、仔細、耐心！大家互相配合，務必盡快將寧冬冬找出來。還有，媒體之後可能會順勢公布寧冬冬的照片，玩家現在正處於人流量最高的地方，這對我們的追捕行動來說是一大好處，各隊伍可以積極向民眾徵集線索，尋求配合。」

「是。」

章務平說：「另外，我們的官方媒體帳號是誰在管理？趁事件發酵之前，馬上對外發布公告，作為對媒體的回應。」

「要怎麼說？」

章務平強硬道：「實話實說。不要公布過多的案件細節，但必須澄清寧冬冬與這兩起凶案之間的關係。有相對明確的證據可以證明，寧冬冬不是凶手，讓大家不要再猜測或散播不實言論，耐心等待官方的進一步公告。」

「啊？」管理帳號的玩家遲疑道：「現在媒體的風向完全是站在另一邊的，我們這時候澄清，不是直接往槍口上撞嗎？」

「不然呢？把所有壓力和責任都轉嫁給寧冬冬嗎？讓他承擔莫須有的罪名和社會的責罵？等風聲過去了，我們再出來發個解釋的公告？或者說，乾脆順水推舟，把寧冬冬抓回來，裝模作樣地審一頓？寧冬冬現在的處境，他不能等！」章務平聲音拔高，分明著急卻偏偏陷於嘴拙，「這樣確實很輕鬆……但是同仁們，這不是我們應該做的！」

沒有多少人會關心一個寧冬冬怎麼樣了，或者說，已經沒人在乎寧冬冬此時在想什麼。

他滿身汙名，前途盡毀，煢煢獨立，孑然一身。就算被大眾誤解，最後也只能得到一句帶偏見的「活該」。他的這種犧牲，起碼還能為社會穩定做出一點點貢獻，似乎讓他慘澹的人生多出一點價值。

可是章務平是警察，他的職業、他的責任、他的追求，從不允許他從單純利益的角度去思考事情。這不是一個可以偷懶耍滑的職業。對他來說，真相和公義遠比一時的閒適安寧重要得多。

賀決雲唇角翹起，走過去重重拍上章務平的肩膀，說：「媒體那邊就讓我來處理吧。我去做聲明。」

章務平最不擅長的就是這一類的事情，賀決雲的表現一直讓他很放心，他覆上賀決雲的手背，點頭道：「謝謝。」

賀決雲：「大家都忙起來吧，現在時間很緊迫。」

穹蒼站在大廳裡，仰頭看著牆上那臺液晶電視，裡面正播報著今日新聞。搖晃的鏡頭對準了社區大樓的門口，黃色的封鎖線圍成一個大圈，幾名警察堅守在防盜門前，禁止媒體入內拍攝。記者們高舉著麥克風，爭相向他們求證案件的細節，而警察小心地抬手遮擋，同時保持緘默不語。

背景音是各種喧嘩的吵鬧聲，隨後鏡頭轉動，對準了正在現場採訪的記者。

記者表情肅穆地對這個案件進行講解。他應該保持公正，但他難以克制自己的義憤填膺。

『我們剛剛採訪了本次案件中的受害者，她被寧冬冬綁在二樓威脅傷害，是警方從陽臺潛入，才順利將她解救出來。現在嫌疑人已經跑了，警方還是沒有派出代表正面回應我們的問題……』

『我們可以回顧一下寧冬冬的生平……可見在今天這樣的悲劇發生之前，寧冬冬已經有了多起殺人案的主謀嫌疑，我不明白，警方為什麼要放任如此危險的人物，在社會上擅自行動？又該如何保證我們人民的安全？』

隨後，記者放了一張寧冬冬面部打馬賽克的照片。可是未打馬賽克的照片早已遍布全網，而且還在不斷擴散。所有人都已經知道寧冬冬長什麼樣子。

那張照片是寧冬冬出獄不久後拍的。當時的他滿臉鬍渣，不修邊幅，頭髮亂糟糟地糾在一起，臉上帶著疲憊與憂鬱。他佝僂著背，眼神游移，想將自己隱沒在人群中，像一個平凡的小人物那樣活著。可惜饒是如此，黑漆漆的鏡頭還是跟鬼魅一樣追隨著他。

穹蒼張了張嘴，喉結滾動。

她穿著一身白色的古風長袍，臉上畫著濃妝。高瘦的身影佇立在原地，周身有種出塵脫俗的氣質。

她臉上戴著半張面具，將她稜角分明的臉型修飾得柔和起來，一雙眼睛狹長明亮，與電視上寧冬冬的形象截然不同。哪怕近距離觀看，也不會有人懷疑她的身分。

如果要說什麼樣的人可以正大光明地化妝變裝，且不被人懷疑的話，那就是角色扮演了。

穹蒼選了一個最近遊戲中當紅的祭祀角色，在附近的店家租了一套衣服，現在就在店裡看新聞。

離她不遠處的兩個女生也在關注這件事，聽完記者發言，滿腔義憤地譴責道：

「天啊，連自己妹妹都殺，他也太沒有人性了吧？」

「網路上說，因為她出獄後找妹妹要錢，妹妹不樂意，他就痛下殺手了。誰知道剛好被樓下的人撞見，他馬上就跑了。」

「我國的刑罰還是太輕了，像那些不知悔改的人，就不該讓他們出獄，簡直是全社會在為一個人買單！」

穹蒼緩緩回過頭，望向說話的兩人。

那兩位女生被她盯著，聲音漸漸輕了下去，隨後不好意思道：「有事嗎？」

「沒什麼。」穹蒼和善地笑了下，「只是覺得很驚訝。」

兩人附和道：「是啊！怎麼可以這樣？警方也太不負責任了！」

「要是寧冬冬這次再逃掉，我都要懷疑警方內部有間諜了。」

穹蒼低下頭，過去拿起櫃檯旁邊的包袱，準備離去。

正當她一隻腳邁出門口的時候，身後的電視又傳來一道沉穩有力的聲音。

『警方還不能對外公布案件的細節，我們正在調集所有人手，全程搜捕寧冬冬的蹤跡，希望她能主動出現，配合我們進行調查。有相關線索的民眾，也請及時聯絡警方。』

記者語氣不善道：『只是配合調查嗎？警方是不是太不負責任了？』

穹蒼轉過身，看著螢幕中那個身穿警服，站得筆直的男人。

他目光清明，語氣堅定道：『恕我直言，像您這樣的話才是不負責任。你也是大型媒體公司的記者，應該知道什麼樣的人才能被明確地稱之為「犯人」。』

賀決雲身上有著青年警察的正氣，神態毫無畏縮，讓人下意識信服他的話。

『根據社區監視器畫面顯示的時間，已經可以確定，寧冬冬到達現場的時候，兩位死者已經死亡。現場的勘查結果也表明，寧冬冬是凶手的可能性極低。等我們同事對證物的檢驗結果出來後，我們會正式對外公告。在此之前，希望大家可以保持冷靜。如果有市民發現寧冬冬的蹤跡，請不要刺激她，也不要傷害她。感謝大家的配合。』

記者：『可是……』

賀決雲先一步回答道：『方才記者採訪的那位受害人孫某，其實沒有看見寧冬冬殺人的畫面，她只是比寧冬冬晚一步到達現場。她對記者說的話，與給我們的口供有偏差。我可以理解為是她情緒不穩定，或者環境渲染下做出的不正確行為。我希望各位在保證民眾的知情權之前，能先確定資訊的真實性。謝謝，辛苦大家了。』

剛才還在攻擊寧冬冬的女生茫然了。

「啊？」

「這都是什麼呀？」

「難道是真的？警方沒必要為寧冬冬說話吧？」

「可是這樣的話，他綁架人幹什麼？他跑什麼呀……」

穹蒼聽著賀決雲的發言，抿著唇角做了個看不出哭笑的表情。

「可惜……」

可惜當初沒有人願意頂著壓力，出來為范淮說一句話，錯過了最正確的時機。

穹蒼按住自己的包包，決然轉身離開。

直播間觀眾對此的感觸，比那兩位茫然的女生更加複雜。

他們今天是抱著看一代惡人如何醜態畢露，或者被繩之以法的心態來的，好完成現實中沒能達成的結局。卻沒想到看見的，是一場無聲的惡刑。

被全世界孤立是什麼樣的感覺呢？它完全沒有超級英雄的悲壯，只剩悲哀而已。

那種無力感就像漫步在一座空氣稀薄的高山裡，舉目四望，空無一人。范淮就是在那樣的失望中，走上了一條沒有終點的逃亡路。

他的聲音不會再被任何人聽見，正義的枷鎖牢牢封住他的嘴巴，禁錮住他的人生。

從范淮徹底消失，到現在已經有將近半年的時間了，許多人都是那場轟轟烈烈的討伐行動中的一員，甚至到今天也不曾知道答案。如果不是參與了這次的直播，他們可能都快要忘記——哦，原來這是他們曾經那麼憎恨的一個人，憎恨到讓他們變得惡毒且狠戾。

『當時看媒體聲討政府的時候，我也覺得警方給出的通告聽起來很腦殘，連敷衍都沒有誠意。現在想想，可能是因為那時候的情緒不穩定，網路上狂躁的氣氛把質疑和發洩變成一種政治正確，導致很多人的思想都朝著悲觀和極端的方向靠近。所以我又錯了，是吧？』

『後續氣得沒關注，這個案子原來是這樣的嗎？可我當初被洗腦了，感覺有理有據，沒反轉的可能才上場的。』

『是三天對范淮的相關劇情做了調整修飾，還是他真的就是個悲劇性的人物？我把警方所有的公告都搬過來了，大家自己看吧。』

警方的包圍圈已經開始有條不紊地朝著商業街縮進，然而穹蒼像是忘了自己的身分，依舊漫無目的地在各個商店閒逛。

在這段期間內，她去小巷子的鑰匙店買了一串汽車鑰匙模型，又去五金行買了一打奇奇怪怪的東西，又在飾品店買了一把雨傘，讓觀眾完全猜不到她在想什麼。

網友一邊看著基層員警不斷朝穹蒼的位置靠近，一邊看穹蒼在商場裡閒逛，心中的緊迫之情快要按捺不住，恨不得上去拍拍穹蒼的屁股，讓她趕緊跑起來。

這是一場逃亡遊戲吧？可不是老鷹抓小雞。

也許天才的看題方式就是跟普通人不太一樣，他們真的接受不來。

在穹蒼走馬看花似地逛了一陣子，在步行到商業街盡頭處的一家咖啡廳時，終於停下了腳步。

這家店的生意看起來不太好，地點偏僻了些，附近還有許多手搖店和一家網咖在競爭，導致店裡的客人寥寥無幾。

穹蒼站在玻璃窗外看了一會兒，不知道在觀察些什麼，當目光落到某個位子上時，露出一個極淺的微笑，邁著沉穩的步伐走進去。

她選了一個靠窗的位子，把包包放在側面的空位上，從裡面掏出一本書，然後翹著腿翻看起來，彷彿在享受午間的閒暇時光。

而穹蒼的前方坐著一位青年。那人年紀不大，多半還是一名學生，隨身帶著一個黑色的書包，旁邊放著好幾個袋子，應該是在附近買完東西後，順便來咖啡廳休息。

他的側臉輪廓分明，長得還不錯，只是因為不善打理形象，留了一個不適合他的髮型，加上過長又未及時清洗的瀏海，看起來有些邋遢，讓人忽略他的五官。

穹蒼收回視線，翻動手中的書本。

光線從窗外照進來，配上店鋪中明亮的燈光，讓她在這昏昏沉沉的陰天裡，格外引人注目。

留言區裡的網友在下面瘋狂高呼，讓她趕緊跑路。警察已經在商業街附近進行排查，很快就會抵達咖啡店。穹蒼穿著一身招搖的古裝，又坐在靠窗的位置，必然會吸引到對方的注意，簡直跟自爆沒兩樣。

可惜穹蒼看不見他們的忠告，全然無視危險的來臨。

沒過一會兒，穹蒼起身，走到前面拍了下那位青年的肩膀。對方摘下耳機，看見她的時候愣了下，問道：「有事嗎？」

穹蒼拎起包包示意道：「你好，我想去一下廁所，你能幫我顧一下東西嗎？」

青年沒有懷疑，欣然應允道：「可以啊。」

穹蒼笑道：「謝謝。」

穹蒼獨自出門，過了大概六七分鐘後，再次回到咖啡店，手上還多了兩杯飲料。「謝謝。」

穹蒼再次道謝，並把左手邊的杯子遞過去。

「不用不用。」青年忙拒絕道：「我只是顧一下包包而已，其實也沒人進來的。」

穹蒼說：「店裡限時活動，買一送一，我剛好看見就買了。你如果不要的話，我也喝不完。」

青年猶豫片刻，還是將東西接過來。

穹蒼順勢在他對面坐下，和他聊了起來。

「兄弟，你也是學生嗎？怎麼一個人在這裡？」

青年：「那你呢？還穿成這樣。」

「來買點東西。社團活動完不想換衣服，就這麼過來了。」穹蒼曖昧笑道：「而且這樣比較受女生歡迎啊，不是嗎？」

青年哈哈笑了起來，正要打趣兩句，笑容逐漸變樣，帶上了一絲痛苦。他呲牙，抽著冷氣道：「我肚子有點痛。」

「啊？」穹蒼擔心地皺眉，從包包裡抽出一盒紙巾，問道：「需要去廁所嗎？是不是因為腸胃不好，喝了冰的東西？」

青年接過紙巾，忍著一陣又一陣的疼痛，說：「可能吧，老毛病了。」

穹蒼歉意道：「不好意思啊，請你喝了冷飲。」

「沒有，沒有，不關你的事。」

青年站起來想去廁所，穹蒼先一步道：「咖啡廳裡的是員工廁所，他們不對外開放。我剛剛是去前面的肯X基上廁所。你要是難受就快點去吧，我幫你顧包包。」

青年沒有多想，點頭道：「好，謝謝啊。」

見青年急促地離開，穹蒼遺憾地嘆了口氣。

不要隨便喝陌生人給的東西。都多大的人了，還是學不會這個道理。

穹蒼起身，換到對面的座位上。

普通男生藏東西的規律實在是很好摸索。他們會把身分證和悠遊卡之類的證件，全放在最方便拿取的地方。

穹蒼隨意一摸，就從書包側邊的格子裡摸到數張ＩＣ卡。她快速從裡面抽出身分證和學生證，藉由長袖的掩飾，塞進自己的袋子裡。

偷完對方的身分證後，穹蒼抽出紙筆，在桌上留了一張字條。說自己臨時有事要先離開，已經把他的東西寄放到前檯。

她把紙條用杯子壓在桌子中間，然後拎起大包小包去往前檯，跟服務生叮囑了兩句後率先離開。

二代身分證[1]在遺失之後仍然可以使用，因為它的晶片並沒有被破壞。雖然警方可以追查到它是否來自於掛失的證件，但由於程序複雜，通常不會查詢。

穹蒼出了咖啡廳，大步朝著離開商業街的方向走去。

如果她能看見留言，就會發現螢幕上全是「有危險」、「別往前走」、「遊戲要結束了」一類的吼叫。

幾位穿著警服的人，正守在路口對行人做著詳細的排查。

不出意外的，穹蒼撞上了。

穹蒼才剛出現，就近兩個年輕員警的視線就向她投來。二人眼神中並沒有過多的懷疑，只是被她與眾不同的打扮吸引了一下。

這批新人玩家們並不專業，但會尊重專業。他們嚴格聽從章務平的指令，爭取將基層排查做到沒有缺漏。只要是身高相似的人，他們都會上前要求查證身分、年齡或者身

1 二代身分證：中國大陸推出的身分證，採用IC卡技術，擁有更高的安全性與防偽功能。

材，他們已經不侷限了，畢竟國內化妝技術的偉大他們如雷貫耳，甚至連性別不同的他們也不放過。

這是穹蒼第二次正面撞上警察了。雖然她早有心理準備，卻沒想到這麼快。此時轉身會顯得過於反常，她乾脆走到路口停下，抬頭看著紅綠燈，做出跟街邊每個路人一樣的反應。

一名員警摘下帽子，朝她走過來。

「你好，請問你有帶身分證嗎？」

穹蒼適當地表現出一絲驚訝，配合地點了點頭，從口袋裡摸出身分證遞過去。

她逛了那麼久，特意挑選的那個人，兩人起碼有三分以上的相似程度，應該可以糊弄一下。

員警拿過證件後認真看了一眼。照片裡的人整個頭髮向後梳起，帶著濃濃的宅男氣息，與面前這個彷彿會發光的人大相徑庭。

年輕員警心裡大叫了一聲，親身目睹這妝前妝後的慘烈變化，差點懷疑人生。不過他還記得自己的身分，左右翻轉著證件，把目光一寸寸在穹蒼臉上移過。

他覺得眼前的人莫名有點熟悉，卻又說不出來，最後試探道：「不太像啊，到底是不是你本人？」

他雖然這樣問，其實依舊沒有太多懷疑。

在一般人的潛意識裡，逃犯都是落魄且陰晦的，他們恨不得把自己隱藏在人群中，哪怕像過街老鼠一樣讓人避之唯恐不及也沒關係，絕對不會刻意表現得特別，還如此張揚。

穹蒼將腦袋湊過去，看著照片說：「哪裡不像了？這不就是本人嗎？三年前拍的照片，誰高中的時候不長這樣？大學肯定變了。」

員警心想，他就不會這樣，不管多少年過去，他還是當初那個少年。

他把身分證擺在穹蒼的臉側，就近進行比對。

穹蒼被他直勾勾的注視看得不太舒服，皺了皺鼻子，並將距離拉遠一點。

如果是專業的員警，經過多年的經驗，對著一張模糊的照片也可以快速發現兩者的不同。但面前這位玩家不是。

多數人即便沒有嚴重的臉盲，對面部特徵也不敏感。所以對著一堆網紅臉，經常分不清誰是誰。

員警盯著身分證看了許久，感覺自己出現了幻覺，發現兩者竟然真的大幅重合。

「你這個就……很複雜吧？」員警不太確定道：「你說像嘛，有點昧著良心。你說不像嘛，又確實有點像。臉部輪廓是一樣的。嘴巴也挺像的。眼睛完全看不清楚。鼻子沒有側面照就很難說。」

「化了妝就是這樣啊，什麼像不像，這就是我本人！」穹蒼加重語氣，面露驚悚道：「你不會是想讓我表演當場卸妝吧？這位大哥，你有點過分了啊。」

旁邊的路人聽見後笑出聲來，幫她說了兩句：「Cosplay 有些妝容是比較誇張的，不然照片拍出來就沒效果。」

「證件照本來就不好看。不用查得這麼嚴格吧？」

「這附近突然多了很多警察，是不是有什麼事？」

穹蒼一副無可奈何的表情，摸出學生證說：「真的是我啊。我是C大的學生，化學工程的，需不需要我講解一下流化床反應器的開發技術啊？」

員警聽她隨口的提議，眼睛一亮，覺得很有道理。寧冬冬從十六歲起就開始坐牢了，別說上大學，連高中都沒畢業，很可能連流化床反應器是什麼都不知道。

就算進行扮演的玩家自己知道，可利用超過角色水準過多的問題來逃離追捕，也算是一種OOC。

「那你講講。」

穹蒼跟周圍的人一齊失笑，她挑著相關的內容說了一下，包括它的優缺點。

年輕員警並不是相關專業，自己也聽得雲裡霧裡，不過一些專業名詞聽起來好像很厲害。他將證件還給穹蒼，說：「沒事了，你走吧。」

穹蒼揮揮手：「謝謝。」

紅綠燈正好跳轉成綠色，穹蒼扯平下垂的長袖，衣袂飄飄地走向馬路對面。

等人離開視線，那位員警捂著耳機跟自己的同事炫耀道：「兄弟們，我突然發現了一個辨別學渣有效又快速的方法！」

幾人七嘴八舌地討論起來，最後紛紛折服這位同伴的機智。

『我靠，有道理啊！』

『寧冬冬的學歷才高一吧？這麼多年過去，恐怕都忘光了。用升學考考題進行考察可行嗎？』

『不是，一般人看一眼就知道是不是了，你們是有多臉盲還得靠知識？』

通訊器裡，賀決雲冒出一句頗感困惑的話：『誰告訴你們，寧冬冬是個學渣的？』

眾人：『……啊？』

『他不是坐牢了嗎？』

賀決雲沉默許久，說道：『他智商很高，部分大學課程都已經自學完了，還有專門的老師。』

章務平也在此時插了句：『扮演寧冬冬的玩家心理素質極強，大家不要掉以輕心！』

眾人連連應了兩聲，繼續自己的工作。

眼看穹蒼正大光明地走出包圍圈，網友擺著一張木然的臉，在留言區洗版石化的表情。

這種感覺，就像憋了許久的大招，卻發現只是一個雞肋；花了一萬塊抽獎，卻發現一等獎不過是幾張百元優惠券一樣。

就這？

果然，真正的學渣是做錯了題目，都不知道自己錯在哪裡，還要嘲笑別人怎麼連這個都不會。

……可恨的是，他們自己也沒辦法把化妝後的寧冬冬，跟照片上的落魄青年聯繫起來，這一幕就有點扎心了。

『太天真。玩家天真，NPC也天真。話說這個人偷NPC的身分證，是不是有點不要臉？』

『這個道理告訴我們：以學渣之心度學霸之腹，是會翻車的。所以不要看不起人。』

『學霸不因環境影響自己勤奮向學的心！』

『看看人家，連坐牢都想著學習，而你們看個直播都不專心。』

『留下一把鱷魚的眼淚，同情。』

『范淮這麼上進的嗎？』

『我們仍未知道，天才又背著我們學習了什麼。』

『我媽騙我，她說我不好好讀書，將來就會變成像范淮那樣的人。她想多了，看來我不行。』

# 第七章　意外叢生

商業街的周邊其實非常熱鬧。這附近有一家醫院，旁邊也開了許多餐廳和商店。公車在月臺停下，一群人陸陸續續下車。

穹蒼不再繼續往前，而是找了個沒有監視器的位置，在街邊停了下來。

目前在商業街區內部排查的警察人數不多，行動看起來沒什麼明確目標，說明他們不是主力，只是來做個粗略排查碰碰運氣。畢竟因為假期影響，商業區的人流量太大，單靠他們這種隨機排查的方式，很容易出現錯漏，效率也不高。

對面共有一百人，說多不多，說少不少。為了保證效率，人手肯定要集中在最重要的樞紐地帶。

目前警方已經確定她還在商業區，所以派往車站或機場的人應該不多。

如果是穹蒼自己的話，她會選定可以出城的所有路口，對要離開的市民進行單向排查。

所以越往外，撞見警察的機率就越高。她不可能每次都那麼幸運，可以碰上臉盲又好糊弄的新人玩家。

穹蒼靠在一根柱子上，目光懶散地從街區掃過。

一輛黑色汽車順著車流來到穹蒼前面，在不遠處剛騰出來的一個空位停下。尾燈熄滅之後，一名中年男人從駕駛座下車，緊跟著後排車門打開，一位婦女帶著兩個小孩高高興興地走下來。

中年男人手裡拿著鑰匙，站在路邊等待家人。待人全部下來後，按下車門開關，彎腰準備將孩子抱起來。

穹蒼快步走過去，腳尖在不平整的地磚上絆了一下，身體猛地朝前撲去，眼看就要撞到那位中年男人。

她驚呼一聲，引得男人回頭。

中年男人見她撞來，眼睛瞪起，表情僵住，反應卻很快。他身後就是自己的孩子，不能選擇躲避，於是第一時間撐起雙手接住了穹蒼，手上的鑰匙也順勢掉落到地上。

「哎呀，對不起。」穹蒼連忙穩住身形，想要站直，卻在慌亂中踩到了自己的衣襬，差點摔跤。

她看起來笨手笨腳的，一邊收拾衣服，一邊往旁邊靠過去，嘴上不停道歉：「我不是故意的。剛剛好像是踢到了什麼東西，大哥你沒事吧？」

中年男人說：「我沒事，你走路要小心一點。」

穹蒼背過身，率先撿起地上的鑰匙，一雙手被長袖掩在下面，高舉著抖了抖才把袖口抖出來。她將鑰匙遞回去，尷尬笑道：「您的鑰匙，不好意思嚇到你們。」

中年男人接過來，還沒細看，穹蒼又從包包裡掏出兩個玩偶，說：「這兩個玩偶是我在前面抽獎抽到的，算我向你們道歉了。」

這次換成中年男人不好意思了，他婉拒道：「不用不用，太客氣了！」

「沒關係，我本來就是打算拿來送人的。我不太喜歡這種小玩具。」穹蒼不由分說地塞過去，露齒燦爛一笑，看起來人畜無害。她稱讚道：「兩個妹妹真可愛。」

「爸爸我要！」

男人見也不是什麼值錢的東西，將鑰匙放回口袋裡，順手接了過來。

「那就……謝謝了。」

穹蒼說：「沒什麼，祝你們玩得開心。」

她和後面的小朋友揮了揮手，兩個小女孩笑得開懷，也熱情地回應了她。穹蒼提著衣襬準備離開，耳邊聽見那對夫妻隱隱約約的對話。

「現在的年輕人都喜歡穿成這樣啊？」

「他穿成這樣多帥啊！你要是敢，我也讓你穿。」

男人委屈道：「……還是別了吧。」

一家人離開後不久，換了身襯衫西裝的穹蒼再次出現。

她戴著口罩，身姿英挺，氣勢迫人，哪怕穿著過於寬大的襯衫，也絲毫沒有違和感。

她大步流星地走到黑色車輛前，抬手掩在唇邊咳了兩聲，餘光掃過兩側的行人，然後拉開車門走了進去。

網友感覺從穹蒼的身上學到了許多看似有用、卻又無處可用的騙術，畢竟法律不允許。

『嗯？為什麼她會有鑰匙？』

『之前大神逛街的時候買了一大堆鑰匙模型，她在剛才撿鑰匙的時候悄悄掉包了。』

『NPC的作用是提供裝備，學到了。』

『妙手空空！果然要有一技之長才能闖蕩江湖。那麼問題來了，這項技能該去哪間學校學習？』

『熟練得讓人心生懷疑，這位大神會的技能是不是太多了？』

『人性太險惡了（嘆氣.jpg）。』

『主要是這個角色建模建得很好看，如果換做是長相猥瑣的人來，還能這麼好說話？』

『可是我記得，這位大神在上個副本說過她不會開車。不會做到真正意義上的翻車吧？』

穹蒼的確不會開車。

坐上駕駛座後，穹蒼表情嚴肅起來，難得有了如臨大敵的危機感。

她的手在方向盤與各個按鍵上摸索一陣，將它們與網路上的教學說明一一對應，確認了所有功能，然後把鑰匙插進去。

沒有什麼是天才不能速成的，包括開車。

鬧區的停車位當然是很緊俏的，前後車輛貼得比較近，還有人將電動車停在了空隙處，大大增加了穹蒼把車開出去的難度。

引擎啟動，發出嗡嗡的低鳴聲。穹蒼雙手緊握住方向盤，來回打轉，適應力道，視線同時在窗外和路邊來回測量，想利用數學角度計算出最適合的倒車方法。

汽車的功能其實很簡單，無非就是起步加油而已。但有些東西還是要看天分。

糾結不到兩分鐘，穹蒼爽快妥協。她再次走下車，拉住一位路人說：「不好意思，能幫我倒個車嗎？」

天才最擅長的，就是及時止損。

網友看見這一幕哄然大笑，被她拉住的工具人也露出滿臉無奈的表情。好在一切還算順利，熱心的工具人幫她把車開出了停車位，停在路口。穹蒼接手後跟緊前車，一路靠邊行駛，最後開進一條偏僻的小巷，在安靜的地方停了下來。

穹蒼解開安全帶，坐著長長嘆了口氣。

在鬧區開車的司機都要有一顆頑強的內心，畢竟車技差的大有人在。只是開這麼一小段路，都讓她冷汗直流。

穹蒼打開行車記錄器，從狹小的螢幕裡找到重播的功能。

車主是從外面進來的，肯定拍到了警方在什麼地方設崗排查，以及進行了什麼樣的部署。穹蒼按照時間順序，不停地往回翻查影像。

她身上沒有手機，寧婷婷的手機直接被她扔在了店裡，沒有社交工具的她，不知道外界正因為「寧冬冬」這三個字，翻湧著新一波風浪。

賀決雲與章務平等一干專業玩家，不斷從別的角度，快速定位出穹蒼的所在。

最後一個明確見到穹蒼的人，就是那個用手機轉帳給她兌換現金的人。

所以賀決雲等人換了便服，來到商業街的東北區。距離穹蒼實際只有不到兩公里的地方。

「我真的不知道他就是寧冬冬啊。」店長靠在收銀臺上，攤手道：「而且他跟我換錢的時候，你們新聞都沒出來呢，我怎麼知道發生了什麼事？」

賀決雲說：「我們不是來向你追究責任的，我們只是來找你問線索。寧冬冬在你這裡買了什麼東西？」

店長說：「我這家店不是只有衣服嗎？他買了最普通的白襯衫跟休閒褲，哪裡都有在賣，很普通的款式。」

賀決雲：「她後來去了哪裡？」

「我不知道。」店長生怕他們追究，急道：「幾位同仁，我確實有管售後服務，可售後客人去了哪裡，我也管不了呀。」

賀決雲：「借你店裡的監視器看一下。」

店長點頭：「好的，我們願意配合。但能不能麻煩你們到後面去看？我們還是要做生意的。」

賀決雲對此哭笑不得。他跟旁邊的幾個同事說：「我留在這裡看監視器，你們去附近的商店問一問。有什麼消息，大家及時聯絡。」

幾人沒有異議，按照他說的去周邊詢問口供。

賀決雲跟著老闆去門後的倉庫，翻看店鋪的監視器畫面。

找到穹蒼出現的那一段影片很簡單。

穹蒼很大膽，跟賀決雲印象中的性格一樣。她是穿著離開社區時的那套舊衣服大搖大擺地進來的，跟逛後花園似地在店裡走了一圈，挑出幾件衣服，去找老闆交涉。

而在她轉完帳，收好現金，拎起袋子離開之前，她隨意地將手機放在一旁的貨架上。

店鋪很小，貨架上掛了滿滿的衣服。

過長的衣襬垂落，遮蓋住機身。如果不將衣服拿下來，根本看不見木板架子上還有一部手機。

賀決雲頓時就有精神了。

以穹蒼的性格，絕對不可能做出這麼粗心大意的事。如果只是為了防止行蹤暴露，她有無數種處理手機的方法，哪怕是隨手丟棄在某個垃圾桶裡，也比現在這樣更方便。

說明她是故意將手機留給警方的。

說明她在拿走寧婷婷的手機後，才發現裡面有重要線索。

賀決雲快步走出去，從監視器畫面中顯示的位置摸出一部手機。

手機殼上還染著未擦乾淨的血漬，此時已經乾涸。賀決雲用手指刮了一下，抬起頭，發現這個角度恰好正對著店裡的監視器。

他按下一旁的開機鍵，螢幕亮起。

果然沒有密碼。

背景圖被穹蒼換成了一張白色圖片。圖片正中央用黑體寫著兩句話：

我覺得，這個世界不會好了。

起碼，我的世界不會好了。

穹蒼說，范淮在逃亡時打電話給她，三十二秒裡只說了兩句話，剩餘的時間都在互相沉默。賀決雲當時是有點懷疑的，覺得他們兩個人總該交代些什麼才對。

可當他自己面對這樣的場景時，他就在想，他應該對范淮說些什麼呢。

他發現自己真的不知道。

安慰顯得過於蒼白，勸告顯得過於虛偽。而幫助？那似乎太微薄了。

恐怕連范淮都不知道，他打給穹蒼是想做什麼。或許只是人在走投無路之下，渴求一個自己信任、崇拜的對象，能夠給自己一點指引，一點希望。然而在電話撥出後，他突然發現對面的人，其實也只是個凡人。於是他離開了。

被一個無助的人請求，卻同樣無能為力，又是一種什麼樣的感覺呢？

想必穹蒼心裡也留下了一個難以消逝的困惑，盤旋在她心頭，讓她長久以來苦思不解，所以她才會參加三天的《凶案解析》，尋找所謂的答案。否則憑她那種怕麻煩的個性，單單是三天冗雜繁複的心理審核程式，就足以讓她卻步。

這兩句話當初困擾著穹蒼，如今也困擾著賀決雲。

賀決雲按著耳邊的通訊器，控制好語氣，低聲說：「我找到寧婷婷的手機了。」

章務平正在聽各地組員進行彙報，聞言快速回了句：『裡面有什麼線索嗎？』

周圍有許多普通群眾，店長也時不時把目光投向他。賀決雲拿著手機，先行走出店面，去了停在附近的警車裡。

密閉的空間內，空氣顯得十分沉悶。

清明假期的天空灰濛濛的，處處透著壓抑，雖然此時還是白天，卻暗得猶如黃昏將夜。

賀決雲扯了扯領口，將最上面的紐扣解開，壓下心頭微微的抗拒，點開相簿的圖示。一張張縮小的方正圖片顯示出來，賀決雲任意選擇了一張放大。

那些被打馬賽克修飾過的照片，同時出現在直播間的右側。

寧婷婷的手機裡一共存了三百多張照片，全都是她對著自己身體不同部位拍攝的。瘀青的手臂、帶著針孔的皮膚、明顯骨骼錯位的手指、被抽打後浮腫的傷痕，甚至是扎著玻璃碎塊外翻的血肉……

有些傷口顏色發黑，明顯是陳年舊傷。有些還帶著鮮血，是她剛受傷後用不太穩的手艱難地拍攝下來的。那些傷勢令人觸目驚心，共同的特點是都不在臉上。

一張張照片，分別拍攝於不同的時間、不同的地點，清楚記錄了她這些年忍受的非人折磨，拼湊成她不正常的婚姻生活。從最早的時間開始推斷，到目前為止，這樣的情況已經有兩年多的跨度，幾乎是從她結婚開始，一直持續到現在。

賀決雲翻到一半的時候就停下了，他抬手用力抹了把臉，讓自己的情緒平復下去。直播間也有不少觀眾直接退出。他們實在不忍心看到這樣的畫面，哪怕這些圖片在三天畫面的顯示中，沒有過於血腥的細節，只有一行文字描述——

『君子之於禽獸也，見其生，不忍見其死；聞其聲，不忍食其肉。』

賀決雲的手指往上滑，後面還有幾段影片。從封面的角度來看，應該是從盆栽的葉片下面偷拍的。

賀決雲緊了緊手指，做好心理準備才打開影片。

不出意外，裡面是一段殘忍直觀的家暴影片。因為角度問題，並沒有拍到寧婷婷，只拍到對方丈夫側立的身影。

寧婷婷此時應該已經被打趴在了地上，背景迴盪著她苦苦哀求的聲音。

一聲聲痛苦的呻吟從她喉嚨溢出，夾著沙啞顫抖的啜泣。那些卑微脆弱的懇求，被她丈夫口齒不清的唾罵所覆蓋。

『妳這個賤貨！』

『妳知不知道妳哥是個殺人犯？妳還要不要臉？妳今天跑出去跟人說了什麼？』

『讓妳不要出門，妳為什麼還要出門？如果別人認出妳的話該怎麼辦？妳是想害死我啊？妳不安分，老子教妳安分！』

『我出去找女人怎麼了？妳也不看看妳是什麼東西！從裡到外都是個髒東西，沒有我，妳一天安生日子也過不了！』

『吼我！我叫妳吼我！我打死妳！』

『……』

各種不堪入耳的辱罵，澈底激發出賀決雲心底的暴虐，有那麼一瞬間，他想衝進去將裡面的男人狠狠按下，讓對方跪在地上，深刻感受一次被人欺凌、血流滿地的痛苦。

他深了呼吸，又沉沉吐出，在心裡默念了一遍現代社會文明守則。

拳頭落在肉身上的悶響，一直在車廂裡迴盪，到後面寧婷婷已經沒了意識，可對方還是沒有停手。等終於發現妻子被毆打到暈厥，這個男人也不見心疼，只是不盡興地朝人「呸」了一聲。

這一幕簡直恨得人咬牙切齒，所有反派都不及他面目可憎。

這段影片漫長又煎熬，每一幀都帶著讓人難以忍受的惡毒。賀決雲沒有點擊停止，而是一直等著它走到進度條的終點。因為影片裡的人，承受著比他更為痛苦的人生，這就是寧婷婷的真實人生，它應該為人所知。

這段影片播放結束後，賀泱雲閉上眼睛，抬手按住自己的鼻根。

這些都是寧婷婷留下的家暴記錄。她從一開始就在搜集證據，然而她始終沒有向法院提起申訴。

一個常年被家暴的女人，想要離開自己強勢的丈夫，有時候真的缺乏勇氣，那不是責罵她兩句「懦弱」就能解決的。何況寧婷婷的家庭背景並不「乾淨」，她在一個自卑又扭曲的環境中長大，從來都不曉得要如何去反抗不公的待遇，也不知道該如何尋求社會的善意。

造成這一切的源頭，到底要從哪裡開始追溯？也許是社會的規則，也許是旁人的冷漠，也許是她人生的不幸，而責任最大的，必然是那個暴戾殘忍、表裡不一的男人。

可惜對於善良的人，他們總是喜歡先從自己的身上尋找錯誤，一步步逼迫著自己，直到不堪忍受，走上最糟糕的道路。

影片的衝擊力比圖片或簡單的語言要直接得多，這段模糊不清的影片，幾乎激起了所有人的共鳴。

他們雖然有寧婷婷被家暴的心理準備，可在看見影片的這一刻，情緒才真正爆發出來。

直播間的留言區從最開始的忿忿，到後來的沉默，再到後面充斥著風雨欲來、大廈將傾的狂怒。

『我竟然同情過這個人（再見.jpg）。我當初真是瞎了眼，浪費我感情。』

『（網頁連結）媒體對這位「友善斯文精英男」做的採訪報導。「只因為某次應酬醉酒，與妻子發生衝突而被記恨」，這是什麼玩意兒啊？還要不要臉了？』

『死者為尊，但是對不起，前提是他得是個「人」。這個東西真是死得太妙了。』

『好噁心，我要吐出來了，這家人到底是怎麼回事？』

『……要不就別追了吧？讓寧冬冬走吧。』

賀決雲的耳機裡響起章務平的聲音，瞬間把他的注意力拉回來。

『喂？小賀，你還在嗎？』

賀決雲抬起頭，說：「在。」

『媒體那邊又發新聞了，你看看能不能控制一下。』章務平語氣加快，顯然很心急，『你從寧婷婷的手機裡找到有用的線索了嗎？寧冬冬為什麼要在那個時間去找他妹妹？媒體已經找到證人，可以證明他們兩人之間曾發生過激烈衝突。現在網路上的風向很亂，最好穩定一下，我怕寧冬冬會受到影響。』

賀決雲用平靜的語氣說：「好的，我知道了，我馬上過去看看。我先把寧婷婷手機上有用的資料傳給你，可能需要對外公布一些細節。」

章務平：『我相信你有分寸，你自己看著處理就行。我們這邊也有線索了，剛才有個員警回憶起來，說他在路口看過一個跟寧冬冬長得有點像的人，我們正趕過去確認。』

賀決雲跟他對了一下方向，快速結束這個話題。

眾人都在爭分奪秒地尋找寧冬冬，希望能盡快控制住她，這也是一種保護。

賀決雲摸出自己的手機，不需要進行搜索，他想知道的事情，直接掛在首頁的推播上。

他順著網頁連結點進去，看見了主畫面上的採訪影片。

畫面中是一位穿著短袖的年輕記者，他一邊走，一邊對著鏡頭解釋道：『之前警方發布通告，說有明確證據證明寧冬冬和兩起死亡案件無關，這是真的嗎？可是，根據我們記者的走訪調查，發現寧冬冬並不是第一次出現在這個社區附近。他出獄之後，曾多次來到這個地方，且有人親眼看見，在案發之前，他和妹妹發生過激烈爭吵。既然雙方相處得如此不愉快，那寧冬冬為什麼要三番兩次來找寧女士呢？這次他出現在案發現場的時機，為什麼又那麼巧呢？晚一分早一分都不行，就那麼剛好是在孫女士的前面。』

他停下腳步，指著前面的玻璃門說：『好的，我們到了，就是這家咖啡廳。』

記者帶著攝影師走進去，風鈴隨著大門的開闔清脆地響了起來，兩位服務生清脆地說了句歡迎光臨。

鏡頭對準地面，在未取得許可之前，避免拍攝到店中的場景。

記者應該是去跟店員交涉了，幾人商量了一陣，不久後，一張青澀的面孔出現在鏡頭中。

記者問：『你有親眼看見寧冬冬和他妹妹爭吵，是嗎？』

『是的，他們不是第一次來。我平時經常關注新聞，所以對寧冬冬的臉有印象，看見他出現的時候，我還特意確認了一下。』

記者：『他們當時吵了些什麼？』

『我也沒刻意去聽，所以聽得不是很仔細。』店員提了提口罩，將臉遮嚴實，顯然對鏡頭不太習慣，『總之，那個女的情緒特別激動，說話非常大聲，我聽見她在哪裡喊，讓寧冬冬以後不要再來找她了。』

記者求證了一遍，又問：『還有嗎？』

店員回憶了下，回答說：『女的身上有傷。她從袖口露出來的地方，我看見了許多嚴重的青紫，明顯是被人打的，還是新傷。那天寧冬冬碰她的時候，她表現得非常抗拒，我覺得她的反應不太正常。』

記者：『你剛才說，不止一次看見他們爭吵，是嗎？』

店員點頭：『是的，有一次那位女士的丈夫都出現了，很凶地讓寧冬冬不要再騷擾他的妻子。還砸了一疊錢給寧冬冬，讓他趕快滾。結果兩人吵了起來，差點砸壞了我們的餐具。』

記者問：『所以他們兩個是因為錢財發生爭吵嗎？』

店員搖頭：『這個我真的不知道，我也沒聽清楚。』

記者問了個意有所指的問題：『你覺得寧冬冬是一個什麼樣的人？』

店員想了想，乾笑著評價道：『看起來挺凶的，好像隨時會打人。眼裡有戾氣，有點可怕。』

記者已經問到了自己想問的答案，和年輕店員道謝後，帶著攝影機往外走。

『我們再來按照警方給我們的時間重演一下，看看寧冬冬出現的時機究竟有多麼「精妙」……』記者按住自己被風吹得亂飄的頭髮，嚴肅著臉，將案發現場的時間整理了一遍。

警方並沒有對外公布時間細節，社區的管理員也被警方叮囑過，不要對外透露太多細節。這位記者復盤的現場，是他們根據附近住戶打聽出來的。

從他們的角度來講，寧冬冬出現的時機確實太過微妙。

偏偏就那麼巧，他在兩位死者爭吵剛停止的時候出現。

又偏偏那麼巧，他拿起刀的樣子被樓下的孫女士看見。

如果沒有明確的證據從旁作證，他們不願意接受「巧合」這種的理由。

最後，記者說了句略帶諷刺的話：『你們相信這個世界上，有那麼多的巧合嗎？』

推測合理，邏輯正確。

說實話，如果賀決雲不是內部偵查人員，他可能會和這位記者有一樣的想法。但他會尊重資訊不對等的情況下的公家機關，而不是自我邏輯上的揣測。

賀決雲疲憊地揉了揉額頭，將網頁滑到最底部。

果然，留言區裡的人幾乎都在質疑警方的調查結果，顯然他們就是一群不相信「巧合」的人。

當對一個人帶有偏見的時候，就會對他表現出的所有事產生質疑。哪怕他只是打個噴嚏，也都覺得他這個舉動不單純，何況寧冬冬的這個案件，本就那麼可疑。

賀決雲再次拿起寧婷婷的手機，切換到社群軟體上。

沒意外的，他看見了一段保留的聊天記錄。

然而就是這段聊天記錄，讓賀決雲在看完後，感覺雙手冰冷，血液流失，一道冷意從四肢蔓延至胸口，讓他一直保持著的克制和冷靜差點瓦解。

他兩手搭在方向盤上，額頭靠了上去，將臉深深埋了起來。

這段記錄發生在前幾天。

寧婷婷：『哥，我今天本來不想跟你吵的，我只想過平靜的生活。』

寧冬冬：『妳現在的生活難道叫「平靜」嗎？妳知不知道這根本不正常！』

寧冬冬：『妳為什麼不告訴媽媽？』

寧婷婷：『不要告訴她，她很累。我只要做得好一點就沒事了。』

寧冬冬：『這跟妳沒有關係！』

寧冬冬：『離婚吧，他那樣的人，早晚有一天會打死妳的。他根本沒把妳當家人。』

寧婷婷：『像我這樣的人，離婚後能怎麼辦啊？而且他不會那麼輕易放過我們的，他會害你。』

寧冬冬：『妳在胡說什麼？難道離開他，妳就過不好了嗎？什麼樣的生活不比現在好？妳還有我啊，我們一起。』

寧冬冬：『哥哥可以養妳，我們只要過最普通的生活就行了，不是嗎？』

寧冬冬：『我可以去打工，我一直都有在讀書，等我有錢了，我再去拿個學歷。』

寧冬冬：『老師答應我，可以招我做助理。相信我，哥哥會有錢的。』

寧婷婷：『沒有普通的生活，我們根本沒有。』

寧婷婷：『你不知道，我已經沒辦法回頭了，你跟媽好好過吧。』

還有一段，就發生在案發當日。

十一點零五分的時候，寧婷婷傳了數則語音訊息給寧冬冬。

賀決雲手指點開綠色的語音訊息，裡面傳來寧婷婷哭著的聲音。

『哥，他快要回來了……』

『我為什麼要過這樣的生活？我以前其實怪過你，如果你沒坐牢，我不用變得像條狗一樣……可是我知道你最疼我了，如果你在，你一定不會讓我被人欺負。為什麼你不見了？』

『我沒辦法像你一樣堅強，哥，我不行的……我都不知道自己到底做錯了什麼，我已經受不了了……』

『我想回家，哥……我們的家在哪裡？你現在在哪裡啊？哥……』

寧冬冬用平和又堅定的語氣回覆她：『別怕，哥哥來接妳回家了。』

在多起殺人案件偵破之前，寧冬冬一直作為危險人士被警方監視著。這一天，他甩脫了警方的跟蹤，前來保護自己的妹妹。

他是想重新開始的，想著能把那個支離破碎的家拼湊回去，想著靠自己的雙手保護好自己的家人。

可是就差那麼一點點，等待他的只剩下寧婷婷的屍體。

有時候很多事情，差的就是那麼一點點。

賀決雲登入官方帳號，將那段家暴影片傳上去。緊接著又把這兩段聊天記錄傳上去，以解釋寧冬冬為什麼會那麼湊巧地出現在案發現場。

上傳完資料後，賀決雲虛脫地坐在座位上，他降下車窗讓自己透氣。

天空的雲層似乎更厚重了一點，天色越發昏暗。

此時上網的人正多，這則消息很快被各大新聞媒體分享，在網路上迅速傳播。

通告下面的留言數以每秒幾十則的速度不斷向上攀升，熱度也呈爆炸式增長，風向瞬間反轉。

『我聽哭了，寧冬冬真的是個好哥哥。』

『怎麼會這樣？』

『剛才不是還有同事說這衣冠禽獸溫文爾雅，包容妻子沒有偏見嗎？就這？包容？你良心沒了，我祝你全家都被包容。』

『那邊在緬懷完美丈夫不幸罹難，這邊就被扒掉了底褲。究竟什麼才是真正的悲劇？』

『史上最快打臉……我打他妹啊！』

『所以凶手到底是誰？警方什麼時候出正式公告？我信你，我只信你們還不行嗎？』

『我只關心寧冬冬他媽媽。女兒剛死，兒子被汙衊，還差點被男方家屬遷怒掐死，也太慘了吧？』

賀決雲看見最後一則，眼皮開始不安地跳動起來，感覺自己忽略了什麼很重要的事。

一個名字從他腦海中飛過，卻又很快消失。

他退出主畫面，用顫抖的手指搜尋「寧冬冬母親」這個關鍵字。

大量相關影片跳了出來。

有記者去採訪了寧女士，同時聽聞噩耗的男方家屬也趕了過來。兩邊人在門口起了衝突，寧女士的外套被外面的人扯出一片，無數臺機器對準了她，詢問她對自己兒子的看法。

寧女士臉上有無措和悲傷，這些人似乎忘記了她母親的身分，只想從她身上得到「大新聞」。

寧女士用力將他們推開，關上房門，然後再也沒了動靜。

影片底下還有人在罵寧女士冷血無情，難怪會教出像寧冬冬這樣的孩子。

賀泱雲愣了數秒，心口開始慌亂猛跳。一種極為不安的情緒籠罩住他，他失態地對著通訊器大喊：「章隊長，章隊長！」

『怎麼了？』章務平沉重道：『我看見你發的通告了，寧……』

賀泱雲打斷他說：「寧冬冬的母親！有沒有員警在她家附近？」

『寧冬冬去找他媽媽了嗎？』章務平的聲音大了起來，『附近的人有沒有得到消息？』

「不是因為這個！」賀泱雲吼道：「馬上派人去她家！快！」

一道聲音突然響起道：『我在這邊，我現在過去了，可是這裡有好多記者啊。』

賀泱雲急躁道：「你直接衝上去，別管記者！」

新人玩家在他的催促下，緊張道：『好的好的，我到門口了——麻煩大家讓一讓啊——寧女士、寧女士妳在嗎？』

砰砰的敲門聲混著嘈雜的談話聲，有人還在叫著「她不敢開門的」。

新人玩家說：『不開門啊。』

賀泱雲快要聽不見自己的聲音，耳邊嗡嗡作響，他叫道：「撞門！直接撞！立刻！」

『這……這是防盜門啊？』新人玩家困惑道：『你先別急，我從隔壁翻！等我一下。』

年輕員警急促地敲響隔壁的大門，過了片刻，屋主才滿臉不耐煩地走出來，他擋住門板，對著外頭的人就要開罵。玩家來不及跟他解釋，摸出證件在他面前晃了一下，就用身體擠進去，直接衝往陽臺。

讓他失望的是，左右兩家的陽臺之間並不相通，中間隔著一段將近一百五十公尺的斷層，從玻璃窗往下看，有十幾公尺的高度，令人生畏。

「我的媽呀……」年輕玩家嘀咕了聲，「這是上天對我正義的考驗嗎？」

屋主踩著拖鞋跟在他身後，叫罵道：「你們這些人是怎麼回事？你們到底煩不煩啊？剛才就一直在外面吵個不停，這叫擾民知道嗎！你再這樣，我就要投……」

他話音未落，就見年輕員警爬上他家的窗臺，敏捷地躬起腰，移動到玻璃窗外圍。

這個年輕人大半個身體都掛在了半空，只有單手緊緊抓住窗框，饒是如此，他還在不要命地尋找著合適的位置起身。

「啊——」看見像雜耍一樣的危險動作，屋主驚悚叫道：「你冷靜！你想幹什麼！你快點下來啊！」

他也不敢伸手觸碰，只能急得跳腳。

正在門外等待的媒體不停朝裡張望，將狹窄的門檻擠得水泄不通，因為未得到屋主允許不敢進入，只能悄悄把鏡頭對準了某個方向。在聽見屋主大喊著「快來人啊」時，眾人迫不及待地架著機器衝了進去。

攝影師扛著機器，在第一線努力奮鬥。他們火速來到陽臺，正好拍到年輕員警蓄勢起跳，驚險地橫跨過一公尺半的距離，從空中飛躍到另一個陽臺的畫面。

年輕玩家落地的位置並不合適，因為陽臺四周被玻璃窗封死，沒有安全的落腳點。他最後跳在了陽臺周邊用來架設空調的鐵架上。

震耳欲聾的一聲巨響，將眾人嚇了個激靈，鐵架猛地震顫，連帶著空調外機也跳動了一下。

好在年輕人身手出眾，及時扒住窗框，穩了下來。

「我的天吶……」屋主捂著心臟，差點被嚇暈過去。

鏡頭對準員警不停搖晃，記者用急促的語速播報著這邊的情況。

「不知道為什麼有一名警察冒著生命危險，強行入侵了寧某的家！是因為懷疑寧某的母親窩藏逃犯嗎？如大家剛才所見，真的非常驚險！這個行動非常不合理……」

玩家已經推開窗戶，快速爬了進去。一直到他落地，對面的一群人才鬆了口氣。

「感謝三天！」年輕玩家感動地握拳揮舞了一下，「我成英雄了！」

誰不想體驗一下飛簷走壁的刺激？

賀決雲聽見了動靜，問道：『你怎麼了？』

「沒怎麼！」玩家說：「我保證完成任務！」

他拍拍屁股後走進書房，絲毫沒有讓人擔心的自覺。

室內空蕩蕩的，哪怕他剛才發出巨大的噪音，也沒人出來查看。

「寧女士，寧女士妳在嗎？」

玩家大步從書房橫穿到廚房，卻沒看見半個人影，叫得再大聲也無人回應。

「沒人啊？」玩家也預感到了不妙，趕緊加快腳步，去房間裡搜索。

當他走到廁所的時候，紅色的液體正從門縫裡流出來。玩家愣住，用腳踢開虛掩的木門，就看見一個女人躺在血泊中。

「寧女士！」玩家嘶聲喊了句，跪到地上將人抱起。

懷裡的人輕飄飄的，瘦得幾乎沒有重量。流失了大量血液後，臉色更是慘白得恐怖。她手腕上有多道刀傷，割得都很深，顯然是為了死個痛快。

從未親眼目睹過死亡現場的新人玩家，澈底沒了之前的輕鬆，他哽咽道：「怎麼辦啊？她割腕了！」

雖然問著該怎麼辦，但他的動作卻很快，扯過旁邊的毛巾，緊緊將寧女士的手腕綁起來，避免傷口繼續失血，然後抱著人朝門口跑去。

章務平的聲音瞬間憔悴，恍惚道：『怎麼會這樣啊……』

他們明明已經很努力了。

不，是他考慮得不夠周全，沒有想到寧冬冬的家屬。

賀決雲用力捶了一下方向盤，車輛發出刺耳的喇叭聲。那邊，玩家倉促地打開反鎖的大門，想要側身出去。門外亮起的閃光燈險些閃瞎他的眼，他語氣不善，低吼著道：「走開！」

眾人這才看清他懷裡被血染溼半身的傷患，連忙讓路給他。

七嘴八舌的記者俱是沉默下來，攝影師正猶豫著要不要跟上去，一人抬手蓋住鏡頭，低聲說道：「別拍了。」

路人見事態緊急，主動將車空出來，喊他們上去。

玩家緊緊摟著寧女士，感受她身上的體溫。忽然，懷裡的人動了一下，這明顯的訊號讓玩家差點喜極而泣。

「寧冬冬是被冤枉的！」玩家用力握住她的手，大聲道，「他沒有殺人，他是一個好哥哥！他是去救寧婷婷的！大家都知道了，我們找到了證據，錯的人不是他。」

懷裡的人依舊沒有睜開眼睛，但手指的力量大了一點，反握住玩家，燃起生的希望。兩串眼淚從眼眶裡淌出，只是為了這兩句她不曾聽過的肯定。

這個對她來說真的太重要了。這是她堅持了十幾年，從來不敢對別人說出口的執念。

「對，他是冤枉的。」玩家見有效果，反覆跟她說：「妳要活著啊，妳死了的話，他就沒有家了……我們會把他找回來，你們可以重新開始……沒事的。」

寧女士自殺的畫面因為直播傳遞出去，很快就在網路上掀起軒然大波。

網友們還沒從寧冬冬兄妹二人的慘劇中回神，又聽聞了這一噩耗，心中大感悲涼。

『放過她吧，她也是受害者家屬。她女兒死了，兒子被誣陷害死了她的女兒。一群媒體堵在她家門口，是想知道什麼？想要她做什麼啊？她才是最痛苦的人！』

『誰再去找她，誰就是謀殺。她做錯了什麼？如果她真的死了，你們是不是也會說「是寧冬冬害死了他媽媽」？不是，你們才是殺人凶手。』

『這幾個撰文的記者，為什麼一直篤定寧冬冬是凶手？因為之前罵得太多，導致現在連自己都信了？非要找到證據證明自己的猜測，維護自己的權威？記者的權威來自那些冒著生命危險、也要探尋真相的勇士，不是你們對著弱者的蠻橫！』

『警察冒死救人，失格記者正面插刀，好諷刺的對比啊。』

直播間裡的觀眾也在討論這件事。

復盤整個案件，簡直就是逼他們直面自己的錯誤。這個現實是由他們參與促成的，無辜生命的逝去是最響亮的巴掌，讓他們無從抵賴。

『現實中，范淮的母親死了嗎？』

『死了。（網頁連結）官方報導過，但是關注的人不多。』

『如果我是范淮，我都要報復社會了！』

『所以范淮到底去了哪裡？現在一點消息都沒有了。我現在就擔心他還活著嗎？』

『之前媒體一直把范淮塑造成窮凶極惡的形象，所以認為他出獄後殺死了五名證人，當時的我也信了。現在看來，真相很可能不是這樣，因為媒體拿出的證據，全都是非直接證據，政府澄清過很多次。』

『這是什麼悲劇？這分明是謀殺。不見血的刀，沒開封的刃，可是能一招致命。』

在商業區周邊的某條巷子裡。

穹蒼坐在車裡，安靜地看完了行車記錄器裡的影片。

因為警方在各個路口都設置了攔檢點，導致周邊的交通有些堵塞，部分路況在導航軟體上也沒有及時更新。

車主原本是從城西過來的，在聽見前方交通壅塞的提示後，就轉了個彎，從另一個方向進入商業區，沒想到又塞車了，這讓穹蒼更加清楚地確定警方布防的範圍跟位置。

她關掉畫面，把頭枕在椅子上，兩手遮住眼睛，同時用拇指按住太陽穴按摩。

她在腦海中拉出全城地圖，並根據剛才找到的資訊，在部分關鍵地點，標注出重點紅圈。

如果觀眾可以看見她大腦中的畫面，就會發現她畫下的紅圈位置，竟然跟章務平布置的關卡高度重合。

城市建設的資源配置是有規律可循的，尤其像A市這樣的大都市。醫院、學校、消防、道路，全部都要經過精密的計算和考量，那麼警方布防的時候，就要參照交通情況來安排。

凡是有規律可循的題目，就能得出近似的答案。

做完一切之後，穹蒼神情放空地坐了會兒。她側身從包包裡拿出幾樣工具，藏在袖子以及口袋中。在準備下車時猶豫了下，抬手點開廣播。

一道女聲帶著沉重的心情開口道：『……好的，我們的前線記者傳來了最新消息，就在剛才，寧冬冬的母親將自己關在屋裡割腕自殺，好在一名員警及時察覺到不對勁，破門而入將人救出。目前人已經被送往醫院進行救治，至於詳細情況，我們的記者還在醫院等候……』

『如果有發現寧冬冬蹤跡的市民，請及時向警方提供線索。如果，寧冬冬，您現在也在聽這個廣播的話，您的母親現在正在市中心的醫院，尚未脫離危險。請您回來，請您回來看看她。她很需要您。』

穹蒼認真地聽完這段話後，思緒竟然變得遲鈍，久久停頓在「救治」二字上。

她突然想到，自己被遮蔽的記憶裡，是不是有關於江凌的結局？

江凌或許並沒有遊戲裡那麼幸運，她已經不在了。

穹蒼扯扯嘴角，哂笑道：「人類總是喜歡做一些沒有意義的事情，來進行自我慰藉……」

她不會因為一個NPC而放棄自己的計畫，江凌也不會因為一個遊戲設定活過來。對面指揮還要分配有限的人手，大費周章地去救一個NPC，甚至在對方身上傾注那麼多感情，有意義嗎？

他們用了那麼多手段，想要讓一個「逃犯玩家」回心轉意，有意義嗎？

穹蒼臉上肌肉牽動，微不可察地顫動起來，等發現的時候，水漬已經滴落到她的褲子上，打出一個純黑色的圓點。

穹蒼抬起手，用力把眼淚擦去，透過朦朧的視線，看向前方的高樓大廈。

有的。

一個能決定他人命運的職業，真的需要一點信仰和無私。

如果那時主持案件的人是他們就好了。

穹蒼低下頭把臉擦乾淨，又戴上口罩。收拾完情緒後，堅定地走下汽車。

十分鐘後，開著車在街上巡查的賀決雲，聽見了通訊器裡同事火急的彙報。

『不好了！商業東區的一個倉庫失火了，附近有很多易燃物品，報案人說有人被困在裡面，詳細情況還不確定。因為我們在路口設點排查，造成多段道路壅塞，消防車被卡在外面……對方現在要求我們盡快清理道路，協助他們控制火勢。怎麼辦？』

賀決雲愣了愣，半晌才從喉嚨裡擠出一句話：「……這個女人真狠。」

# 第八章　救贖

賀決雲等人並沒有因此慌亂。僵持已久的局面必然需要一點意外來打破，這時候出現一場火災顯得合情合理。對他們而言，未必全是壞事。

不如說，他們就在等待這個契機。

他們擔心的只有穹蒼這人太過狡猾，他們無法抓住這次機會，讓她溜了出去。

確認過消防車的位置後，幾人對著地圖商議了一下，決定撤掉六號攔檢點的人手，誘導穹蒼從這個位置進出。並在附近加設監視器，嚴密觀察在此期間進出的車輛跟人群。

賀決雲見自己的位置和失火地點相距不遠，主動接下控制火場的工作，抄了個近路奔赴過去。

沒想到商業區人口密集，且大家都喜歡看熱鬧，通往火災地點的路段出現嚴重堵塞，他被擋在一個不上不下的地方。

喇叭聲此起彼伏，車流久不前進，激得後面的人煩躁開罵。

賀決雲下車，小跑著過去查看情況，才發現是因為某位行人橫穿馬路，導致三輛車連環追撞。

雖然車禍情況不嚴重，也沒有人員傷亡，可出事的汽車橫在馬路中間，其中還有一輛是大型貨車，短時間內恐怕疏通不了。

賀決雲簡直哭笑不得。

他再次回到車上，聽著章務平在通訊器裡重新組織隊伍。在對方稍作停頓的時候，插進話頭，說：「我這個位置發生一起車禍，有車的同仁不要到這裡來。」

他把地圖上標注出的號碼報過去。

「我現在步行過去，可能無法及時抵達現場。有已經到火場周圍的兄弟嗎？情況怎麼樣？被困的人數有多少？一定要注意周邊的可疑人物，不排除寧冬冬尚未逃離現場的可能。」

『我到了……』

耳機裡傳來一位年輕人沙啞又無力的聲音。這位玩家想壓住自己的嗓子，卻不想咳得更厲害。一句完整的話努力了幾次，才吃力地說出口。

『這個煙特別嗆。』玩家哭了，他努力撐著自己的眼皮說：『目前僅有一棟建築著火，範圍不大。但該建築年代久遠，有消防隱患，需要及時滅火。暫時不能確定倉庫裡的物品，我們還在聯絡廠長。』

他面前是一小片老舊的倉庫，建在繁華的商業街背面。與現代發達的購物區不同，這個地方顯得過於落後，還保留著幾十年前的舊時代氣息。可因為地理位置，政府難以進行重建，就一直維持了下來。

滾滾濃煙正從窗戶嗆出，跟狼煙似地直竄雲霄，吸引了無數看熱鬧的人。

這群NPC沒有玩家那麼敏感的知覺，卻也被熏得直打噴嚏，將周圍環境弄得越加嘈雜。

年輕玩家站在人群最前面，繼續摸索著朝前走近，同時和隊伍裡的人彙報一線的情況。

『我懷疑是燒到乾辣椒了，這個地方可能有存放辛香料，我一個南方人，不太習慣。』年輕玩家努力找了個背風的位置，適應一陣子後感覺好了一些，大口呼吸，然後繼續說：『附近的路人太多，我暫時沒找到報案人，也沒發現哪位居民說自己家屬被困在火場裡。大家情緒還算穩定。』

賀決雲問：「火勢大嗎？」

『煙特別大，但我目前還沒看見著火點。』年輕員警捂著口鼻，導致聲音有些模糊，『我的眼淚一直流，睜不開，看的不是很清楚。』

賀決雲跑到路口。他抬起頭，已經能看見籠罩在天空上的黑色濃霧。它不斷擴散、上升，將原本昏沉沉的天空遮蔽得更加陰暗。

賀決雲思忖片刻，說：「以我對寧冬冬那位扮演者的了解，就算是遊戲，她也不會把無辜的人困在火場裡，提供逃生的機會給自己。」

章務平相信他，因為他自己也是這樣的人。《凶案解析》這款全息模擬遊戲太過真實，他無法做到因為遊戲虛擬而放縱自己的欲望。克制的人，底線永遠都在。

何況，現場那麼大的煙霧，如果真的著火，火勢應該很凶猛。玩家到現在還沒看見明火，很有可能只是一場假火。

章務平問：『消防車進來了嗎？』

『快了，我們正在疏通車輛，應該能在五分鐘內抵達。』

章務平說：『火場附近的同仁，以注意自己的安全為主，火場裡有很大機率沒有被圍困的市民。小賀，你現在能不能來我這裡一趟？大家一起盯一下攔檢點的監視器畫面。你對寧冬冬那個玩家比較熟悉，說不定會有很大的幫助。』

賀決雲應道：「好，我馬上過來。」

賀決雲將車交給附近的同事處理，自己一路跑著，過了車禍地點，讓人接自己去和章務平會合。

指揮中心裡坐了二三十人，是章務平在短時間內能召集到的最大人數。賀決雲推門進去時，全員緊盯螢幕，無暇關心他的出現。

章務平揉著眼睛，將進度條往回拉，把剛才沒看清的畫面重複了一遍。

逃亡是需要工具的，寧冬冬想要快速離開包圍，很可能會選擇車輛作為交通工具，這就意味著，他們想要抓到寧冬冬，勢必要加快速度，否則又會陷於被動。

從開場到現在，他們占據著人多的優勢，卻還沒拿到明顯的成果。

賀決雲拉開椅子，在章務平旁邊的空位坐下，眼睛落在螢幕上，嘴裡說道：「扮演寧冬冬的玩家不會開車，很可能搭乘別人的車子，或者是計程車，我們可以多……」

他話才說到一半，聲音就突然頓住了。他看見一輛黑色的ＳＵＶ趁著警方清理道路的空檔，混進了隊伍中，並在消防車通過後趁機擠出重圍。

這輛車的位置選得很好，刻意將自己貼在一輛大型貨車的後方，阻擋前方監視器的鏡頭，以致於紅綠燈附近的監視器，只拍到了它的尾巴和車牌，沒有留下司機的臉孔。好在正式撤離攔檢點前，章務平讓人準備了幾個電子設備，架設在街道兩邊，確保能多角度記錄車內的情況。其中一臺攝影機，正好拍到了司機的側臉。

司機戴著口罩，遮住了半張臉，過長的瀏海將她的眼睛擋住了，導致鏡頭幾乎拍不到她的五官。然而她的髮型與她的氣質穿著截然不符。一頭秀髮茂密、柔順、偏長，帶著自然彎曲的弧度，像是一頂假髮。

章務平想起基層排查過程中，有員警回報說寧冬冬進了一家假髮店，當即叫道：「這輛黑色的車！」

賀決雲眨了下眼，從愣神中清醒。

章務平說：「馬上讓人查一下這個車牌的車主，確認車輛使用情況。」

沒過多久，負責查詢的玩家回報道：「這個車牌可能是假的。車主最近都不在Ａ市，車牌登記的車輛是一輛轎跑型銀色汽車，不是這輛ＳＵＶ。」

賀決雲站起來，兩手撐著桌面，身體湊近螢幕，說：「你再把圖片放大給我看看。」

圖片被放大後，畫質變得模糊，賀決雲凝神細看，眉頭深深皺起，隨後眼皮一跳，叫道：「這個0！把這個0改成C，再查找一遍！她沒時間去弄套牌[2]號碼，肯定是在原有的車牌上動手腳！」

玩家快速輸入正確的車牌號碼，資料裡跳出一行人物資訊，他照著車主登記的電話號碼撥過去，接電話的是一名中年男士。

眾人沉默，側耳靜聽對方的答案。

「您好，這裡是交通隊。車牌號碼XXX的車是您的嗎？」

對面道：『是我的。』

「您現在正在駕駛自己的車輛嗎？」

『沒有，我正在吃飯呢，我的車停在街邊的停車位上。怎麼了？那個位置不能停嗎？』

章務平只聽了一半，就確認車裡的人是他們要追捕的人。他關掉面前的監視器，轉而調出城市交通地圖。

「火車站、轉運站、交流道，就這幾個位置。寧冬冬肯定會趁著這個機會前往這些地方。他自己有車，暫時以通往交流道的路線為優先選項。他不知道我們已經發現他，是我們的優勢！」章務平的手指在複雜的交通路線上不停滑動，腦海中規劃出多條路

2 套牌：參照真實的車牌號碼，將號碼相同的假牌套在其他車上。

線。利用地理分析系統的管理分析功能，快速確定追蹤方案。

「無論是主動或被動的手段，我們都要抓！我們先確保可以從前面攔截寧冬冬。黑色車輛在經過這個監視器的時間點是……兩點零二分，距離現在一共過去了五分鐘。根據附近交通路況顯示這段路還在塞車，五分鐘的時間，她絕對跑不遠。五號監視點的同仁，馬上從側面進行包抄，爭取在復興路的路口將她攔截！」

一位數學系的玩家在自己的電腦上及時輸入資料後代入地圖，點頭道：「我們先來建個模型……如果按照導航上的路況和時間進行推算的話，這個是有可能做到的。」

章務平頷首，又轉身問道：「已經調出附近的監視器畫面了嗎？」

「正在看。」賀決雲說：「復興路的路口有安裝新型監視系統，系統目前沒有檢測到這個車牌號碼的汽車通過。」

在技術的支援下，坐車其實比步行更容易暴露自己的行蹤。

章務平說：「好！你隨時注意，我們一定要跟蹤好寧冬冬的動向！」

眾人能聽出章務平話語中那隱隱興奮之情。追捕行動沉寂許久，終於有了進展，隊員同感激動，可說是鬆了口氣。控制室室內的氣氛也輕鬆起來，連呼吸聲都開始放緩。

「沒有，她並沒有去復興路。」這時負責監察另一條道路的玩家，再次用一句話提起眾人的心，「兩點零七分的監視器畫面顯示，寧冬冬在第一個路口右轉了，他進了勝利路。」

章務平彎下腰，在地圖上用紅筆畫出穹蒼的行車軌跡。

她轉了一個直角，簡直就像預知他們的動作一樣，朝著追擊車輛的背離方向開了過去。

「勝利路是通往轉運站東站的，或者繼續行駛六公里，會進入另一條高速公路。」雖然章務平認為寧冬冬坐客運離開的幾率不大，卻還是讓留守車站的隊伍做好準備，選派一位車技良好的隊員出去迎接「大禮」。

控制室的玩家們則順著勝利路上的監視器畫面，繼續尋找穹蒼的身影。

然而調取監視器畫面的速度，必然比不上車輛行駛速度，何況勝利路四通八達，中間有許多交叉口，他們無法確定目標會不會在中途轉入別的路口，或者停在路邊拖延時間。

代表警方車輛的紅色圓點在地圖上不斷移動，而預測穹蒼車輛軌跡的綠色標點也在持續靠近。眼看二者就要順利交會。

追擊車輛路過了系統預測的相遇點，卻沒看見一輛符合目標的SUV。司機放慢速度，茫然地往前開，卻還是沒看見他想找的寧冬冬。

章務平抿緊唇角，單手按在桌面上，眼睛死死盯著螢幕。

「她沒有去東站，也沒有前往另一條高速公路。」賀決雲稍慢一步從監視器畫面裡發現了穹蒼的蹤跡，「兩點十六分，她左轉之後，進入了環城公路。」

「環城公路？難道他想去機場？他不可能去機場啊。」章務平下意識反駁說，「機場是需要人臉辨識的，他沒辦法搭飛機離開。」
機場是章務平第一個排除的可能。
有玩家遲疑道：「他不會是在耍我們吧？」
賀決雲想起穹蒼惡劣的性格，嘴角抽了抽，說：「她不耍人才奇怪呢。」
「對面玩家那麼聰明，會不會是已經猜到自己被跟蹤了？」一名玩家像某位智者一樣深沉道：「這個遊戲支援間諜的玩法嗎？她這個圈繞得太巧合了，我懷疑我們內部有玩家洩密。」
賀決雲很肯定地說：「不，這個遊戲不支援這種玩法。」
章務平抬手摩挲自己的下巴，用力得快要將皮膚揉紅，才開口道：「如果她是一個很謹慎的人，那麼即使她沒發現自己被跟蹤，也可能故意帶著我們繞幾個圈子來混淆視線。只要刻意避開幾個地點，就能達到這個效果。」
新人問：「那我們還要追嗎？」
「當然啊！」章務平說：「在幾個關鍵的出口等著，我就不信等不到他！繼續追查監視器，不要讓他離開我們的視線範圍。」
章務平視角的直播間裡，觀眾正敲鑼打鼓地要看熱鬧。
他們在追擊者的直播間裡看了一整天的監視器畫面，真的是「一整天」，原本以為自己拿的是驚險刺激的上帝視角，沒想到最後看見的，是基層執法人員的可悲生活。他們完全靠著一股不服輸的執念，才勉強撐到現在，全是為了這一刻。

發洩鬱氣，翻身做主的那一刻！

『搞快點，搞快點！』

『警方的搜查動作真的很快啊，多部門聯動，在節假日能做到這一點，太厲害了。』

『就連大神也想不到，自己逃離攔檢點不到五分鐘就被抓住了吧。做了這麼多安排，找到了視野盲點，可惜。』

『好刺激，貓抓老鼠。』

『我覺得貓抓老鼠是個flag，畢竟我童年的貓都是抓不到老鼠的。』

『忍不住想要看劇透，我先去隔壁大神的直播間瞄一眼。』

『環城公路上的監視器不是更好查嗎？一條路走到底。哦！好像已經追蹤到了。』

賀決雲等人根據模型計算，終於追擊到了車輛的畫面，並親眼看著黑色汽車在中途下了交流道，駛入監視器的盲區。

然而在盲區的另一面，是他們先一步安排到位的員警。

當賀決雲看見黑車如他們預料地出現，不知道為什麼，他內心升起一種強烈的、友軍要戰敗的感覺。他抬起頭，掃向章務平等人發亮的眼睛，默默將這個念頭咽下。

或許只是他被穹蒼整了太多次，造成條件反射而已。並不代表什麼……

ＳＵＶ被三輛汽車逼迫停下，幾位員警戴著警用密錄器跑下車，將對方圍在中間，激動地叫道：「下車！」

影片畫面同步傳送到他們的電腦中，眾人全部擠在螢幕前，等著見證寧冬冬落網的重要時刻。

車門打開，一個戴著口罩和帽子的年輕人，畏畏縮縮地從車上走了下來。他腳步遲疑，動作間帶著茫然無措，兩手高舉過頭頂，試探地朝他們走近。

這人一看就知道不是寧冬冬，也不是當時他們在監視器畫面裡找到的人。

章務平瞪得眼睛都要掉下來了，他用力一拍桌面，問出了眾人心中的疑問：「人呢？」

現場幾位玩家的心情也相差無幾。

一個員警上前，眼珠在汽車和男人身上來回轉動。不信邪，又跑到後座上，確認車裡沒有第二個人，才氣急敗壞地返回來，道：「這是你的車嗎？」

「不是啊！」陌生NPC叫屈道：「我只是個代駕啊！」

「誰讓你代駕的！」

「人啊！」青年委屈道：「有個人給了我一千兩百塊，說他自己有急事，讓我去機場幫他接一位朋友，只要戴著口罩和帽子就行了，對方跟我是同款。我沒犯罪啊！你們是便衣警察嗎？」

員警不住抽氣：「是在什麼地方換人的！」

「花園社區！」青年的聲音隨著他的吼叫逐漸變大，「我是那裡的保全，不信的話，你們自己去問！我……我是良民啊！」

玩家崩潰哀號道：「那寧冬冬呢？」

「我怎麼知……」青年後知後覺地呆愣了下，難以置信道：「那個人是寧冬冬？不會吧？」

幾十個人大眼瞪小眼，通訊器裡瀰漫著令人尷尬的沉默。

章務平捂住額頭，垂死掙扎道：「重新調查花園社區附近路段的監視器畫面，再去查附近店家的監視器畫面，看他最後到底去了哪裡。」

重新鎖定目標的可能性不大，因為距離花園社區不到一公里的地方，就是一個交流道。

穹蒼對交通監視器似乎很熟悉。她那麼謹慎，肯定會避開暴露自己行蹤的地點。而此時，因為過路費免費，交流道的車流量十分龐大。如果穹蒼把自己縮在汽車後排，或者某個能避開監視器的位置，很難再找到她的蹤跡。

鳥飛出籠了。

穹蒼站在通往高速公路的小路上，手裡舉著一張紙，尋求順風車。

節假日的車輛非常多，她又換回了那套古裝。可能是這套衣服比較有欺騙性，她站了不到五分鐘的時間，一輛車在她面前停了下來。

「你好，要上國道嗎？」穹蒼彎著腰，朝裡面的人笑道，「我可以出四百塊，我想在XX交流道附近下車，能請你們載我一程嗎？」

司機和副駕駛座的都是年輕人，一男一女，他們看穹蒼眼神清澈，態度溫和，沒起戒心，停在路邊和她聊天。

「錢倒是不用。你怎麼了？」

穹蒼低下頭，無奈地看了身上的衣服一眼，嘆道：「簡直沒話講。今天社團活動結束後，我看有時間，就去商業街逛了一會兒。結果那邊突然來了好多警察，把路封起來排查，不知道在找什麼。我叫了計程車，排了好久的隊才出來，結果等出來的時候，車票已經過期了。我朋友說他也要回去，可以半路載我一程，現在在XX交流道附近。」

旁邊的女士插話到：「我剛剛還看見新聞，說那邊有倉庫起火，連消防車都被擋在外面。」

「是啊，我算出來得早！」穹蒼苦著一張臉，「主要是警察查得太嚴了，抓著人不停地問，還揪著我的身分證，說我本人跟照片不太一樣。那不是理所當然的嗎？誰跟身分證上的照片長得像啊？」

「應該是在找寧冬冬吧？今天的新聞全在說他，我覺得他好可憐啊。不過你跟他也不像啊，警察居然抓著問，也太浪費時間了。」副駕駛座的女生問道：「後來呢？你怎麼自證的？」

穹蒼生無可戀道：「我解釋了一段大學上課的內容，他就讓我離開了。」

兩人皆捧腹大笑。

女生說：「還好妳有好好聽課，這年頭連學渣出門都不安全了。」

穹蒼兩手合十，可憐道：「哥哥姐姐，載我一程吧？」

青年抬手一揮，大方道：「上車吧，我們正好順路。」

穹蒼如釋重負：「謝謝大哥，你們都是好人。」

「你也可以誇我長得帥啊，居然誇我是好人。」青年笑道：「這品一品，總覺得不太驕傲。」

穹蒼坐上後排，將包包放到旁邊，說：「走一天了，我能躺下來休息一下嗎？」

「沒關係，你睡吧，到了我再叫你。」女生笑著打趣道：「像你這麼好看的男孩子，出門在外都不知道好好保護自己，我都有想把你賣了的衝動。」

青年搭腔道：「拐賣婦女和兒童是犯法的，拐賣成年男性好像不犯法。這件事無本萬利啊。」

穹蒼叫道：「別呀。」

青年發動汽車，笑道：「哎呀，我們這輛黑車，算是載了隻肥羊。」

女生：「誰讓你隨便上陌生人的車的？快跑快跑！」

幾人說笑著，隨後直接上了高速公路。

車開出沒多遠，整天灰濛濛的天空終於下起雨來，水滴淅瀝地打溼路面，斜斜飄在空中，猶如從天上垂下一層白灰色的薄紗。

前座兩人小聲說話，時不時談笑一句，如同密不可分的家人，也或許本來就是。

穹蒼坐起來，拿過自己的包包，摸著裡面僅有的幾件衣服和所剩不多的現金，開始發呆。

兩人將她送到指定的目的地後，好心地送了她一把傘，然後同她道別。

穹蒼撐著傘走在雨中，過長的衣襬被路邊的泥水打得溼透，道路前後左右望去，空無一人，宛如一片荒地。

在這個交流道下車後，步行半個小時左右，會有一輛在鄉鎮間通行的客車。這種麵包車管理得不嚴格，可以在中途載客上車。

穹蒼站在搖搖欲墜的站牌旁邊，等到了那輛白色的麵包車。

車內的溫度比外面要溫暖許多。售票員掀起眼皮，多看了她兩眼，說：「讓我檢查一下身分證，四十八塊，掃這裡。」

穹蒼將身分證和銅板一起遞過去，那人收了錢，沒看身分證，直接遞了一張車票給她，讓她去後面的空位上找地方坐著。

當穹蒼在最後一排入座時，耳邊順利傳來遊戲通關的提示。

畫面定格在她輪廓分明的側臉上，一雙漆黑的瞳孔倒映著車頂的燈光，眼睛明明在發亮，卻好似有一點陰鬱。

直播間的網友熱烈慶賀。

『大神：歲月靜好。Q哥：一地雞毛。橫批：我靠。』

『通關撒花！跳起來撒！』

『果然深沉才能顯得大神高深莫測。』

『寧冬冬到底要去哪裡啊？』

『如果這時候三天切個追擊者的畫面就完美了，我就不用特地轉房間過去看了（doge.jpg）。』

『能想像得到隔壁一群大老爺們抽菸憂傷，感慨人生無常的畫面嗎？（捶地大笑.jpg）。』

『這個直播間好快啊！已經完全脫離搜索範圍了？』

『跪就對了。』

遊戲結束後，賀決雲沒有選擇馬上登出。他陪著其他難友蹲在地上抽了根虛無縹緲的菸，感受來自成長的疼痛。

這個副本，怎麼說，好像學到了很多，又好像什麼都沒學到。反正在「如何花式送人頭」的紀念手冊裡，多了一種新姿勢。

……什麼也不是。

但不得不說，隊友多的時候，來自失敗的挫敗感會大幅減少，賀決雲看著周圍一群頹喪的隊友，甚至覺得有點好笑。

旁邊章務平仰望著機房憂傷了一陣，拍拍手退出遊戲，賀決雲也跟著登出。

素銀色的房內迴響著秋風的呼嘯。賀決雲離開模擬器，按著太陽穴放鬆神經。

窗簾被風揚起，一片顏色尚綠的落葉飄了進來。賀決雲這才發現自己竟然忘了關窗，可此時的他不想理會。他轉過放在桌上的電腦，手指飛動，登入自己的三天帳號。

直播間的螢幕跳轉出來後，賀決雲先是去了自己視角的房間，看了一遍留言。

他並不是什麼明星選手，觀眾比穹蒼還要少，會來蹲守的基本上都是粉絲，所以留言區整體還算和諧。他這次的表現橫向對比可以稱得上出色，冷靜、穩重、眼光毒辣……然而這並不影響網友繼續叫他Q哥。

就很氣。

穹蒼這種人真是做什麼都行，取外號還是第一名。

賀決雲一目十行，確認了觀眾對這個副本的回饋，關閉直播間後，又悄悄潛去穹蒼那邊圍觀，想知道她最後到底是怎麼逃脫的、究竟去了哪裡。

他本來以為穹蒼在一百人的窮追不捨下，順利逃出生天，還反擺了眾人一道，心情應該是很得意的。可當他把直播的進度拉到最後幾分鐘，看見穹蒼緊捏著自己的手提包，獨自行走在一片無人的山路上時，身形滯住了。

穹蒼低垂著視線，盯著自己的鞋尖，削瘦的身影幾乎化在朦朧煙雨中。賀決雲從她的臉上清晰讀出她的想法，她應該是在思考要去哪裡。

像沒有根的浮萍一樣，來去無依。最多跟著風雨、順著水流，往不知名的地方逃去。他也不知道，為什麼這個看起來不可捉摸、疏離冷淡的人，好像要讓他看穿了一樣。

賀決雲抬手揉了把臉。

對於穹蒼和范淮來說，離開不是結束，而是才開始。

賀決雲還在出神，房門突然被打開，猴子一樣的年輕人從外面跳進來，大驚小怪地叫道：「老大！」

賀決雲立刻關掉螢幕，將電腦螢幕往下一蓋，轉過身擋在桌子前，冷冷道：「幹什麼？不知道敲門啊？」

「這不是看你一直沒出來嗎？」年輕人扭捏著，故作嬌羞道，「老大，你幹嘛那麼緊張？是不是在看那個你永遠都追不上的女人？」

賀決雲：？

這年頭的員工膽子都很大啊，還搞不清楚狀況。

自由過頭了。

「老大，老大！」年輕人跟蒼蠅一樣在他面前晃個不停，露出一口白牙笑道，「我可以告訴你她在哪裡，不要錢，只要今天提早一點下班，好不好？」

賀決雲越過他，走向門外，哼道：「不用，我沒有要找她。」

年輕人殷勤懇求：「那我幫你做她的單人剪輯，我的神剪刀手，一定給她ＶＩＰ等級的舞臺，怎麼樣？」

賀決雲不屑地對著他咋舌，順手把人推進一旁的辦公室，督促他先回去做一名社畜。

青年見他心意已決，哀號一聲，從裡面將門反鎖，自閉道：「你就算問我，我也不要告訴你了！」

賀決雲：「我說了不用！」

賀決雲心道，穹蒼玩完副本還會去哪裡？當然是去休息室。免費的高級服務和餐飲，她怎麼可能會錯過？

可當他乘坐電梯去了樓上的休息室，卻沒發現穹蒼的蹤跡。

休息室裡的人很多。這次的副本是大型團隊副本，參與的玩家突破了三天有史以來的極限，所以三天是分時段開放副本的。

大批從未體驗過這款遊戲的新人玩家，在結束遊戲之後，仍舊捨不得離去，在休息室裡拉著同好激情討論攻略，並做自我總結。

原本寬敞隱私的大型休息室，竟然變得有些擁擠。

賀決雲認真地在裡面找了一圈，發現穹蒼真的不在。

或許真的是心情不好吧，居然連飯都不吃了。

賀決雲隱隱有點擔憂。

正當他準備出去，在廚房忙碌的廚師叫住了他。

「那位女孩，」大叔比了比手勢，示意自己做事特別可靠，「剛才打包餐點走了。放心，她拿了很多，絕對能吃飽。」

賀決雲：「……」

事實證明，他對穹蒼的認識還是很到位的。

……事實同樣證明，他的員工都有點不正常。

穹蒼坐在長椅上，咬著手裡的醬香餅，吃得很認真。

她聽見了腳步聲靠近，也用餘光瞥見那個人正停在她不遠處的地方。

「好巧啊。」賀決雲兩手插在口袋裡，說：「我就知道妳在這裡。」

穹蒼低頭咬了口醬餅，緩緩從口袋裡掏出一張卡片，說：「三天的終端定位吧？來自科技的緣分。」

賀決雲一點也沒有被拆穿的窘迫，走過來，讓她挪開一點，在她旁邊坐下。問道：

「怎麼想到來學校？這裡風景很好嗎？」

他們正對著一所高中。九月，學校正式開學。一群半大的青年正在校門口打打鬧鬧，喧嘩的聲音甚至傳到了馬路對面。

穹蒼按住被風吹起的亂髮，說：「普通。休息室裡的人太多了，在這裡吃飯比較有食欲。」

賀決雲摸摸鼻子，斟酌著該如何開口，偏過頭望著她的側臉，說：「還沒恭喜妳，遊戲勝利。」

穹蒼聞言笑了下，聲音淡得跟風一樣：「以死亡為基礎而開始的遊戲，從一開始就沒有所謂的勝利。」

賀決雲沉默片刻，點頭道：「妳說得對。」

穹蒼說：「我一向都是對的。」

……臭不要臉。

穹蒼垂下自己的手，看著對面來往跑動的人影，對比他們的熱鬧，有種想和身邊人聊聊的衝動。她拍了拍賀決雲，道：「你知道，人生被截斷是一種什麼樣的感覺嗎？」

賀決雲：「什麼叫截斷？」

「就是從某天開始，世界突然變得不一樣了，你不得不接受另一種人生，遵循另一種規則。從此就像行屍走肉，過另一個人的生活，毫無代入感。」穹蒼停了一下，接著繼續說：「一旦回憶過去，永遠都會停留在發生改變的那一天。可是除了你自己，沒有人懷念那段有你存在的時間。」

賀決雲沉吟，無法回答。

這個角度，他能看見穹蒼瞳孔裡的倒影。

這人臉色蒼白得可怕，眼下有輕微的青紫，顯然沒有休息好。手腕上的骨骼瘦骨嶙峋，一用力，青筋就往外凸出。

賀決雲的思緒突然飄遠，心想像他們這樣的天才，大多都不會照顧自己。

穹蒼說：「我一直在想，一直都想不明白，范淮他要去哪裡，他能去哪裡。今天我有點明白了，不在乎要逃到哪裡，只要能遠離這個世界就可以了。」

賀決雲回過神，眨了下眼睛。他兩手交握，沉思片刻，說道：「那妳知道，三天為什麼會出《凶案解析》這個遊戲嗎？」

穹蒼說：「因為這個年代的人太浮躁。」

賀決雲被噎了下，保持著深沉的狀態繼續說：「因為人們只在乎更有趣的事情，所以會輕而易舉被表面誇張的內容吸引視線，變得偏執且刻薄。彷彿這個世界上，只有大是、大非，大善、大惡。一些人就會因此用娛樂化的形式，將原本嚴肅辯證的內容，片面地進行展示，以吸引目光。」

「用輿論綁架真相，用人多勢眾修飾善惡。將所謂的正義用於發洩，以自由為名來模糊道德的邊界……」賀決雲搖頭道：「這樣不對。受到傷害的可能只是少數，可一旦釀成悲劇就無法挽回。既然大家都認為自己如此聰明，我們就也用娛樂的方式，把真相公布出來。策劃者希望能用這種貼近真實的方式，讓大家明白，比結果更重要的，是造成這種結果的原因。比批判更重要的，是避免重蹈覆轍的悔過。這就是最初的《凶案解析》。」

穹蒼受教地點頭，並一言概括：「所以就是因為這個時代的人類太浮躁。」

她一臉「老子說的就是正確答案，這位兄弟，你嘮嘮叨叨的是在幹什麼」的驕傲表情。

賀決雲：「……」跟這個人簡直沒話講。

穹蒼抬起手，繼續吃餅。

賀決雲聞到了從她手裡傳來的食物香氣，腹中頓感一陣饑餓，才意識到自己為了找她，居然還沒吃午餐。

他自嘲地笑了下，覺得自己大概也快不正常了。

穹蒼察覺到他的視線，拎起一旁的打包袋，客氣了一下：「要嗎？」

賀決雲從裡面提出一碗蓋飯。

穹蒼說：「我請客了。」

賀決雲：？

「很貴的。」穹蒼重點強調，「這種高級餐廳的外送服務，一千起跳。」

賀決雲差點朝她「呸」去。這是他家的東西！

穹蒼還在說：「你賺到了，你只請我吃過一碗四十幾塊的麵。不過不用找。」

餵了狗！

賀決雲深感自己之前對她的擔心，全是餵了狗，恨不得把飯盒朝她砸回去。

這是嗟來之食！

穹蒼看著他猙獰的表情，忍不住笑了出來，抖著肩膀道：「Q哥，你真是好人。」

賀決雲酸道：「妳在誇我啊？」

穹蒼說：「當然！你來了以後，我的心情就好了。」

「謝謝您！」賀決雲一點都不覺得這是誇獎，沒好氣道：「希望妳下次找個別的形容詞，這句我聽過了。」

穹蒼笑著答應道：「好。」

她從袋子裡摸出一盒五香牛肉，分享給賀決雲。

「給你。」

這盒牛肉乾挽救了兩人岌岌可危的友情。兩人並排坐著，氣氛再次融洽起來。

穹蒼其實已經吃飽了，到後面只是乾坐著陪賀決雲吃飯。

對面學校的鐘聲響了一陣又一陣，穹蒼冷不防叫了他的名字：「賀決雲。」

她很少叫賀泱雲的全名，以致於這三個字莫名有種鄭重的味道。

賀泱雲挑起眉毛，詢問地看向她。

穹蒼說：「我剛才想了一下，如果我也落到需要逃亡的境地，我最後想找的那個人，應該是你。」

賀泱雲受寵若驚，同時也表現出這種情緒，明顯地暴露在臉上。

「其實我也沒什麼人可以告訴。」穹蒼伸出手指比給他看，「你看，如果我打給方起，他不正經，應該會拉著我說『來，先來陪我打一場遊戲』，然後轉頭就出賣我了，去找警方拿賞金。有點良心的話，說不定能跟我五五分成。」

「我也可以打給銀行，畢竟我的貸款還沒還完。他們肯定會永遠記得我，並天涯海角地尋找我。雖然我的照片不會出現在鈔票上，但會出現在特別值錢的懸賞上。」

聯想到那個畫面，兩人一起笑了出來。莫名覺得特別滑稽。

笑完之後，賀泱雲認真地說了句：「如果妳打給我的話，我一定會找到妳。」

穹蒼不太在意地「哦」了一聲，畢竟這個人今天剛輸了一場遊戲，還帶著九十九個隊友。

賀泱雲：「沒有搜捕範圍，沒有紅圈，沒有限時。掘地三尺也要把妳翻出來。」

那表情真不像是在開玩笑。

穹蒼的笑容漸漸僵硬，驚道：「你是跟我有仇嗎？」

賀決雲說：「那種時候妳會打給我，難道不是希望我能找到妳嗎？」
穹蒼愣了愣，突然不知道該怎麼回答。
是這樣嗎？
她自己也不清楚，只是在遊戲裡的時候，曾數次冒出過這樣的想法。
「大概吧。」穹蒼含糊道：「不過我不會跑的。」
「不用跑，我會幫妳。」賀決雲承諾，「我還是很厲害的。」
穹蒼對著他，笑著點頭。

此時三天論壇，網友正瘋狂尋找著穹蒼。
『（圖片）這位九十六分的神仙到底是誰！到底是誰！』
穹蒼紅了。
這個秋季逃亡副本，首頁貼文幾乎是以洗版的速度在更新，其中被提及最多的就是穹蒼的ＩＤ。
諸多知名玩家參與所帶來的關注度，遠超越之前幾個副本，讓她快速成為新人玩家中的黑馬，殺出一條血路。
不過穹蒼本身就與新不新人沒什麼關係，她的存在即不合理。
網友們拿著穹蒼在遊戲裡的截圖，到處詢問穹蒼的身分，想知道這位橫空出世的天才究竟是從哪裡來的。

『她是誰？九十六的能力評分，這種人怎麼可能默默無聞？如果是業內人士的話，能不能出來做個訪談，讓我崇拜一下？』

『這個女生的演技我是服的，作為觀眾，有時候都要被她騙了。真是人才啊！』

『在前兩個副本裡，好像有網友說認出她了，根據他們提供的資訊推測，大神應該是個老師，以前在A大教書，教了好幾年，口碑也不錯，技能過硬，最近不知道為什麼辭職了。』

『在A大教書好幾年，那少說也有三、四十歲了吧？說不定更高。』

『三、四十歲也可以是漂亮的姐姐！（吼叫.jpg）』

『……不是，搞清楚是辭職還是退休？差別很大。你們這群人想姐姐想瘋了嗎？如果是位業界大神、資深前輩，這樣猜測豈不是很失禮？』

『大神跟Q哥玩得挺好的，在之前幾個副本，還跟Q哥開兩性玩笑，如果是資深前輩應該不會吧？我覺得有可能是網友認錯了。』

眾人討論了一會兒，因為沒有A大的學生願意出來證實穹蒼的身分，而穹蒼本人也沒有表露過任何要做網紅的想法，這個話題就慢慢被帶了過去，轉而開始討論起今天的副本。

已經有網友將各個直播間裡的逃亡情況，做成表格進行統計，而完整版的剪輯影片還在製作，應該很快可以面世。

『話說，我沒想到今天開出來的幾個副本，能成功逃亡的人竟然不只一個。畢竟一比一百的人數優勢還是很明顯的。』

『節假日不能造成社會恐慌吧。總結一下就是人太多，加上敵人太狡猾。幾位資深玩家都知道該怎麼利用人多這個特點，全場遛人，笑死我了。』

『那你們知道隔壁那位嚴教授，因為渾水摸魚的時間太長、範圍太廣，路上又不停犯罪，導致懸賞金額連升，最後硬生生把陣營人數從一比一百，拖到了一比一百五嗎？我懷疑他在養賞金。』

『這算什麼？二〇六號直播間的那個小機靈鬼劫持了警車，然後混進了隊伍，順利騙過各路新人玩家，眼看就要進入大本營，最後被刑事局的警衛大叔認了出來，當場翻車。媽呀，那個場面壯觀死了！』

『有個玩家是坐火車離開的，趁著人多直接逃票。事實證明基層安檢排查還是有漏洞的。』

『通關最快的還是QC大神吧。其實她遊戲時間兩個半小時的時候，就已經甩脫追擊了，但走路和等車多用了半個多小時。』

『她這個副本的追擊者陣營如何？其他副本的追擊者還挺豪華的，所以被耽誤了很久。』

『大神這邊也很豪華啊！章務平做總指揮，還有十幾位個人評分在八十左右的玩家。三天分配副本的時候會衡量能力的，沒有偏心，這種話題就別挑了。』

『隔壁的幾個玩家都在低調偽裝，以苟度日，這位九十六分大神全程招搖過市，你們相信嗎？』

『Cosplay 風評被害，以後警方排查嫌犯，說不定真的會要求他們當場卸妝（doge.jpg）。』

『但凡我有這位大神一半的心理素質，我就已經走上人生巔峰了（信誓旦旦.jpg）。』

『這次跟著副本，真的學到了很多沒用的東西。就有一個問題，為什麼那些天才，都會一些黑色地帶的逃生技巧？』

賀泱雲在跟穹蒼聊天，手機卻響個不停，讓他連吃個飯都不安生。

賀泱雲本來不想理會，可口袋裡的東西一直震動，讓他感覺有點猥瑣，尤其穹蒼還會順著聲音望向他的褲子口袋。賀泱雲逼不得已，拿出來翻了一遍。

果然是他手下的員工在訊息轟炸。

那小子簡直是在報復社會，傳送各種圖片給他。一會兒是網友對穹蒼的評價，一會兒是網友呼籲穹蒼出面參與訪談，一會兒是網友根據副本表現，幫穹蒼做的人物側寫，中間還穿插著各大MCN[3]公司希望簽約穹蒼的邀請。

他要是能把對穹蒼的關注，分一點到揣摩上司的心態上，他已經升職加薪，走上人生巔峰了。

賀決雲忍著想把人封鎖的衝動，朝穹蒼轉述道：「很多公司想跟妳簽約。有幾家口碑不錯，我們三天有點了解，給的合約也算良心。」

穹蒼直接說：「不簽，謝謝。」

賀決雲一邊回覆，一邊嘀咕道：「搞得我像妳的經紀人一樣。」

穹蒼笑道：「自信一點，沒收錢怎麼能叫經紀人？」

賀決雲：「……」

他臉上的不情願簡直要溢出來，穹蒼看著就覺得好笑。

她抬手對了下時間，恍惚間發現自己竟然已經在這裡坐了一個半小時了，只是同賀決雲聊了聊天。

穹蒼看了兩遍才確認手錶沒有出錯，眼皮因為訝異跳動了下。

這樣無所事事的時間用起來過於揮霍，但感覺還不錯。聽著賀決雲在一旁跟人警告似地說「別再傳給我了」之類的話，穹蒼放下手，起身說：「我要回去了。」

3 MCN：聯播網。

賀泱雲停下說了一半的話，問道：「我送妳吧？」

穹蒼笑問道：「副本剛結束，你們不用工作嗎？」

賀泱雲想起自己欠下的一堆報告，臉上閃過一絲痛恨。

穹蒼站在那裡沒動，過了一會兒又說：「謝謝。」

「謝什麼？」賀泱雲的腦迴路同樣一跳一跳的，「給我薪水就行。」

穹蒼：「我是說，謝謝你救了江凌。」

賀泱雲目光閃動，避開視線說：「那只是遊戲而已。」

穹蒼的黑髮垂落在她蒼白的臉側，她眨了下眼睛，漆黑的瞳孔裡多出一絲朦朧：「可以了。起碼能讓大家知道，江凌的死不是因為范淮。那本來就是一件可以避免的事。」

這本來是一件多麼有罪惡感的事情啊。

當一百個人裡有九十九個人說范淮害死了自己的母親，再加上一分他自己的愧疚，江凌只會成為他背負一生也無法甩脫的罪行。

可是三天的遊戲證明了，它並不是某個人的責任。

對網友來說，這個認知帶來的，可能只是一時不痛不癢的反思，但對范淮來說，已經算得上是救贖了。

「我知道，你們是想幫他。」穹蒼說：「你們是第一家有影響力，又願意幫他正面澄清的文化娛樂企業。」

賀決雲說：「我們只是尊重事實。」

穹蒼：「所以謝謝你的尊重。」

賀決雲：「沒什麼。」

穹蒼道：「我先走了，再會。」

「欸——」

穹蒼轉過身。

賀決雲叫住她，卻沒想好要說什麼。他摸了摸耳朵，最後說：「注意身體，好好吃飯。」

穹蒼輕笑，點頭。

# 第九章　仇恨

晚上八點，當天大部分的逃亡副本都已經結束。許多玩家，像是章務平、穹蒼等人，其實已經蒐集出了副本中的關鍵線索，也推測出了二人的死亡原因，只是限於時間，沒有進行講解。部分觀眾跟不上他們的思緒，在貼文裡胡亂猜測。

於是，三天在副本復盤的官方貼文裡，直接放上了本次《凶案解析》中被略過的凶案現場還原。標題寫著『寧婷婷之死』。

影片被製作成了動畫模式。一號死者，女性，用紅色的人形玩偶表示。二號死者，男性，藍色的人形玩偶。

地面上的腳印、血漬，同樣使用對應的紅藍色來標注，以便讓觀眾看得更清楚。

短片利用血跡的噴濺、腳印，以及刀傷呈現的角度等官方資料來復原。現場保留下來的每一個痕跡，都是死者用生命寫下的亡語，技術偵查人員將它們翻譯出來，並拼成完整的現場。

鏡頭從斜上方的位置進行拍攝，對著一個沒有屋頂的房子模型。

影片開始，兩個人偶在臥室發生衝突。藍色人偶單方面毆打紅色人偶，並用房間裡的一盞檯燈砸中紅色人偶的頭部。燈泡碎裂，夾著血絲彈向各處。

紅色人偶退到牆面，在牆上留下紅色的不規則血痕。她抓起手邊的鞋子擲向對面，並大聲呼喚，逃出臥室。

紅色人偶趔趄地逃到了門口，打開大門。門板和門把上再次留下了她的血漬。

可惜她未能邁出那扇厚重的鐵門，藍色人偶從後面追了上來，揪著衣服將她拽走。地面上留下一條長長的拖拽痕跡，紅色人偶弱勢地掙扎。

二人糾纏到客廳茶几的位置，紅色人偶被按在玻璃桌上，側著頭，脖子承受著巨大的壓力。她奮力抓過水果盤上的菜刀，朝後面刺了過去。

藍色人偶捂著傷口驚恐後退，紅色人偶爆發出莫名的力氣，瘋狂撲上去反攻。

二人局勢反轉。

紅色人偶在對方身上連刺數刀，直至刺中致命部位。

看著丈夫不再動彈，她虛脫地癱軟在地，用腳蹬著，一步步後退。靠到沙發旁邊時，她終於回過神，舉起了刀，往自己心臟的位置刺了下去，選擇自盡。

范淮應該就是在這之後出現的。

網友看完整個短片，被震撼得說不出話。

這段無聲又幼稚的畫面，處處充滿著令人窒息的絕望。他們看著一路奔逃、反抗無望的寧婷婷，有種強烈的喘不過氣的無助。

他們無法想像，如果換做是他們，他們會選擇被自己的丈夫虐打致死，還是像寧婷婷一樣，舉起近在咫尺的刀，做飛蛾撲火前的最後一次掙扎。

他們多半會選擇後者。

沒有人是為了忍耐痛苦而出生的，求生是刻在血脈裡的欲望、是本能、是正確。

可笑的是，在這起凶案剛發生的時候，還有無數不明真相的網友，參與緬懷這位家庭暴力分子。同情他因為婚姻，與一位惡貫滿盈的殺人犯牽扯上關係。卻不知真正喪失人性的，就是這個冠冕堂皇的男人，他不僅毀了自己，還毀了另外三個人。

整件事透著無盡的荒唐與可笑，眾人一時不知該如何置評。

『但凡，但凡大樓裡的鄰居，在聽見寧婷婷的呼救後，能早一點過來看看，說不定就不會發生這樣的慘劇。她叫得那麼大聲，新聞說上下三層樓的人都能聽見了，結果呢？』

『不只有歷史是個任人打扮的小女孩，善惡也是。』

『范淮簡直可以改名叫竇娥了，不過他現在終於有機會可以昭雪了。麻煩三天跟進一下他其餘幾件案子吧。』

『一個人怎麼可以突然杳無音信？他還是那麼有名的通緝犯。他會不會已經偷渡出國了？』

『偷渡出國倒還好，對他來說，前幾個月的形勢太差了。』

『那前三位證人是誰殺的？這個還沒定論吧？我覺得不能因為一件案子，否認他前面的嫌疑。全盤判斷都是不對的。』

『范淮應該很在乎真相，畢竟他母親和妹妹都留在這裡，我覺得他不會走。』

『既然政府同意三夭做這個副本，是不是他們潛意識裡，也偏向范淮是無辜的？只是因為他的忽然失蹤，讓他不得不背上嫌犯的身分。如果范淮出現的話，情況能改善嗎？』

『從邏輯上來講可以。從范淮的角度來講，你覺得他還會相信警方？』

『我覺得會。幾個玩家在遊戲過程當中，都或多或少碰到了紅線，說明這樣做可以有效吸引警方視線，利於逃脫，但是范淮始終沒有。我覺得他是個有底線的人。』

正當網友就著此事開始討論的時候，一則畫風突兀的貼文突然出現，快速被設成置頂，飄在首頁。

這個貼文的樓主頂著一個眾人熟悉的ＩＤ名，平時經常混跡於三天論壇，表現活躍。因為他的話可信度很高，網友早已默認它是某個ＭＣＮ企業的帳號，會關注它發布的一些內部消息。

樓主這次出現，只說了短短幾句話，可每一句話都帶著刀刺直指穹蒼。

『天真，你們都被騙了。你們知道你們討論的QC1361是誰嗎？她就是范淮的老師，她來這個遊戲，純粹是為了幫范淮洗白而已。』

『（圖片）她本名穹蒼，可以到Ａ大的網站查查看，她住在學校附近，最近因為個人作風問題被學校辭退。』

『范淮不是她第一個出事的學生，她在Ａ大簡直臭名遠揚。想想就知道，一個故意招殺人犯當學生的老師，會是什麼好人？本來就不安好心而已。她走了之後，Ａ大的學生簡直歡天喜地。』

貼文出來後，就有網軍嘗試在下面帶風向。他們跟進得很快，所以貼文的前幾樓全是跟風責罵。

只不過事情走向並沒有按照網軍計畫的發展，留言區的畫風漸漸呈現兩極分化，網軍的存在變得異常突兀。

在翻過幾頁之後，貼文基本被路人占據。

三天的網友不喜歡這種肉搜霸凌的惡劣行為。他們不了解穹蒼，無法幫她說話，就在那裡攪渾水、打嘴砲。

『已檢舉。』

『@版主，工作了。這個月績效達標了嗎？還不趕緊出來？KPI都送到你面前了！』

『先別急著封鎖啊，給我點樂子嘛！好久沒湊這種熱鬧了，難得遇到這種樓主。』

『我不配做A大的學生，我居然不夠歡天喜地。』

『還歡天喜地？你以為你是七仙女？不如贊助我，我在三天混很久了，做網軍保證畫風一致不露餡，而且全是高評價。』

『找我，我可以徹夜不眠為您洗版。就算你說QC拿的是假學歷，我都可以幫你洗。專業無憂，二十元一則，量大八折，切勿錯過！』

因為貼文內容涉及隱私，版主在發現後，立刻將其刪除。但由於內容流量太高，那位樓主又來者不善，早有準備，即便被封鎖帳號，依舊鍥而不捨地操作著網軍，在首頁開了多個相關貼文，導致穹蒼的個人資訊還是被洩露出去。

不少帳號引用裡面的內容去別處討論，同樣引起激辯爭論。

穹蒼爆紅的速度太快了，任何有經濟利益的地方就會有潛規則，縱然她不在意知名度這種東西，也完全沒有想走網紅路線，但她的出現，確實給許多人帶來了不快。

一些人開始隱晦地帶節奏。

『@A大，求證一下，是真的嗎？』

『別的不說，適當避嫌，我覺得確實需要。如果她跟范淮是師生，這種行為就不太合適。』

『細思恐極，三天不加強一下管理嗎？《凶案解析》不是以「審核變態」著稱的嗎？被學校開除的老師，通常作風不良，不應該招進這個遊戲吧？』

『這位也算是我的長輩了吧。阿姨，或者奶奶？感覺她閱歷挺豐富的。』

這些人表現得太過心急，網友不太買單，畢竟他們才剛看完一場直播，還帶著智商提升的 Buff。這麼拙劣地搞事，不是在羞辱他們嗎？

何況三夭的觀眾一向很護短，尤其是對那些高智商且不善社交的技術流玩家。全是寶藏啊，跑一個少一個，無可複製，必須精心保護。

『我不懂，大神明明是技術流，和你們之間差了大概三十分吧，沒有業務衝突啊，那麼緊張幹什麼？』

『發聲的全是簽約玩家，我都要懷疑是某家公司在惡性攻擊了。』

『全部封鎖了。還奶奶？幹！妖孽！綠茶是不能成精的，知道嗎？』

好奇心是人類無法克服的本能。雖然大家都知道侵犯他人的隱私是不對的，但當網路上開始大範圍討論起穹蒼的身分時，一批人還是忍不住去A大的官網和論壇進行求證。手上沒點資料，吵起來都不過癮。

沒過多久，各種貼文層出不窮地飄了上來。每一個發現，都在顛覆網友的固有認知。

『不是，朋友們，你們沒發現嗎？這個大神其實才二十六歲啊！』

『我按照隔壁網軍的提示，去A大論壇裡搜尋了一下。穹蒼，今年辭職，女性。穹蒼這個名字很特別，不可能剛好同名同姓，符合這些條件的只有一個人。但這位特聘講師的年齡上寫的是二十六啊！才不是什麼三四十！她是天才好嗎！』

『真的嗎？就……想想好像也挺合理？畢竟是九十六分的天才玩家，就職經歷不能根據普通人的年紀來算。』

『靠！笑死我，剛剛是誰說穹蒼是長輩的？還叫人家奶奶（捶地大笑.jpg）。』

『穹蒼年紀輕輕就做了那麼多人的爸爸，可不就是長輩嗎？她好難啊。』

『你們是怎麼回事？最震驚的難道不是這個嗎？（圖片）我從官網裡翻出了大神的模糊證件照！A大官網應該不允許盜圖吧？還是我開錯網站了？』

最早那篇貼文裡放的照片，是穹蒼背對著鏡頭講課的抓拍。圖片只能看出她高挑削瘦，別的一概無法辨認。

而在這張照片裡，穹蒼穿著白色襯衫，留著綿軟長髮。配上藍色背景，明亮打光，就算截圖有些模糊，也不掩她五官出眾。尤其是她那不可複製的冷淡氣場，讓她臉上每一處肌肉都寫著「我是高人」四個字……該死的迷人。

網友們瞬間抱著腦袋陷入瘋狂，感覺自己的老婆受到了莫大的委屈。

很快，A大論壇裡的消息擴散出去，讓那群年輕氣盛的學生知道了。他們起先是迷茫，在弄清事實後更是勃然大怒，直接集結了一群兄弟，到戰火第一線的三天論壇廝殺。

他們澄清的方式乾脆俐落，直擊靈魂，讓網友難以拒絕，那就是直接甩出照片。

『既然身分已經暴露了，那就沒辦法了，我把我珍藏的照片放出來跟大家分享一下。（動態圖片）冷靜！大家一定要冷靜！不要像沒見過世面的樣子！』

動態圖片裡的穹蒼應該是剛開完會。她穿著一身黑色西裝，背光從走廊對面過來。單手拿著教材，單手插進口袋，每一步都氣勢逼人。

她走到窗戶旁，從玻璃折射進來的光線，讓畫面驟然明亮起來，鏡頭的自動對焦功能晃了下，再次對準她的臉，讓她身上渡了一層光。

『我死了，但我還能繼續。正面來吧！不要憐惜我這朵嬌花！』

『核爆現場！』

『這長相、這身材、這智商，不就是我苦苦哀求多年的天降紫微星嗎？我死而無憾了！』

『你們是故意的吧？藏這麼深的嗎？名校學生都太自私，不懂得早點分享，我看透你們了！』

『感謝黑粉！由衷感謝之前那位黑粉！辛苦你了！』

『就是怕你們承受不了，所以我才不說。但是現在，實力不允許她低調了，是嗎？（圖片）。』

『上次被穹蒼老師看見我的手機桌布，她沒生氣，還笑著跟我說拍得挺好的（圖片），讓大家見識一下本人認證過的絕美照片。』

『四年了！四年了我都沒選上她的課！不過不影響我偷偷旁聽，嘿嘿嘿（圖片）。』

照片裡有些是偷拍，有些是被穹蒼發現的，視線直直對著鏡頭。

她並沒有禁止課堂拍攝，畢竟學生做筆記，最快的方法就是拍照，只要這群學生不擾亂課堂秩序就可以。

不得不說，這群學生應該是真的敬仰她。穹蒼那麼不苟言笑的人，在鏡頭下竟然顯得有點溫柔。也許她自己都沒有察覺到，但在學生眼裡，她就是這樣的人。

即便她平時內斂，這群青年卻能從她的字裡行間察覺出她的深意。她認真地做著自己的工作，關懷自己的學生，言簡意賅地引導他們，鞭辟入裡地對他們教誨。

她從不說得多好聽，但她連哪位學生做錯過哪道題目，都可以記在心裡。

眾人的態度很明確。

哪怕穹蒼已經離開A大，哪怕他們已經結束課程甚至畢業，他們仍舊不允許那些無端的指控，中傷這位自己曾經尊敬過的人。

『別欺負我們的老師，好嗎？尤其是用A大學生的名義。某些人只看見范淮是她的學生，難道就看不見她還有許多在不同領域裡立足的學生嗎？』

網友線上表演不要臉，硬生生將氣氛帶歪。

『對啊！不要欺負我老婆！』

『我老婆怎麼都不好好休息？看看這個黑眼圈，一定是A大的學生太不省心了（嘆氣.jpg）。』

『親愛的，妳太瘦了，應該早點來《凶案解析》。這遊戲別的沒有，就是方便我贊助她。』

這種走向明顯突破了網軍的思考極限。

他們拿了錢，又不能不繼續工作，縱觀了一圈輿論，最後只得硬著頭皮，繼續上前抬槓：

『這個社會沒救了，多麼三觀不正的人都可以喜歡。只要臉好看就沒關係了，是吧？』

得到了A大學子支持的三天網友，迅速恢復戰鬥力，陰陽怪氣地在底下回嗆。

『人家是做了什麼罪大惡極、罪不可赦的事了嗎？要這麼恨之欲其死？』

『怎麼？教出罪犯，老師還得背鍋啊？罪犯家屬要求入獄了嗎？非親屬都沒連坐，老師憑什麼要負責？人家那麼多學生，還得一一鑑定是不是人渣再進行授課嗎？沒想到教師還是個高風險職業。』

『坦白說，三天直播獲得的收益，可能是大神教書的十幾倍甚至幾十倍了吧，她想參加就可以參加，還不興人家追求點生活品質？非得說是為了范淮？』

『不是啊，就算是為了范淮，也沒什麼不可以啊，一個老師相信自己的學生是清白的，這樣也不行嗎？這不是優點嗎？』

『說洗白的，真是糟蹋了這兩個字。我復盤了大神在幾個副本裡的表現，她根本沒為范淮說過一句好話，也沒在直播間裡帶過一次風向。在逃亡副本的時候，她用的手段比范淮還要偏激。這也叫洗白？』

『范淮好有錢，他請了好多人幫自己洗白。畢竟副本是三天做的，審核是政府過的，線索是諸多玩家自己找出來的。那麼大的能量，難道他的真實身分是三天的太子爺嗎？』

『如果真的是三天的太子爺，我就粉了。』

『別說了別說了，網軍都快被你們氣死了。』

緊接著，各種證據都被搬了出來。

『穹蒼明顯是主動辭職的，教完一個學期之後才離職，不存在辭退的情況。』

『A大官方正式闢謠了。（圖片）穹蒼只開兩個小班課程，簡直供不應求，年年搶破頭，學生私下轉賣名額都是四千起跳，哪來的臭名遠揚？求證這麼簡單的事情，網軍以為網友都是智障嗎？』

『重金請求大神在A大教課的影片，或者參加過活動的影片，再或者研究報告的影片！顏不顏控什麼的都是汙衊，主要是突然對科學有了興趣。』

這一齣鬧劇，或者可以說是狂歡，一直持續到深夜也沒有結束。

到後面網軍已經放棄抵抗，主動退場，網友沒有對手，卻依舊熱情。

他們似乎總能找到自娛自樂的方法。

賀決雲晚上要寫報告，一直沒看三天論壇。又因為底下的員工不停騷擾他，他一氣之下就把對方封鎖了。

等他寫完各種分析報告，傳送過去，已經是午夜十二點。

賀決雲靠坐在椅子上閉目養神，然後才重新把員工從黑名單放出來。

訊號一接通，那個似乎永遠都不會疲憊的年輕人，立刻撥了通電話過來，快得賀決雲嚇了一跳，懷疑對方在自己的手機裡藏了什麼病毒。

『老大——不好了不好了！』青年急躁的聲音從對面傳來，聲音快得喘不過氣，『你為什麼要封鎖我！你看看現在弄成這個樣子要怎麼辦！』

賀決雲額頭青筋猛跳：「給你三秒鐘。」

青年快速切換狀態：『穹蒼被肉搜了。』

「什麼？」一句話讓賀決雲語氣都變了，他站起來道：「然後呢！」

『今天晚上有人爆出穹蒼的工作公司、身分和住址。然後她、然後她……』

賀決雲屏息。

青年說：『然後她就把三天的網友都逼瘋了！』

賀決雲氣道：「她做了什麼？你講清楚一點！」

青年深吸了口氣，最後實在憋不住，放肆大笑出來。

『她好漂亮啊，又漂亮又聰明，三天最強明星選手，照片一爆出來，一堆人吵著要幫她生孩子！』年輕人放肆大笑著，『三天從沒出過資質這麼好的玩家，論壇裡的兄弟們連她的宣傳海報和應援口號都準備好了，我幫她剪了個影片，要不要也給你看看呀？』

賀決雲感覺自己的心臟快要爆炸了。他呵呵冷笑兩聲，咬牙切齒道：「你想死是吧？不想要獎金了嗎？」

青年叫嚷道：『誰叫你封鎖我？我本來想第一時間跟你分享，是你自己封鎖我！現在多了一群莫名其妙的情敵，還錯失了英雄救美的時機，你看看你……』

賀決雲受不了，直接掛斷了他的電話，只是這次沒有封鎖。

沒過多久，青年傳了一則訊息過來。

『查過ＩＰ了，應該是一家ＭＣＮ企業的網軍，不知道穹蒼怎麼得罪了他們。我已經把證據傳送到你的電子信箱了，你轉交給她。不用謝，畢竟我是一名優秀員工！』

賀決雲看見穹蒼的地址被爆出，擔心她會不會有危險，正猶豫著要不要打電話過去問，手機再次亮了起來。

『明天再給，時間太晚了，姐姐是要睡覺的。』

賀決雲：「……」你一個小屁孩是要教我談戀愛還是怎樣？

穹蒼正輾轉反側。

她一向睡得很淺，一點零星的聲音都可能把她吵醒。深夜裡精神正恍惚時，空氣中頓時傳來一陣窸窣的腳步聲。

那腳步聲起先在樓梯下方響起，上下徘徊了一遍，最後停在他們這一層。

穹蒼本以為是哪位晚歸的住客，摸索清楚後很快就會離去，畢竟此時已經是深夜兩點。不想外頭安靜片刻，又重新響起一陣詭異的動靜，還伴隨著人物刻意壓低的對話聲。

五感不全時，人很容易做出過度聯想，尤其是在午夜時分。

穹蒼打開臥室的燈，坐起身，靠在床頭辨別那些奇怪的聲響，把它和畫面聯想在一起。

她細數了一下，大概有幾種不同材質的物體撞擊聲，某種液體的翻滾聲，隨後更是響起了一陣粗糙的摩擦聲，彷彿有什麼東西在刮蹭著牆面，帶著石灰塊簌簌而落。

那刨牆的聲音是如此貼近，真實得好像與她僅有一牆之隔。終於，看熱鬧的穹蒼回過神來。

……這是有一窩哈士奇在外面，想要拆她的家嗎？

穹蒼起身下床，去了電腦房，打開電腦，查看安裝在大門上方的監視器畫面。

夜色裡，昏黃感應燈照亮著的樓道間，四五人正站在她的門前，幹得熱火朝天。因為攝影機的角度問題，拍不到牆面的位置，但從灑了滿地狼藉的地面，以及被踢翻在側的油漆桶，完全可以想像出這群人剛才做了什麼。

穹蒼被氣笑了，壓著脖頸活動了一下筋骨。

監視器畫面裡，有兩位是三十幾歲的壯年男女，還有兩位則是頭上染了白髮的老年夫妻，看年紀大概有七十以上。

穹蒼登入報警平臺，將這段影片和自己的地址傳過去，說有人在深夜謀劃非法入室。對面很快受理，表示會盡快安排警察過去，讓她暫時待在安全的房間裡等待警方接應。

穹蒼去陽臺抓起一支掃把，將長桿的一端握在前面，試了下重量，而後光著腳過去開門。

她拉開防盜門時，那位男青年正彎著腰搗鼓她的門鎖，準備往裡面塞東西，冷不防見到她，臉上錯愕的表情未能及時收起。

穹蒼挑了挑眉，後退一步，問道：「你們是誰？」

四人愣了下，倒是沒有想跑。

穹蒼偏頭，看見了門板背後畫著的圖案。他們用紅色的油漆寫了穹蒼的名字，又在下面寫了個大大的「死」字，還有幾個不堪入目的髒話。油漆沒那麼快乾，紅色的液體向下滑落，拉出數條直線。就著這氣氛、這燈光、這場景，著實有些恐怖。

穹蒼看對面四人的眼神瞬間就不對了。和精神病患計較的話，好像會得不償失。

那位體格挺健碩的老太太箭步上前，用身體擋在其他幾人前面，梗著脖子同她叫道：「幹什麼？瞪什麼？妳別以為我怕妳，有本事就從我身上踩過去！我告訴妳，我三高又有心臟病，說不定躺下後人就沒了，妳有種就動手！」

穹蒼大開眼界。

古代曾有老弱婦孺組成的人牆，用來抵禦敵軍，不想現在的罪犯配置也如此齊全，出門還自帶高級肉盾，簡直是對他們這些守法公民的一大殺器。

穹蒼眼珠轉動，被打擾與失眠的戾氣讓她臉上陰霾密布，冷聲道：「妳是誰？」

「妳害死我兒子，還來問我是誰？」老太太哀號，「我兒子死得多冤枉啊？這都屍骨未寒，妳就在背後潑髒水，想讓他死不瞑目！妳那顆心是淬了什麼毒？妳跟范淮還有范安那個賤人，全都是禍害！你們做了那麼多虧心事，也不怕他們半夜上門找妳！」

穹蒼知道這群人是誰了，不由多看了他們幾眼。

明明長相普通，甚至有著圓潤的臉型和肥厚的耳垂，讓他們在冷靜或微笑的時候，還顯得和藹可親。可惜嘴邊與眼角下拉的皺紋，在他們臉上平添了兩分刻薄，說話時不自覺瞇起的眼睛，也讓他們的氣質顯得有些猥瑣。

在本次副本公開之前，這幾人還是受大眾同情的一方。他們在媒體面前不停賣慘、露臉，向大家誇耀自己兒子的優秀，闡述自己無盡的悲傷，並接受了不少社會人士的捐款。范淮能有今天的名聲，這幾人厥功至偉。

本次副本公開後，他們想必也享受了在一夜間聲名狼藉、一無所有的感覺。

雖然他們無法接受法律的審判，但他們的縱容戕害了范安，他們的惡毒謀殺了江淩，他們的欺騙紊亂了秩序，這些都是社會無法容忍的。

曾經靠輿論占過多少便宜，如今就要像過街老鼠一樣盡數奉還，甚至要背上更多的指責。

他們習慣了高高在上、被人關懷的特權生活，哪能接受這樣的落差？難怪像瘋了一樣來找穹蒼。

「哦？」穹蒼哂笑道：「是不是人設崩塌，機構要求你們退還大眾捐助的善款，所以才讓你們急成這樣？」

後面的婦人叫道：「妳胡說什麼！」

穹蒼高傲地抬起下巴，用極為輕蔑的語氣說道：「滾出我家。」

老太太大受刺激，舉起雙手，朝穹蒼撲過來。

「我今天就跟妳拚了！」

穹蒼早有戒備，毫不猶豫地抽出棍子，杵在半空。老太太來不及收力，腹部直直衝撞上來。

這一下撞得老婦人頭昏眼花，雖然她及時避開了危險位置，仍舊痛得失聲顫抖。她腰腹深深佝起，在反作用力下連連後退，直到被她的老伴抱在懷裡。

幾人睜著不敢置信的雙眼尖叫道：「妳瘋了？連老人也敢打？」

「她自己撞上來的，頂多算她碰瓷。」穹蒼指手指了下監視器，「這裡有監視器，懂嗎？」

年輕婦人走上前，用食指直直指著穹蒼的鼻子，用力發出每一個音調，似要用唾沫淹死穹蒼。

「我告訴妳，妳這樣昧良心，是會遭到報應的！我要把妳今天做……」

她話音未落，穹蒼手腕一轉，一棍朝著她的臉抽下去。

「啊——」女人慘叫出聲，腳步趔趄地打了半圈，最後摔倒在地。

「妳敢打我！」女人顫抖地捂住自己的臉，順著指腹下的觸感，清晰感受到面部在發燙發腫。

火辣辣的疼痛刺激著她的神經，讓她聽不進任何聲音。一雙眼睛狠狠盯著穹蒼，齜牙咧嘴，彷彿下一秒就要發狂，衝上來啃咬穹蒼。

「妳未經我的允許，擅自進入我的住宅。」穹蒼白色的睡衣鬆垮垮地掛在身上，連帶著她隨意糊弄的語氣，有著強烈的嘲弄意味。她背誦道：「非法闖入民宅罪，是指違背住宅成員的意願或無法律依據，進入公民住宅，或進入公民住宅後，經要求退出而拒不退出的行為。要麼滾，要麼挨打，自己選。」

女子崩潰大喊：「老公！」

青年男子挽起袖子，紅著眼要上前教訓穹蒼。

大樓上下的住戶已經披著外衣跑出來，有幾人甚至顧不上穿鞋，直接踩著拖鞋。他們趕到穹蒼的樓層，被樓梯間的紅色油漆嚇了一跳，回神過後，連忙衝過來幫忙。

一邊是孤身一人，看似手足無措的前大學講師。一邊是凶神惡煞、人多勢眾的外來人士。

鄰居們分得很清楚。他們幾乎沒有思考，第一個反應就是攔住男子。兩人合力勒住他的肩膀，將他往後拉扯，同時大喊讓人出來幫忙。

男人什麼都還沒做，就被一群人壓在牆上無法動彈，臉上蹭著未乾涸的油漆，連轉個身都做不到，只能發出無用的嘶吼。

值班員警趕到的時候，四人正將罵戰從個人升級到家族，被心生厭惡的警察戴上鐐銬，直接拉走。

凌晨三點多，賀決雲正做著光怪陸離的夢。一會兒是自己抓著員工打，一會兒穹蒼聯合他的小弟抓著自己打，即將反抗成功之際，床頭櫃上的手機突然響了起來。

那震動的噪音一下子讓他從睡夢中驚醒，連帶著心臟跟血液都沸騰了下，讓他大感不適。

賀決雲摸過床頭的手機，瞇著眼睛，沒看清來電人顯示，選擇接通。

「喂。」

那是一道男聲。

對方才說了一個字，賀決雲就以為是自己底下那個不成熟的員工，直接打斷了他。

「宋紓，你要是再來騷擾我，我就把你送到警察局。你也不看看現在幾點了！明天加班！」

對面的人頓了頓，繼續道：『……這裡是警察局，請問您現在有空——』

賀決雲掛斷電話，還大罵了一句神經病。

穹蒼穿著睡衣，泰然自若地坐在空蕩蕩的警察局裡，面前擺了一杯正冒著熱氣的茶。裊裊白煙，將她的臉色襯得越發蒼白，讓人懷疑她是否會在下一秒虛弱倒地。

……事實是她的戰鬥力不容小覷。

穹蒼問：「他說什麼？」

值班警察拿著手機，茫然了一陣，說：「他說妳要是再騷擾他，他就把妳送到警察局。」員警哭笑不得，問道：「他真的是妳朋友吧？」

穹蒼：「真的。」

員警：「還有其他人嗎？」

穹蒼：「沒了。」

她目光閃了下，說：「不然你就按照正常流程處理就好。我是成年人，又不需要監護人。」

沒過多久，大概是賀決雲發現不對勁，又打了通電話過來。

「喂。」警察接起，道：「這裡是警察局。」

賀決雲顯然有點尷尬，打哈哈道：『真的是啊？』

「真的。」警察說：「你朋友現在在XX街道的警察局，請你來把她帶回去吧。」

賀決雲乖巧認錯：『好的好的，我馬上過去。她怎麼了？』

警察道：「她打架了。」

『她被打了？』賀決雲聲線拔高，『我現在馬上過去！別放她離開！』

警察看了不遠處兩位鼻青臉腫的人，和鵪鶉似縮在角落的青年男女，又看了面前這位跟大佛一樣坐著品茶的年輕女性……

他有說穹蒼被打了嗎？

賀決雲刻意挑了自己最貴的一輛車，還打理了一下形象。西裝革履，髮型精緻，確保全副武裝才出門接人。

於是，當一身貴氣的賀決雲踩著鋥亮的皮鞋，出現在警察局多年未整修的老房間時，裡面幾位蓬頭垢面的熬夜人士，都有種被閃瞎的錯覺。

亂頭粗服的穹蒼抬手抓了把自己的頭髮，警察忍不住伸手抹了抹自己未擦乾淨的眼角，眾人仰頭看著他一步步走近。

賀決雲單手支在桌上，彎下腰，在距離穹蒼不到十公分的位置打量她的情況。

他身上淡淡的香氣襲來，不禁讓穹蒼懷疑這人出門前特地洗了個澡，畢竟沐浴乳的味道對她來說，莫名有著安神的功效。

賀決雲問：「妳沒事吧？」

穹蒼搖頭。

賀決雲問：「打妳的人呢？」

警察打了個哆嗦。心想那麼大個人杵在那裡，總裁您是看不見嗎？

穹蒼主動抬手示意。

賀決雲回身望去，揚眉一挑，英俊的臉上露出非常合時宜的嫌棄表情。

這四人身上沾著紅色油漆的汙漬，乍看之下像是被血染了半身。尤其是那位青年男士，臉上紅通通一片，擦拭了一點，卻擦不乾淨，連賀決雲都被他猙獰的面貌嚇了一跳。

「妳確定是妳打的？」賀決雲挑眉道：「他們不會是碰瓷吧？」

對面四人難以忍受這樣的奇恥大辱，紛紛叫嚷起來。聲音聽起來依舊中氣十足，看來都沒事。

他們用鄉音罵了一段賀決雲聽不懂的話，警察奮力拍著桌面，讓他們暫時保持冷靜。

等幾人重新安靜下來，穹蒼才說：「還有一些熱心鄰里的幫助。」

賀決雲笑說：「看來你們社區住戶的品性都不錯，樂於助人。」

警察：「……」能不能別再煽風點火了？男人。

賀決雲施施然在穹蒼的旁邊坐下。

警察朝穹蒼點點下巴，問道：「妳男朋友啊？」

穹蒼語塞。

這要怎麼回答？她現在說不是的話，你敢信嗎？

穹蒼：「不是。」

賀決雲說：「朋友。」

警察低頭玩著筆，拖著長音道：「哦……現在的年輕人不知道在想什麼，感情還挺糾葛的。」

二人：「……」現在的警察不知道都在想什麼，明明還挺年輕的。

小哥用筆指了指，示意穹蒼先跟自己的朋友商量一下解決方法。

穹蒼小幅度挪動，調整姿勢，不住用餘光偷窺賀決雲。她對於賀決雲大半夜還將自己收拾得那麼齊整，來警察局幫自己撐場面的行為有些感動。

但其實不用。

人到就好，有沒有心意都不重要。

賀決雲對穹蒼在出事後，會第一時間想到求助自己，覺得備感欣慰，甚至受寵若驚。如果不是這個時段不適合打擾律師，他可以帶著公司法務部門的中堅力量過來一起支持。

賀決雲正要寬慰穹蒼兩句，一陣冰涼的觸感從手臂襲來，一雙纖細修長的手抓住了他。

就聽穹蒼道：「就是他。」

穹蒼抓住他的手往上抬，同時側過身朝著那群傷患道：「你們看，他是三天的工作人員，副本是他們做的，線索是他們設計的。冤有頭債有主，我已經幫你們把他叫過來了，以後別來找我。」

賀決雲：？

大概是他譴責的目光過於強烈，穹蒼解釋說：「他們是寧婷婷的婆家，在我通關以後，覺得我侮辱了他們兒子的亡魂，大半夜來我家門口潑油漆，你說過不過分？」

賀決雲憤怒道：「妳就不過分了嗎？」

穹蒼想了想，不反駁道：「兩者可以並列。如果你堅持的話。」

賀決雲無情地把手抽回來。

他不信邪道：「這種時候妳還可以開玩笑？」

穹蒼聳肩：「是他們一直在跟我開玩笑。」

賀決雲：「所以妳覺得自己虧了？」

穹蒼：「我只是覺得很無聊。」

「別聊了！」

警察控制了下表情，對賀決雲勸導道：「這位兄弟，請你過來，主要是想讓你也勸勸你朋友。雙方協商一下，那麼簽個字就可以走了。非要互不相讓，事態就會變得很麻煩。大家的時間都很寶貴，沒必要對不對？你看你們都是體面人，在這些事情上浪費時間，可惜了。」

賀決雲偏過頭，挑了挑眉，無聲詢問穹蒼的訴求是什麼。

穹蒼說：「非法入室，根據惡劣程度可判處三年以下有期徒刑。」

男性青年叫道：「妳還打我呢！」

「我打你，完全無法構成輕傷，不信你可以去醫院驗傷。我不觸犯刑法，頂多只是行政拘留，處理結果還要看警察的態度。」穹蒼說：「這件事分明是你們有錯在先，此外你們還有利用公眾同情，向社會詐騙捐款的前科。我打你，怎麼說都是熱心群眾，對違法暴力分子的一次合理自衛，不應該接受任何的行政處罰，對吧？」

警察長嘆一聲，捂住自己的臉。

男人指著自己紅腫不堪的臉，吼道：「妳看看我這張臉，再看看我老婆的臉！妳連我嬸嬸都敢打，妳不知道我嬸嬸的年紀已經很大了嗎？妳能保證她沒有個三長兩短？就這？妳還想全身而退。警察同仁，我們不協商了，抓她！」

老太太靠著自己丈夫呻吟兩聲。

穹蒼嘆了口氣，道：「協商是雙方各自闡述自己的觀點。我已經說完了，你也可以說。你什麼都沒講，協商根本就還沒開始。」

男人道：「我的訴求？我的訴求是公平！這不是暴力的社會，妳怎麼可以隨意動手呢？」

穹蒼端過茶杯喝水，差點以為是自己幻聽了。

賀決雲「呵」了一聲，說：「想要賠償啊？」

男人吼得很大聲：「這是錢的問題嗎？」

賀決雲飛快道：「那太好了，我也沒想用錢來解決。」

男人當場被噎住，接不下去。

警察打圓場道：「其實錢是最簡單的解決方法。」

賀決雲咋舌一聲，搖頭說：「可是對於有錢又有閒的人來說，它不是最滿意的解決方法。我這個人做事更圖爽快。主要是不能少了一口氣。」

穹蒼緩緩側身與他對視。兩人的眼神在空中交會，俱是滿意點頭。知己。

警察悔恨不已，他這是請了個禍害啊！

對面四人無比激動，大喊著要討個公道。

警察拍桌，用沙啞的嗓子吼道：「先聽我說好不好！大家不要再玩這些套路了，真誠一點！你們到底想不想解決事情！」

穹蒼當然不想打官司。她討厭麻煩，討厭冗雜的程序，也討厭被人重複詢問同一個問題。

對面的人顯然更怕。

商議過後，雙方決定要為自己的行為負責。

人是穹蒼打的，醫藥費由穹蒼負責。穹蒼住處的牆面和門是他們弄髒的，四人必須保證清理乾淨，且對牆皮進行修復，重新粉刷。

他們四人的傷勢，一罐藥膏就夠用，如果要去醫院必須趁早，否則傷勢一痊癒，醫師都沒辦法開藥。但油漆和水泥工就不一樣了，沒有成本投入就沒有產出。

四人細細琢磨一番，發現自己不僅倒賠了兩桶油漆和一天工錢，最後還白挨了一頓打。

名副其實的血虧。

穹蒼很大方地說：「如果下次還有這種需求，記得來找我。」

四人氣得牙癢癢，跳腳了一陣，又拿她沒辦法。

一般人會投鼠忌器，但面前這兩位人才，似乎沒有這樣的顧慮。蠻橫的人遇上沒有顧忌的人，也只能停火。

警察見終於完事，這才鬆了口氣，拿著筆催促賀決雲：「監護人快來簽個字，然後趕緊把人帶走。」

賀決雲被「監護人」這個稱呼震住了，內心默默品味，挽起袖子，在紙張下方留下了自己瀟灑的大名。

他按照要求，在幾份檔案上簽好名，順利把穹蒼撈了出來。

警察揮揮手，從桌子底下拿出一包泡麵，不想再看他們，直說兩人可以走了。

賀決雲覺得這位基層人員恐怕已經心力交瘁，忍著笑意道：「我先去牽車，妳在門口等我。」

穹蒼點頭。

等賀泱雲從停車場把車開出來，打著車燈停在路邊，穹蒼才一瘸一拐地從側門出現。

賀泱雲透過車窗盯著瞧了許久，終於發現不對，臉色猛地陰沉，大步走下車問道：「妳受傷了？」

穹蒼抬起頭，淡淡回道：「意外。」

「什麼叫意外？回去！妳賠他們醫藥費，他們就不用賠妳了？」賀泱雲頓時惱怒，語氣強硬，抓住她手臂的力道卻保持著不輕不重的程度，「妳剛才怎麼不說？我還以為你們是單方面毆打，結果是有來有往？他們敢闖進妳家，把妳打傷，還想輕易打發這件事？他們想得美！」

穹蒼客氣阻止道：「算了。」

賀泱雲感覺面前這人搖搖晃晃的，緊皺著眉頭：「什麼叫『算了』？妳甘心咽下這口氣？妳是不是怕麻煩？有事我來處理，本來就是因為三天的副本，才讓妳被他們記恨，我今天來，不是為了讓妳委曲求全的。」

穹蒼的表情很複雜。

賀泱雲扶著她，單手去掏手機：「妳先去車上休息一下，我現在叫律師過來。」

穹蒼嘆了口氣，不得不坦誠道：「我當時想踹他的臉，太矮，腿短，筋骨沒拉伸，打滑了一下，剛好撞在油漆桶上。」

伸張正義的路上，總是會遇到很多阻礙。

這大概就是命運對體能的考驗吧。

賀泱雲突然停下動作，整個人如同石化了，唯有眼珠轉動，從她的臉轉向膝蓋，最後落回她強裝沒事發生的臉。

這太有畫面感了。

賀泱雲想像了一下，以穹蒼悶騷的性格，身處那意外的場景，不管是無聲還是BGM震天，都顯得特別滑稽。

他抿著唇，想要忍住。最後實在憋不住，悶聲大笑出來。

穹蒼：「……」

她就知道，這人不夠善良。

穹蒼一臉麻木，越過他朝車輛走去，不忘催促道：「回家了，快一點。」

幾人忙到現在，已經將近五點，頭頂的天空變成了混沌的灰藍色，路燈也即將熄滅。

賀泱雲隨即坐上駕駛座，確認穹蒼繫好安全帶。

車輛發動後，他突然想起來，說：「妳家現在沒辦法住了吧？」

穹蒼的地址跟身分都已經曝光，就算今後不會有人上門潑漆，也難保不會有狂熱粉絲上門堵人。某種時候，粉絲比仇人還可怕。尤其他們社區的管理並不嚴格。

穹蒼斟酌了下，輕聲說：「我會去找一間新房子，麻煩你今天先送我回去。」

賀泱雲說：「要是又有人找上門怎麼辦？白天說不定會有粉絲過來打卡。昨晚妳的照片曝光了，一夜間漲了幾百萬的粉絲。妳一個單身女生，沒什麼自保能力，繼續住在那裡不太好。」

穹蒼沉默片刻，疲憊道：「我先回去整理一下東西，去酒店休息幾天。」

賀泱雲未經思考，脫口而出道：「那妳不如去我那裡好了。」

# 第十章　久違的來電

賀決雲說完就後悔了，他發現自己說得有歧義。

他的意思是，三夭有自己的酒店產業，再不行，還可以幫她申請一個安全的免費住所。畢竟這次的事情是由《凶案解析》引起的，三夭有一定的連帶責任，且有保護玩家的職責。

一名成年男性貿然邀請一位女性來住自己家，怎麼想都覺得有點不懷好意。

賀決雲第一時間去瞄穹蒼的臉色。好在穹蒼並沒有不悅的表情，只是笑了下，反問道：「你覺得我能以什麼名義去你家？」

既然她這樣講，那賀決雲的想法又不一樣了。

所以說人總有鬼使神差的時候，一旦上了賊船，就只能繼續前進。

賀決雲腦子轉了一圈，邏輯清晰又頭頭是道地說：「妳現在個人資訊嚴重洩露，知名度跟爭議度都在攀升，頂在風口浪尖上，想重新找個安全的房子也不太容易。妳不可能買一間新的吧？妳只能租。可是租房還是容易洩露個人資訊。不要低估這世上的偏激人士，他們有千百種方法把妳從角落裡翻出來，妳一個沒什麼戰鬥力的單身女性獨居，真的很不安全。」

穹蒼依舊不置可否地笑了下。

她的睡眠品質很差，無法接受跟別人合住的生活，所以根本沒想住到賀決雲家裡。

只是此刻的她深感疲憊，只想盡快找個安靜的地方休息一下。

三天的遊戲耗費心神，她緊繃了一整天，晚上又被一群奇奇怪怪的人攪得徹夜未眠，現在甚至覺得大腦因使用過度而有點疼痛。

賀決雲繼續道：「我白天要上班，大部分時間不在家，沒人吵妳。客房離我的臥室比較遠，晚上大家同樣可以保持距離。妳可以先住一段時間，等三天把網路上的資訊處理乾淨，再去找自己喜歡的房子。不過妳得打掃家裡，我不接受邋遢的室友。」

賀決雲說完後等了片刻，沒得到穹蒼的回應，他偏頭看了一下，才發現穹蒼正閉著眼睛休息，不知道是不是睡著了。

賀決雲尷尬地扯了扯嘴角，在開過前面的路口後停了一下。

秋天清晨的空氣還是有點發涼，穹蒼只穿了一件單薄的睡衣，兩手抱著自己以保存體溫。

賀決雲脫掉自己的西裝外套，小心地蓋到穹蒼身上。

穹蒼眼皮動了動，想睜開又沒睜開。

又過了大概半個小時，路上的車輛明顯多了起來。賀決雲轉了個彎，放慢速度，準備進入社區。

他的視線落在窗外，看見街邊的早餐店，猶豫要不要繞過去，冷不防聽見一個聲音在耳邊響起。

「你這衣服是哪來的？」

賀泱雲嚇了一跳，轉頭看去，發現穹蒼半闔著眼，抱著他的西裝，在研究他的袖口。還提起來聞了聞味道。

賀泱雲耳朵都紅了，收回視線，遲緩地說：「……三天發的。」

穹蒼感慨：「你們三天的福利真好啊。」

賀泱雲乾巴巴地說：「是啊。」

他直接從主幹道開進社區，一時間忘了自己剛才想做什麼。

穹蒼又問：「那你這臺車呢？借車要錢嗎？這臺車多少錢？」

賀泱雲假裝忙著看路況，「嗯」了幾聲。

穹蒼挑眉：「嗯？」

賀泱雲說：「沒事，免費借的，員工福利。要是參加同學會缺門面，我們還有一條龍服務。」

穹蒼再次感慨：「你們老闆真是好人啊。」

賀泱雲不知道該以什麼樣的心情接受這句讚嘆，總覺得有些微妙。他順著誇了一句：「是的。我們老闆平易近人，虛心務實，尊重公司裡的新鮮血液，也能接受各種稀奇古怪的方案。除了對兒子有點狠以外，幾乎沒有別的缺點。」

穹蒼笑道：「看得出來你很敬仰他。」

賀泱雲打著方向盤，轉進地下車庫，餘光瞥見她的表情，順口問道：「妳看過三天老闆的照片嗎？」

「沒看過。」穹蒼不怎麼感興趣，「大多數的有錢人都不靠長相。」

賀決雲清了清嗓子，意味深長道：「三夭老闆的兒子挺帥的，主要是人也很有魅力。有機會我可以幫妳引薦一下，很少有人不喜歡他。」

穹蒼大為贊同地點頭：「可不是？那可是人間少有的富貴花啊。」

賀決雲：「……」

穹蒼由衷敬佩道：「他真是太有錢了。」

賀決雲：「……」這個膚淺的女人。

賀決雲把車停下，大力拉起手煞車，從她懷裡抽出衣服。

「到了！」

穹蒼：？

Q哥有時候真的很善變，想哄都沒那個機會。

賀決雲住的地方離三夭很近。他喜歡安靜，所以把上下樓層都買了下來。

忽略這個地段的房價，他的住處看起來挺普通的。

採光明亮，裝潢簡潔。桌上和櫃子裡擺著各種三夭的試用電子產品，大型器具占滿了每一個角落，但整體雜而不亂。

穹蒼站在門口，慢吞吞地換了鞋子。

賀決雲走到客廳轉了一圈。他顯然是第一次帶女生回家，內心有些茫然。

他回過頭，看著站在門口乖巧等候安排的穹蒼，這才後知後覺地意識到，自己對邀請一位女士回家，影響到私人生活，竟然沒有絲毫的抵觸。這跟工作沒有關係，簡直不敢想像。

他大概是瘋了。

賀決雲撓了撓頭，最後才慢半拍說道：「妳累了吧？我先去幫妳鋪床。」

他家裡有空著的床鋪，平時如果有朋友或員工來，方便借宿。但是一群大男人可以不講究，穹蒼應該不習慣睡別人睡過的床鋪。

「不用了。」穹蒼靠向沙發，往上面一躺，輕聲道：「我在沙發上睡一下就好，午餐不用吃，晚上就走。你不用管我。」

賀決雲張口欲言，見她真的睏倦，就忍了下去。

他去廚房倒了杯牛奶，路過客廳的時候，下意識偏頭望向沙發的位置。

穹蒼一動也不動地躺著，長髮散落在旁邊。賀決雲傻傻地站了會兒，才發覺有什麼不對，過去把窗簾拉上，不留一絲縫隙。然後躡手躡腳地走去書房，開始工作。

賀決雲第一時間打開三夭論壇，用後臺管理員的身分登入，撰寫公告聲明。

早上七點左右，一則標示紅點的公告在三夭的論壇及官網被置頂。措詞嚴厲，態度分明。

聲明中表示，經三天後臺查證，某家MCN企業，因惡意競爭關係，在網路上投放大量網軍，散播不實資訊。不僅洩露了三天某位正式玩家的個人隱私，還對其名譽進行抹黑。手段骯髒，影響惡劣，如不遏止，會引起業內不良的競爭關係，已引起三天管理人員的高度重視。

今後，三天將斷絕所有與該企業的合作關係，並將其列入黑名單永不撤銷。該公司旗下的簽約藝人，也會降低安全係數，直至解約。

單就這一件事就足以引起行業動盪，三天的強硬手段簡直讓網友拍手稱快，然而他們往下翻了一頁，發現後面居然還有。

聲明的後半段，賀決雲簡要描述了穹蒼半夜被人上門潑油漆的事故。作案人就是因《凶案解析》劇情設置，導致「人設」崩塌的死者家屬。他著重描述了深夜時分，一位獨居女士遭受四人聯合騷擾的淒慘經歷。並表示，副本的劇情安排是經過政府嚴格審核的，勸告公眾不要去找副本參與者的麻煩，否則三天將保留起訴的權力。

聯想到昨晚的肉搜事件，網友第一時間明白那個被騷擾的人是穹蒼，同時也將其餘幾位惡人形象一一代入。早起的朋友看完整篇聲明，用滿腔憤怒開啟新的一天。一邊在下面留言，一邊破口大罵。

『瘋了嗎？難道不知道自己是什麼樣的貨色？都被挖出來了，居然還去找玩家的麻煩？』

『曝光穹蒼家庭住址的決策人也是該死。人家是你的競爭對手嗎？是不是想大力打壓大神給個下馬威，再逼她跟自己簽約？當三天死了嗎？』

『資本無腦多作怪。』

『昨天那個造謠的貼文出來後，跟緊風向陰陽怪氣的網紅，都是什麼人啊？有一個算一個，兄弟們，快點避雷了（圖片）。』

『三天的處理速度好快啊，希望能保障好後續，我的老婆就拜託你們了。』

『不快不行啊，人都進警局了。簡直飛來橫禍，可憐我的女神姐姐。』

『我之前捐的錢能退回來嗎？他們這分明是詐騙。』

賀決雲看了一下留言後，放心地關掉螢幕，伸了個懶腰。

穹蒼原本以為自己是睡不著的，畢竟現在天亮了，各處繁忙的聲音都要出來了，按照以往的經驗，在這樣的環境裡她只能保持清醒。卻沒想到，她精神一陣混沌，很快沉了下去。

她能聽見賀決雲踩在地板上走動的聲音，也能聽見賀決雲敲打鍵盤的俐落撞擊聲，還能聽見賀決雲那種特有音色壓著嗓音的對話聲。

周圍的一切都富有生氣，那種生氣非但沒有刺激到她的神經，反而讓她平靜了下來。

半夢半醒的時候，賀決雲走過來，單手托著她的頭，把她用來枕靠的手抽出來，幫她墊了個小枕頭，又幫她蓋了層薄被。

穹蒼感受到了，只是難以動彈。

等她澈底清醒，已經接近中午十二點。

穹蒼醒來後又躺了會兒，等身體的沉重感褪去一些才坐起身。她把被子疊好，過去拉開窗簾。

刺眼的光線照了進來，室內瞬間明亮。

屋內沒有任何動靜，穹蒼走馬看花地看了一圈，確認賀決雲已經出門。

穹蒼並沒有走進關著門的房間，僅從走道和客廳來看，賀決雲的生活習慣並沒有那些傳說中的單身男性那麼恐怖，他是一個講究的人。

穹蒼在展示櫃前駐足了片刻，上面擺放著不少看似無用，實則珍貴的物品，甚至有三天尚未發售的半成品，以及各種限量紀念品。

穹蒼勾著唇角笑了笑。

她要是隨便拿一個出去，找家公司仿造一下都能賣技術專利了。

Q哥就這麼把她放進來，膽子很大嘛。

先前到的時候，穹蒼沒有仔細查看這套房子的擺設，倒頭就睡。但根據她寥寥幾眼的記憶來判斷，賀決雲應該是把家裡的東西整理了一下，所以通往左側房間的走道上多出不少物品。走道盡頭處的房間，就是他為穹蒼清出的客房。

賀決雲可不是熱情的人，穹蒼以為他不會當真的。

穹蒼覺得有些好笑，她很少接受別人這麼清楚直接的好意，大部分的時候她會主動拒絕。

因為在她的分析中，交情是有來有往的過程，接受的同時意味著付出。成年人的友情是有標價的，甚至是有排斥性的，鮮少會有無血緣又無私的關係。

上一個走進她生活的人是江凌，江凌會對她無所求地付出，是想要從她身上獲取寂寞的慰藉。賀決雲又是因為什麼？

他們又不是家人。

穹蒼回到客廳，站在有些擁擠的空地上，猶豫著應該回去，還是等賀決雲回來打聲招呼。

昨天晚上過於混亂，她身上只有一身睡衣和一支手機而已。

穹蒼彎下腰，發現茶几上貼了一張便條紙，上面寫著賀決雲要出去一趟，如果她醒了，讓她稍等片刻，晚點會帶她回家整理要用的東西。

於是穹蒼又坐了下來，打開電視看起節目。

當穹蒼不停切換各大影音軟體，試圖尋找樂子的時候，她的手機突然響起。

穹蒼隨意一瞥，見是陌生號碼就沒理會。

對方鍥而不捨地等到連線結束，又馬上打了第二次。

在螢幕上第三次顯示出相同的號碼時，穹蒼終於接了起來。

「喂。」

對面沒有聲音。

穹蒼點開手機的擴音器，等了三秒，不見回應，又叫了一聲：「喂。」

對面響起一聲輕微的換氣聲，證明對面是有人的，只是沒有出聲。

穹蒼按動遙控器的手指停下，低下頭，平靜的眸光裡有了些許波動。

『喂。』

一道很簡短，甚至聽不出音色的男聲。

穹蒼有了預感，放下遙控器，將手機拿到耳邊。

「范淮。」她叫出對方的名字，不知道該帶著什麼樣的情緒，「你還活著。」

從范淮失蹤到現在，已經有五個多月的時間了，這是穹蒼第一次接到他的電話，兩人斷掉的聯繫，又在許久後微妙地連接了起來。

穹蒼並沒有覺得驚訝，她參加《凶案解析》時，就知道范淮肯定能看見。如果他還有可以信任的人，大概就是自己了。誰能抵禦在即將淹沒自己的洪流中，那根漂浮稻草的誘惑呢？

穹蒼垂下眼皮，不期然想起賀決雲說過的話。

事實上，她當時並沒有找到范淮，或者說，她並不認為范淮那時多需要自己。她沒有賀決雲那麼敏銳又溫暖的同理心，以致於在她遲緩地意識到這件事之後，才有了遲來的愧疚。

穹蒼本來想問他你還好嗎？但才剛說出兩個字，聲音突然卡頓。

『謝謝妳。』范淮主動道：『但是沒什麼用了。』

穹蒼起身走向陽臺。

范淮的聲音低沉沙啞：『老師，我可以相信妳嗎？』

穹蒼說：「當然。」

『我看過妳的副本，我重新審視了下自己。』范淮緩緩闡述道：『在我出獄之前，我真誠地希望她們已經過上了不需要我的生活。我可以遠遠地看著她們，過她們自己的人生。我無法分辨這究竟是誰的錯誤，事實是我虧欠她們。』

穹蒼閉上眼睛。

范淮：『我也想重新開始……』

穹蒼叫道：「范淮。」

范淮：『但是不行……』

穹蒼聲音加重，叫道：「范淮。」

范淮安靜了一下，穹蒼只能從話筒聽見他沉重的呼吸聲。

穹蒼輕聲說：「回來吧。」

范淮：『妳想讓我原諒他們嗎？』

「你不想原諒誰？」穹蒼說：「如果是某個人，可以。如果是自己……不要這樣。」

范淮再次沉默。

他的沉默表明了他的態度，或者說是倔強。

他很清楚自己在做什麼，他不接受穹蒼的建議了。

穹蒼問：「你在哪裡？」

范淮沒有回答：『三天的內測是從什麼時候開始？』

穹蒼：「哪項內測？」

她剛問出口，就發現自己問了句廢話。

范淮還能關心什麼樣的案件？三天可以製作的內測副本，只有第五位證人的死亡案件了。

穹蒼抿起唇角，讓自己冷靜一點。

范淮說：『內測裡，會有一些凶案現場中真實出現的線索。在正式發布副本時，三天會把跟案情無關的資訊全部刪除。只有進入內測版本，才能知道現場勘查的真實資訊。』

穹蒼：「你知道什麼？」

范淮：『老師，妳能幫我嗎？』

「你想讓我怎麼幫你？」穹蒼說：「我參加不了內測副本。」

『三天跟妳的關係很好，他們會相信妳的。』范淮說：『他們願意破例讓妳參加幾次大型副本，這次說不定也會同意。妳的監察者有足夠的許可權，他很不簡單。』

穹蒼舔了舔嘴唇，從陽臺眺望遠處的淡山。

「我不喜歡利用別人，尤其是相信我的人。」穹蒼不容置疑道：「告訴我，你想知道什麼。」

『我想知道真相。我不相信他們，我只相信妳。他們永遠都在犯錯。』范淮似乎在一個很安靜的地方，導致他的聲音清晰，又顯得有些空蕩蕩的，『安安死了，老師，五個證人也死了。錯過這一次，我就再也沒有機會了。』

穹蒼單手撐著牆，低下頭沉沉吐出一口氣。

范淮等不到她回應，再次開口。

『前三個證人是安安殺的。』

穹蒼眼皮猛跳，她道：「你說什麼？」

『是她殺的，我知道是她殺的。』范淮無波無瀾的語氣掀起一絲風浪，他壓抑地說：『是安安殺的。她說她知道我是冤枉的，她幾次暗示過我，可惜我沒能明白。但是她不可能殺得了那麼多人，還將現場處理得那麼乾淨。她根本沒辦法，也沒有決心。而且在我出獄之前，她的表現都很正常。世界上不會有那麼多巧合的事，她一定是被人利用了。』

穹蒼聽見了自己吞咽口水的聲音，像是脖子被扼住般，感到無比的窒息與噁心。

『她說她想過結束，可是有些事情在開場之後就沒有結束。她死了我才知道，我根本不了解她。』范淮悲涼道：『她不應該面對這樣的事。我已經放棄了，為什麼還要找她？』

將一個無辜的人導上犯罪的道路，並讓她幫助自己清掃證人，這是多麼寒森森的惡意？

穹蒼攥緊手指。

范淮又問：『老師，如果是妳的話會怎麼辦？』

電話裡再次陷入沉默。

不管她的智商有多高，都無法給出范淮想要的答案。

許久後，范淮說：『老師，妳早就猜到了不是嗎？』

穹蒼思緒飄遠，恍惚出神，內心有種強烈的無力感。

凶手會殺死當年那幾位證人，不是為了滅口，就是為了復仇。

如果人不是范淮殺的，那還會有誰？誰會不惜一切為他報仇？

警方說，五名死者，三名凶手。明明是五個有關聯的人，為什麼會有三個凶手？

「李毓佳」說，不幸是會傳染的，說這個答案不會是他們想知道的。其實在她說出這句話的時候，穹蒼腦海裡就有了一個不願意設想的人物。

「不幸」這個詞可能不是她基於自己的人生，對范淮做出的評價，而是她對范安的評價。

她們兩人認識，也許是因為家暴認識，也許是因為過去有關聯的祕密而認識，但那都已經不重要了。

范安難以承受，中途停手，最終精神崩潰，自殺身亡。

「李毓佳」根據從范安那裡得到的資訊，偽造了自己的丈夫——第四名證人的死亡現場。

那麼最後一位證人，到底是誰殺死的？

這大概是范淮接觸真相的唯一機會了。

『老師，我想知道真相……我一輩子都在尋找。安安死了之後我才發現，我從一開始就沒有重新開始的機會，過去是永遠繞不過去的。他在享受這一幕，他只把我當成獵物。』范淮咬牙切齒道：『我不原諒，我誰都不原諒！』

賀決雲回到家的時候，就看見穹蒼一動也不動地坐在餐桌前發呆，那端正的坐姿，跟等著老師發放午餐的幼兒園小朋友一樣。

「小天才。」賀決雲哭笑不得道：「盯著桌子就能變出吃的嗎？」

穹蒼動了下，扭過頭看他，恍惚道：「你回來了啊。」

賀決雲被她一句「你回來了啊」說得有些愣神，提著袋子走去廚房，然後又走出來，說：「我去樓下買了瓦罐煨湯和餛飩。妳不忌口吧？我去煮給妳吃。」

穹蒼腹中空虛，可是感覺不到飢餓，她點頭道：「謝謝。」

賀決雲點火燒水，把雞湯燉熱，又另起一鍋把餛飩丟進去。

他趁著空檔走出來，見穹蒼還維持著原先的姿勢，靠在門邊好笑道：「妳是睡迷糊了嗎？」

穹蒼：「我只是在思考而已。」

「待會兒帶妳回家拿點東西。」賀決雲說：「我家裡東西比較多，大件的可能放不下。妳等我清理一下，再把它們搬過來。」

穹蒼低聲道：「我的東西不多。」

賀決雲：「那正好。」

沸水滾動。

賀決雲端著餛飩走出來，推到穹蒼面前。

清香的雞湯味飄上來，穹蒼的胃部終於有了一點飢餓感。她拿過湯匙，舀著喝了一口。

滾燙的液體從口腔滑入食道，鮮香又清淡的味道瞬間把飢餓感勾了出來。

「怎麼樣？」賀決雲笑道：「這家店的湯煲得不錯吧？」

穹蒼點頭，覺得它的味道有點熟悉。

「挺家常的。」賀決雲笑問道：「妳說『家常』這個味道，是怎麼做到全國統一的？」

穹蒼的湯匙滯在半空。這是家常的味道嗎？和江凌燉出來的味道挺像的。

賀決雲一直在觀察她，見她不在狀態，不是很想說話，沉默下來。

吃過飯後，賀決雲拿上車鑰匙，說帶她回家拿些生活必需品。穹蒼也沒什麼事，乖順地跟在他身後出門。

等賀決雲到了穹蒼家，才知道昨晚這個地方確實發生了慘烈的事故。

整面牆都被亂七八糟的紅色油漆覆蓋，牆上的石灰也被鏟了大半，變得坑坑窪窪。清潔人員清掃了一點，仍舊難掩一片狼藉。

賀決雲盯著門上侮辱性的文字，怒氣在心裡沸騰，覺得早上的處理方法還是便宜了那四個傢伙，應該要重新追溯責任。

穹蒼置若罔聞地走過去，拉開大門。

房間幾乎跟賀決雲上次見到的一樣，他搬著空箱子走進來，問道：「妳要帶什麼？」

穹蒼環視一圈，發現自己沒什麼必須要帶的東西。也就是一些漱洗用品、常換的衣服。

她的生活似乎沒有某種不可缺少的印記，一向很簡單。

賀決雲站在前面等她指示，見她迷茫，揚起眉毛表示困惑。

穹蒼隨手指向廚房，拖著不太靈活的腿往那邊走去。

賀決雲在來之前刻意換了身寬鬆的衣服。他把準備蹲下的穹蒼拉住，示意她往後站，隨後提了提褲管，說：「我來收拾吧，妳的腳不方便。告訴我東西放在哪裡就行了。」

賀決雲蹲到地上，打開櫃門，入目是一排透明盒子。

「怎麼有那麼多飯盒？」賀決雲一個個拿出來，在地上堆了一排。

「都是江淩帶來的。」穹蒼說：「而且這不是飯盒是保鮮盒。」

賀決雲：「……」他就愛拿它當飯盒用，不行嗎？

穹蒼又說：「不過它偶爾也可以拿來當飯盒用。」

賀決雲抬起頭，面部肌肉抽搐說：「謝謝妳遷就我。」

穹蒼聳肩。

賀決雲把一堆保鮮盒放進箱子裡，又把她廚房裡沒用完的油拎了進去。穹蒼簡直要誇獎他一句小貼心。

等廚房裡的東西收拾得差不多，穹蒼領路走到臥室。

女士的臥室是私密場所，賀決雲本來是不想進去的。可是他剛才放下豪言，此時卻步似乎顯得有點遜。

於是他踢了空箱子守在門口，先把穹蒼床上的被子收起，再等她慢慢整理衣服。

穹蒼在裡面收拾，順手遞過來，賀決雲接過後整理裝箱。

穹蒼的衣服挺多的，甚至有不少款式青春的裙子，只是與她一貫的穿衣風格不太相符，賀決雲從沒見她穿過。衣服上有淡淡的香味，導致賀決雲的腦子跟著飄了，手指碰在軟綿布料上的時候，他大腦跟著閃過一幅幅穹蒼穿裙子的畫面。

……什麼東西？

場面安靜到尷尬，賀決雲甚至想唱首歌緩解一下。

好在穹蒼沒讓他接手什麼奇怪的東西，快收尾的時候，請他幫忙去拿一下毛巾和牙刷，然後自己把貼身衣物放好了。

賀決雲從廁所出來，鬆了口氣，快步走向書房，同時欲蓋彌彰地大聲道：「妳的書要帶過去嗎？」

穹蒼跟過來，說：「當然。」

賀決雲從桌角抽出一本包著花綠書衣的厚書本，新奇道：「妳還會包書衣啊？這是妳包的？」這似乎是他小學一年級才幹的事了。

賀決雲翻開書本，在上面看見幾行陌生的字體，又翻回到封面。

整本書很破舊，頁腳蜷縮，書脊近乎脫膠，可見使用的人經常翻動，書衣並沒起到什麼作用。

「范淮的。」賀決雲看見了落腳處的名字，「他寄給妳的作業？」

穹蒼雙手插進口袋，站在窗戶前面，半身沐浴著陽光，心不在焉地「嗯」了一聲。

賀決雲闔上書本，放到一旁，問道：「妳在想什麼？」

穹蒼轉過頭，朝他一笑：「你猜。」

賀決雲把那本書墊到箱子的最底層，說道：「《凶案解析》有一個最新內測的副本，跟范淮有關係，也就是死掉的第五位證人。我可以推薦妳參加，正好內測需要幾名不同類型的玩家。」

穹蒼笑容淡去。

賀決雲自顧自道：「不過參加內測會比較麻煩。在正式公測之前，妳需要絕對保密。進行測試時，妳的心理評估師、監察者，以及執法機構都要在場。而且內測的進度十分緩慢，每一個環節都有可能停頓，以求多方配合。三天會給予一定的報酬，但是不多。」

穹蒼定定地看著他。

賀決雲說：「怎麼？不願意嗎？」

「當然不是。」穹蒼說：「我只是在想，這是你猜到的，還是又是科技的緣分。」

賀決雲站起身，坦誠道：「我家除了廁所，有全方位高畫質監視系統。當然我不是故意要監視妳，只是來不及跟妳說。」

穹蒼說：「我能理解。」畢竟家裡有那麼多貴重物品。

她上前一步，朝賀決雲伸出手：「謝謝。」

賀決雲握住，捏緊手指，認真望著她說道：「我可以不告訴別人，因為我相信妳，同時也對范淮的遭遇深感同情。在他沒有犯錯的情況下，我尊重他想要躲避的心情。但我仍舊覺得，他最好的選擇是回來。起碼在我們之中，沒有任何人想要針對他。」

穹蒼：「這是他自己的選擇。」

賀決雲嚴肅道：「穹蒼，妳可以隱瞞我，但我希望妳不要欺騙我，無論是基於什麼理由。我是真的信任妳。」

穹蒼唇角輕翹：「好。」

穹蒼最多的東西就是書。兩人在書房裡搜羅了一遍就差不多齊全了，賀決雲負責將東西都搬回去。

家裡驟然多了一個人，頓時變得熱鬧。

穹蒼在房間裡整理，賀決雲把堆疊在走道上且不常用的物品，全部搬去車庫。

他沿著電梯上上下下忙碌，來回用了半個小時都沒搞定，就開始後悔。花錢請搬家公司不好嗎？他為什麼要在穹蒼面前表現得那麼淳樸？他什麼時候多了這個人設？

當賀決雲又一次搭乘電梯上去，經過某樓層的時候，聽見有人在喊老大。那熟悉的聲音、熟悉的音調，不用問都知道是誰。

賀泱雲火速衝到樓下，果然看見一位年輕人在他緊閉的門前探頭探腦。

宋紓見到他，抬手招呼道：「老大，原來你在樓上啊？」

賀泱雲不自覺放低了聲音：「你來這裡幹什麼？」

「你今天都沒來上班，只在後臺發了聲明，我就想你需不需要幫助。」宋紓虛情假意地從書包裡抽出一疊文件，「順便送點溫暖給你。」

賀泱雲拉住他，想往電梯裡塞：「這些檔案非得要今天簽？你這麼熱愛工作，需不需要我也送點溫暖給你？」

宋紓努力抗爭，叫道：「你這是欲蓋彌彰，我不相信！我的超級智慧機器人被你移動過了，你要麼想扔了它、要麼想搬家。你說，你是不是背著我找了漂亮姐姐！」

賀泱雲驚嚇，急忙捂住他的嘴往旁邊一扭，將他的慘叫聲全部堵回去：「你想要我在你的墓誌銘上加一句嗎？」

宋紓被推進電梯，不甘道：「不留我吃個飯嗎？我也想和漂亮姐姐一起吃飯啊！」

賀泱雲：「吃你個鬼，整天就想著吃！」

青年咋舌，擺出一副了然的表情道：「老闆你不得了了，真的有漂亮姐姐啊？」

電梯門關上，裡面的人在最後朝他做了個鬼臉。

賀泱雲看著電梯一路下行，走到樓梯間的窗戶往下望。

沒過多久，宋紓從大門走出來，仰起頭，怒氣沖沖地朝他的位置比了個手勢，並甩起背包轉身離開。

賀決雲安心，這才轉身上樓。

他才剛上樓梯，就見穹蒼換好了衣服和鞋子，一臉虔誠地站在門口安靜等候。

賀決雲正面撞上，嚇了一跳，以為她聽見了什麼，可仔細觀察表情又不太對。

「妳幹什麼呢？」

穹蒼拿出手機展示時間，鄭重道：「六點，該吃飯了。」

賀決雲心情複雜地撇嘴。

他正準備側身進去，路過穹蒼身邊時，大腦突然冒出一個令他受寵若驚的想法。賀決雲猛然回過頭，問道：「妳是要請我吃飯啊？」

「當然，需要的。」穹蒼笑道：「畢竟之後還要請你多多關照，何況你這次幫了我那麼多，我也該展示一下我的誠意。」

賀決雲虎軀一震，腳步克制地走進屋裡：「好，我先換身衣服。妳等一下！」

十分鐘後，兩人坐在三天寬敞的休息室裡。

賀決雲單手扶著額頭，滄桑地嘆了口氣。

這件事情充分證明了：穹蒼的誠意不值錢。

他早該知道的，做人不能太痴心妄想。

穹蒼非常滿意。

她本來是想跟賀決雲住在一起，以表示自己跟范淮沒有聯絡的真誠。但是住進來之後，她突然發現，住處離三天那麼近，以後她就要過上人生贏家的免費體驗生活了。值得。

穹蒼把筷子的尾端放在桌上，見對方呆坐不動，心情很好地問道：「怎麼了？是這裡的東西不好吃嗎？」

賀決雲深吸一口氣，違心道：「沒什麼，特別好吃。吃完飯順便過去遞交一個內測的申請。」

「好的。」穹蒼誇獎道：「你真是敬業的人。」

「敬業的人」帶著穹蒼去樓上填寫表格。

參與內測的手續非常繁複，好在很多檔案都已經備份在三天了。賀決雲替她擔保，省去了一部分沒用的流程。一番操作後，工作人員將准許通行的卡片發給他們。

穹蒼接過，流程比她預期得還要順利。

賀決雲指著卡片上的標識道：「五天後正式進行第一批內測，到時候會有別的玩家一起進行。我再重申一遍，在內測結束到公測開始的這段時間裡，妳需要嚴格遵守保密協定，事後也不可以對外發布有引導方向，但並不準確的資訊，否則妳將面臨鉅額的經濟賠償。不要試圖挑釁三天的法務部，他們每天都在期待著集體出道。上一個被他們祭天的人，現在身上還背著一串數不清的負債。」

穹蒼點頭。

賀決雲：「另外，內測耗時偏長，根據副本的難易度來決定，三天到一週都有可能。如果副本長時間沒有進展，三天會在外部給予一些提示，將證據放置到相對簡單的位置。」

穹蒼問：「為什麼會那麼久？」

「因為部分原型人物也會出場。說實話，內測的遊戲體驗並不好。」賀決雲招了招手，示意她跟上，「在內測期間，妳有什麼問題都可以詢問，哪怕是閒聊也沒關係，這樣有助於我們完善角色建模。但問題必須是可公開的內容，敏感詞彙會被我們設定成禁詞。」

穹蒼：「好吧。」

賀決雲又跟她講解了一些關於內測的注意事項，然後就去聯絡方起，讓他再來幫穹蒼做一次心理測驗。

# 第十一章　內測副本

內測一向不對外公開，只在三天內部悄悄進行。

五天後，穹蒼接到手機提醒，與賀決雲步行前往三天。賀決雲帶著她走到對應的房間，自己去了隔壁的機位。

而此時內測的放映室，也聚集了一群工作人員。

謝奇夢跟在一位中年女性身後走進來，與房間裡的幾位工作人員打招呼。

這位女性穿了件白色雪紡襯衫，下身是黑色西裝長褲，不苟言笑，周身帶著股強勢的威嚴，一看就是個不好惹的。她一頭俐落的短髮，面上妝容精緻，乍看之下，只以為是個出色的女強人。可是從她布滿老繭和傷疤的手就可以看出，她是一位實打實從基層拚出來的一線刑警。

何川舟，也是負責偵破這起案件的重案組副組長。

謝奇夢打開面前的螢幕，看了內測人員名單一眼，在掃到一個熟悉名字的時候愣了下，拉住何川舟，張口欲言：「她……」

何川舟打了個手勢，示意他不要說話。

「大家來得真早啊。」

方起邁著大步，笑嘻嘻地走進來。

「早，都辛苦了。」

「好久不見啊。」

「託您的福，我還是第一次參加內測。」

「說實話，參加過一次，你恐怕就不想參加第二次了。」

幾位心理評估師互相認識，笑著寒暄了兩句，隨後走到各自安排到的位置，等待副本開始。

九點左右，第一批內測玩家全部到位，眾人漸漸停下說話的聲音，關注起面前的螢幕。

方起脫下外套，端正坐好，看著黑色背景浮現出一行文字提示，場景逐漸亮起，顯示穹蒼正式登入。

歡迎玩家來到全息模擬遊戲《凶案解析》（內測副本）。案情相關記憶已封鎖，請按照過往經驗自由發揮，配合各人物完善劇情細節。

身分：緝凶者（執法人員）

姓名：穹蒼（QC1361）

玩家評分：97（有一首歌，步步高，一定很適合妳）

與角色契合度：100%（請不要做出違背社會善良風俗的行為）

偵查進度：妳完全不知道凶手是誰。

註：內測副本耗時偏長，如果詢問角色後未能及時得到答案，請耐心等待，或先行勘查其他現場。

〔點此查看副本詳情〕

穹蒼朝前跨了一步，待場景中的霧氣退去後，看清了眼前的畫面。

她正站在一片草地上，雜草由於長期沒有打理，已經長到半公尺到一公尺的高度。枯黃與嫩綠的顏色交雜，擋住了被掩埋在裡面的人影。

周圍的溫度有些冷，涼風吹得穹蒼手臂上起了層雞皮疙瘩。大卡車的鳴笛聲近在耳邊，伴隨著風聲呼嘯令人發躁。

他們是在靠近郊區位的一條馬路旁邊。

「死者，丁陶。」一道低沉的聲音在她耳邊響起。

穹蒼轉過頭，看見賀決雲穿著休閒服，手上舉著一本小冊子，正在念死者的資訊。

兩人視線交會，輕笑著點了點頭。

賀決雲繼續道：「死者丁陶，五十四歲。今天清晨五點半，一位清潔工在附近打掃，發現了他的屍體，並前往附近的便利商店報警。」

賀決雲翻過一頁：「根據法醫初步檢驗，死者的死亡時間是在清晨兩點至三點左右。根據屍斑顯示，這裡是第一案發現場。但是從現場痕跡來看，他被運到這裡時，應該還沒死亡。他身上有十分濃重的酒精味，沒有明顯外傷。隨身攜帶的錢包裡有少量現金，同時手上戴著價值兩百萬元的手錶，以及一枚戒指，都沒有被搶走。部分傷痕需要時間才能顯現，詳細死亡原因要等解剖結果。」

賀決雲又從身側的袋子裡抽出一個證物袋：「口袋裡有一張紙條。上面寫著的是『謊言』。如果沒有它的話，看起來倒像是一場意外。」

穹蒼嗤笑了聲：「熟悉的套路，不過十分莫名其妙。」

穹蒼在屍體旁邊蹲下，戴上手套，轉動著他的臉左右看了一遍。這人身上的酒精味十分濃郁，將泥土的氣息壓了下去。地上有一灘嘔吐物，可見死者生前只吃了一點肉和蔬菜，伴隨大量飲酒。他的側臉正好泡在嘔吐物裡，在浸泡一夜之後，半張臉已經被泡得浮腫，幾乎辨認不出原型。

穹蒼說：「家境條件優渥。穿著完整西裝，可能是去應酬了。查一下他昨天晚上去了哪裡。徹夜未歸，家人不會擔心嗎？」

賀決雲：「他住在靠近市中心的公司附近，有一個正在讀研究所的兒子，不住在家裡。妻子是家庭主婦，說死者經常徹夜不歸，所以沒有起疑。」

賀決雲轉身，朝外一指：「報案人在那裡。」

穹蒼順著望去，那是一個穿著單薄外套，在晨風中顯得有些拘謹的中年男人，手裡拿著清潔的工具，正低頭小聲地跟身邊的人對話。

穹蒼走過去，朝他道：「您好。」

報案人循聲看向她，表現得很緊張。

賀決雲盡責地扮演一名小弟：「洪俊，四十二歲。」

四十二歲？

穹蒼挑了挑眉。

看他蒼白的兩鬢和憔悴的面容，說他比死者丁陶要年長穹蒼都信。

穹蒼說：「少年白嗎？」

洪俊扯起嘴角勉強笑了笑。

賀決雲補充道：「社交恐懼症。」

穹蒼：「……」

她看出來了。

穹蒼勾了勾手指示意，從賀決雲的手中接過筆記本，快速掃過上面的內容，同時說道：「清潔的工作應該很辛苦吧？薪水能夠支撐您的日常開銷嗎？如果有生活上的困難，您可以尋求政府的幫助。」

洪俊沒有說話，只是微不可察地點了點頭。

穹蒼說：「不用緊張。麻煩您再回憶一遍，您是怎麼發現屍體，又是怎麼報警的。」

洪俊喉結滾動，然後開口道：「我清掃路面的時候路過這裡，聞到了一點酒精的味道。我以為是誰吐在了路邊，沿著馬路邊緣一直走，準備離開的時候，就看見了草叢裡的人。我走過去的時候，發現他已經死了。」

穹蒼：「您是上前確認他已經死了才去報警，還是看見他躺在地上，沒有動靜，馬上跑去報警的？」

洪俊說：「我摸了摸他的脖子，他屍體已經涼了。」

穹蒼點頭，又問：「您發現死者的時候，周圍有什麼可疑的痕跡或者行人嗎？」

洪俊搖頭。

穹蒼壓低視線，以方便看清楚他臉上細微的表情。

賀決雲又從口袋裡掏出一本筆記本，翻開後進行記錄，不明白穹蒼為什麼要問得這麼詳細。

穹蒼聲線低緩道：「您認識死者嗎？」

洪俊說：「不認識。」

賀決雲筆下快速記錄。

穹蒼突然問了句不相關的問題：「你們平時工作是用什麼工具聯絡的？」

洪俊抬起頭，表情同樣茫然。

穹蒼笑道：「有手機嗎？現在手機很便宜的。」

洪俊愣了下。

穹蒼看著本子上的筆記說：「我看見您在五點半左右，到附近的那家便利商店報警。為什麼不用自己的手機，而是跑去便利商店呢？」

洪俊沉默下來，用指甲摳著一側的褲縫，盯著自己不太乾淨的鞋尖。

「這個很難回答嗎？」穹蒼笑道：「是不是把手機弄丟了？或者當時太慌張沒想起來？您只要如實闡述就可以了，別的事情不用擔心。」

洪俊的聲音偏小，尤其在周圍的雜音干擾下，顯得氣息不足：「不是。我本來是不想管的，不想惹上麻煩。走到便利商店附近的時候，又覺得這樣不好，就去報警了。」

「原來是這樣。」穹蒼像是信了，繼續問道：「你們平時的工作時間是幾點到幾點啊？」

洪俊抓著手裡的掃把，抿了抿唇角，微微偏過身，隱晦地表現出些許抗拒的情緒。這些都是很簡單，甚至看似與案情無關的問題。洪俊的表現顯然不符合常理，導致賀決雲都不由多看了他幾眼。

賀決雲第一次關注起眼前這位報案人。這人無論是穿著、表現、長相都十分普通，而且氣質是偏向「老實人」、「老好人」那一類，讓人生不出半點懷疑，第一時間將他排除在外。

見他不回答，穹蒼自己回答道：「我記得清潔人員的上班時間並不固定，要看各自的清掃區域和當地情況來做決定。通常馬路附近，會盡量要求在五、六點之前清掃乾淨，一旦路上車輛多了，工作就會變得不安全，對嗎？」

洪俊並不反駁，淺淺吐出一口氣。

穹蒼指向身後不停有車輛通行的公路。

「比如這裡。雖然附近沒有住宅區，但是靠近工業區和交流道，早上就會有很多大車經過。不遠處的路段還有一個駕照考試點。是一段比較熱鬧的路。如果太遲的話，就不太安全了。」

賀決雲順著望過去，用餘光偷瞄著洪俊。後者並沒有出現什麼波動。

穹蒼說：「你能回答我嗎？我說得對或不對，你可以點頭或搖頭。」

洪俊掀起眼皮，露出混濁的雙眼。他配合地，遲緩地點了點頭。

穹蒼的語氣依舊禮貌，不帶任何針對的意味：「您的清潔區域是哪一塊？清掃方向是哪一條？從這裡到便利商店，步行大概要花十五分鐘的時間。您是在五點十五分的時候準備回去休息，路過這裡，還是之前來清掃過一次，但是沒有發現死者？」

洪俊說：「我今天身體不舒服，比較晚起床，剛剛才到這裡。」

穹蒼：「是哪裡不舒服？」

洪俊：「只是累而已。」

穹蒼注視著他，而後點頭：「好，我知道了。」

洪俊換了隻手抓住掃把，問道：「我可以回去了嗎？」

「可以。」穹蒼說：「之後我們可能還會有別的事情請求您配合，請保持聯絡。」

洪俊留下了手機號碼給他們，彎腰提起自己的袋子，推著小車離開。

賀決雲一直望著洪俊的身影。他的背已經挺不直了，腳步也一深一淺的，彷彿壓著無數生活的重擔，看著莫名讓人心酸。

穹蒼推了下他的肩膀，說道：「Q哥，你去查證一下我剛才說的那幾個問題。」

她掰著手指數道：「洪俊平時的工作時間，清掃範圍。再根據附近的監視器畫面，確認他剛才的口供。順便查一下洪俊的個人資料，看看他身邊有什麼家人，經濟情況如何，是否跟死者有聯絡。包括過往的學習情況跟工作情況。順便找他的同事，詢問他平時的情況。但是記得態度隨意一點，不要讓人誤以為他是嫌疑犯，以免對他造成太大的影響。」

她一連說了一串，賀決雲都用筆記下了，問道：「他很可疑嗎？」

「這誰知道？」穹蒼收起筆記本，攤了攤手，「從感覺來講，沒有。但同樣從感覺來講，他應該有刻意隱瞞的地方。到底是什麼，我沒看出來。主要是我不明白，他幾次沉默的用意是什麼。」

賀決雲說：「大概是不善與人交流吧。社恐啊，說話前需要斟酌很久。」

「嗯……」穹蒼沉吟片刻，搖頭道：「我覺得他並不是社交恐懼。」

賀決雲記錄的手停頓了下，說道：「妳不是說妳沒研究過心理學嗎？」

「社交恐懼症，或者社交焦慮障礙，是精神疾病的一種。以恐懼為主，可能會出現緊張、焦慮、迴避、口不擇言等多種表現。」穹蒼轉身，沿著洪俊剛才指出的行走路線踱步而去，清亮的聲音平穩地說道：「洪俊頂多是性格內向，在面對警方詢問的時候有些緊張，但這是普通人的正常反應。他的語言表述十分清晰，回答問題的時候多用肯定句，瞳孔和肌肉沒有出現不正常的顫抖，說明他知道自己在說什麼。我提出一些難以回答的問題，他也沒有出現焦慮或慌亂的情緒，而是在思考後給我回答。拘謹不代表恐懼，他的表情和眼神告訴我，他並不恐懼。」

賀決雲說：「那他是什麼意思？我覺得有些問題，他根本不需要說謊。如果人真的是他殺的，應該早就想好了對應答案，可是他沒有。這又很矛盾。」

穹蒼想了想，道：「可能只是純粹不想和你說話而已。」不願意配合調查。

賀決雲：「……」莫名有種被傷到的感覺是怎麼回事？

賀決雲跟著她走了兩步，才明白過來：「應該是他不想和妳說話才對吧？」

穹蒼轉過身，坦然道：「我們不是一起的嗎？」

「妳……」賀決雲放棄道：「算了。」

兩人沿著這條路走了一遍，不時往死者倒地的方向望去。他們發現，當站上某處石坎的時候，確實和洪俊說的一樣，容易發現丁陶的屍體。

以現在的月份，五點左右的時候，天色還沒大亮，利用手電筒或路燈進行照明，死者被半掩在草地裡的藍色西裝，會變得更加明顯。

至於酒精的味道，他們並沒有聞到，可能是因為酒精已經揮發了大半。

穹蒼想起來，問道：「對了，剛才那些答案，需要多久才會知道？」

「不知道。」賀決雲說：「內測就慢慢等吧。通常檔案完整的話，遊戲時間一天之內。」

穹蒼不太滿意，還是道：「那就先去見一見死者家屬好了。」

放映室內寂靜無聲，大概是因為何川舟的氣勢，幾位工作人員和心理評估師都只是小聲討論。

目前副本才剛開場，許多玩家還處在詢問階段，毫無進展，並沒有需要他們關注的地方。倒是方起這邊看得津津有味，就差來包瓜子配啤酒。

正看到入神處，表情冷峻的何川舟突然開口道：「現在就把洪俊的檔案傳給她。」

眾人皆訝然地抬起頭。

一側的工作人員乖巧地舉手提問：「那個，請問是幾號選手？」

何川舟說：「穹蒼。」

謝奇夢驚了下，說道：「隊長，這不合規矩吧？影響了大家副本的進度。」

何川舟淡淡掃了他一眼，說：「穹蒼有很強的觀察力，尤其是在人物情緒的分析上，我甚至會誤以為她是個經驗豐富的一線人員。對於這種人，所謂的控制副本進度，只是在浪費彼此的時間而已。既然她已經察覺到洪俊的異常，也找到了關鍵的線索，沒必要在時間上為難她。如果是別的玩家，搜索到同樣程度的劇情，我也可以提前把檔案交給他。有意見嗎？」

眾人無話可說，默認了這個提議。《凶案解析》本身就是各憑本事。

「哈哈哈！」方起大笑出聲，帶著與放映室裡截然不同的散漫氣質。他揮著手，朝眾人炫耀道：「穹蒼嘛，我的客戶，大家應該都認識。沒別的優點，就是聰明。也沒別的缺點，就是太聰明！大家關注一下，可以小額贊助或點個讚，互相學習一下。新人的成長需要大家的支援，尤其是這位新人，有點阮囊羞澀。謝謝，謝謝了！」

何川舟瞥向他，不知道他為什麼會有這種與有榮焉的興奮感，卻還是轉頭對謝奇夢說了句：「你幫我關注一下。」

謝奇夢：「……」您是認真的嗎？

賀決雲正準備驅車前往死者家，剛坐上駕駛座，口袋裡的手機就跟觸電似的不停震動。他繫上安全帶，拿出來看了一眼，發現上面的內容居然是洪俊的個人資料。

穹蒼提出的幾個問題，全都用數位編號，清楚地寫了出來。

賀決雲愣住，然後道：「調查結果出來了。」

穹蒼湊過腦袋查看，貼近他，說：「這麼快？看來這屆的基層人員很辛苦。」

賀決雲沉默。

這跟基層的勤奮沒有關係，只跟參數有關係。

他還不知道自己底下那群兔崽子在想什麼，肯定是在赤裸裸地討好穹蒼。他們都被宋紓蠢化了。

無恥。

手機螢幕窄小，穹蒼就算仔細看也只能看清幾張圖片，再靠近就要貼到賀決雲的肩膀。

賀決雲側過螢幕，將上面的內容轉述出來。

「洪俊原本是一名客運司機。已婚，家庭和睦。妻子在生產的時候大出血，因醫療條件限制，未能及時搶救，最後去世了。腹中的胎兒也沒能活下來，他就變成了孤家寡人。」

下方附了一張照片，拍攝於他妻子死亡前不久。

照片中的男人氣質儒雅，對鏡頭露著傻笑，頭髮剃得平整，衣著乾淨簡單，可見是個陽光又講究的人，而且還帶有一點討人喜歡的憨氣。當時他滿頭烏髮，眼中光彩四溢，看著頗為年輕，實在無法想像會在十二年後變成如今這副模樣，簡直判若兩人。

中間差的不只是十二年，恐怕是一段截然不同的人生。

穹蒼盯著照片裡的人看了許久，緩緩道：「所以他難以接受打擊，選擇自暴自棄，放棄工作跟體面的生活，最後為了混口飯吃，去做了清潔人員嗎？他沒有其他的家人了嗎？」

「並不是單純的不幸而已。」賀決雲的表情越發冷峻，目光也陰沉下來，「洪俊的妻子早產，不過離預產期其實也只有半個月左右。兩人在鄉下過年的時候，妻子不慎摔了一跤，洪俊叫了救護車，將妻子送到最近的醫院。但因為車輛在路上耽擱了太久，到醫院的時候，人已經失去意識。最後大人跟小孩都沒救回來。」

賀決雲手指滑動，顯示出下面的內容。

「根據交通大隊的通報，當天丁某開著車，占了雙向車道，擋住救護車的路，導致病人錯過了最佳救援時機。司機一路用喇叭喊話、鳴笛警告，可是丁某都不予理會。最後是跟在救護車後方的一位司機看不順眼，直接撞擊驅趕他，才讓救護車順利通過。」

穹蒼唇角繃成一條直線，拉遠了與賀決雲的距離。

「事後，丁某說自己當時正戴著耳機聽歌，有些分神，沒有聽見後方車輛的喊話，也不知道喇叭是針對自己的，更沒看見後照鏡中的救護車。最後他只是被處以罰款，外加拘留十天。而這個丁某，就是丁陶。」他繼續往下翻閱，拉出另一張圖片，「洪俊曾經報警，說丁陶是故意擋路。丁陶當天損失了一份公司合約，心情不好，所以聽見救護車在後面鳴笛警告的時候，不願避讓，甚至刻意放慢車速，拖延病患急救時間。他說這是丁陶自己說的，可是因為沒有證據，警方也無法立案，最後不了了之。而且惡意阻擋救護車通行，法律原本的處罰力就不夠，頂多只是行政處分而已。」

穹蒼說：「他如果不是聾了，或者有聽力障礙，一個多年的老司機，怎麼能犯下這麼嚴重的錯誤。」

賀決雲同樣這麼認為。

這樣的藉口如此拙劣，所有人都知道丁陶是故意的。可是所有人都對此無能為力。

賀決雲罵道：「人渣。」

穹蒼緩緩轉過頭盯著他。

賀決雲道：「幹嘛？」

穹蒼說：「人渣的本質是人，像這種的，你應該直接罵禽獸。」

賀決雲受教了：「禽獸。」

穹蒼：「畜生。」

場外何川舟低調地點頭附和。

管理員彈出一則警告：『注意三觀，禁止髒話。』

穹蒼跟賀決雲一同無視，不過也沒有再討論罵人的藝術了。

賀決雲把注意力拉回來，分析道：「按照目前的資訊來看，洪俊親眼目睹自己的妻子跟孩子，因為丁陶的私心而痛苦去世，這名罪魁禍首不但沒有承擔起應負的責任，甚至餘生還過得風生水起，沒有絲毫愧疚。他知道之後，心裡必然懷有怨恨，有足夠的殺人動機。此外，他巧合地出現在丁陶的死亡現場，成為凶案的第一發現者，還聲稱自己並不認識死者。但是有過這樣的經歷，他絕不可能忘記丁陶這個人。」

穹蒼閉著眼睛，靠在椅背上，平緩補充道：「但是，他說他不認識死者，也可能只是為了避免麻煩，以免警方懷疑到他的身上，這種下意識反應也很正常。」

賀決雲低頭看了螢幕一眼，繼續道：「按照洪俊往常的工作安排，這一片區域，他會在四點鐘之前清掃乾淨，偏偏今天因為身體不舒服，拖延到了五點十五左右才出現。雖然不確定這段時間的變化與丁陶的死亡有什麼關係，但湊巧就在今天出現意外，似乎不太合理，可能是他在模糊自己發現屍體的時間。丁陶身上有很濃郁的酒味，洪俊刻意將時間往後移，或許是為了確保自己到場時，丁陶已經死亡。」

穹蒼：「也可能真的只是巧合。有些時候，最難相信的就是巧合，但偏偏它可能是真相。」

賀決雲：「洪俊身上明明有手機，為什麼要刻意步行到便利商店再報警？有種欲蓋彌彰的感覺。」

「他可能只說一半的實話。」穹蒼道：「他那麼恨丁陶，不想跟丁陶沾上關係，哪怕看見對方的屍體也無動於衷。可是走了之後又反悔，決定為他報警，沒有多想，進了旁邊的便利商店。」

賀泱雲關閉手機，放到一旁的架子上，問道：「妳的感覺，傾向哪一種可能？」

「我的感覺不重要。」穹蒼說：「總之，洪俊身上有很多疑點。」

賀泱雲問：「要去把洪俊追回來，再做一次口供嗎？」

穹蒼想了想，搖頭道：「等丁陶的屍檢結果和現場足跡分析出來再說吧。連他是怎麼死的都不知道，審問很難有進展。派人暗中看著洪俊，如果他有什麼反常行動，再把他帶回警察局。順便注意一下監視器畫面，有什麼發現請他們及時彙報。」

賀泱雲：「我們還是先去見一下死者家屬吧？」

穹蒼：「可以。」

賀泱雲驅車前往丁陶的家。

丁陶是一位服裝生產商。他有一家大型工廠，在某批發網站上有一家銷量靠前的店鋪，同時經營線下產業，總店開設在市中心附近，主攻廉價市場，生意還算不錯。工廠、店鋪、住宅，這三個位置與死亡地點都有一定的距離，且不在同一個區域，顯然丁陶不是在工作或回家的路上遇害。

目前最讓人百思不解的是，丁陶為什麼要去郊區，最後倒在草地裡？又是誰開車將酩酊大醉的他送過去？什麼時候？

穹蒼和賀決雲抵達的時候，女主人沈穗不在家，據說是聽聞噩耗後六神無主，在一名員警的陪同下，去學校投靠兒子了。她哭到近乎暈厥，現在正在平復，等情緒稍緩後就回家。

穹蒼站在門口，抬手看了時間一眼，臉上再次露出不滿的神情。

平復情緒要多久？從學校到家又要多久？不至於坑他們半天吧？

賀決雲似乎很有經驗，乾脆在樓梯上坐了下來。穹蒼不放棄地思考，是要去學校堵人，還是待在原地等候。

這時，一道輕微的聲音響起，綠光閃爍，門把自動扭轉，大門像被風吹開了一樣，出現一條縫隙。

穹蒼愣在原地，以為是見鬼了。而畫面中突然彈出一個紅色的提示框：

〔注：玩家等待期間，可先行進入屋內搜查。房間內部根據警方初次勘查時的記錄進行還原，請玩家在NPC沈穗回家前結束搜查，搜查期間產生的資料不做保留。倒數計時：二十六分鐘。〕

賀決雲立刻站起來，叫道：「過分了啊！你們未免也——」

穹蒼不解地看過去。

賀決雲舌頭打結，「也」字被生生拖出一道長音，最後強行改口道：「太人性化了。

內測副本的節奏居然不拖沓。」

穹蒼猜不透Q哥這個男人，伸手將門推到底，把屋內客廳的全貌展示出來。反正搜查資料不做保留，穹蒼乾脆不脫鞋，直接踩了進去。賀決雲緊跟在她身後。

客廳裡有很濃重的生活氣息，水果盤的垃圾還擺在茶几上，只是從香蕉皮的顏色來看，似乎是昨天沒有及時清理。

穹蒼只在客廳粗略掃了全貌一眼，就轉身往臥室走去。

丁陶的臥室有一股化妝品混合的香氣，一推門就能聞到。連著臥室的步入式衣帽間裡擺滿了衣服和手提包，桌上和窗臺上幾乎都是女性的化妝品跟各種首飾。推開靠牆的一扇櫃門，裡面更是擺了上百雙高跟鞋。

穹蒼不認識這些品牌，但會這樣保存的東西必然有一定的價值。她笑道：「他們夫妻的感情應該不錯。丁陶做人不怎麼樣，但對妻子足夠大方。」

「對自己也挺大方。他手上的那支錶兩百多萬。」賀決雲讓開位置，把櫃子裡的幾個盒子展示出來，「這幾支錶的價值也都在四十萬以上。最貴的這支限量款不太好買，市價大概百萬左右。他的工廠雖然利潤不錯，但遠不到能讓他肆意揮霍的程度。他應該本身就是個花錢不怎麼節制的人。」

穹蒼心想「還好自己不識貨」，否則聽著都要心梗了。有錢人的享受她不懂。

穹蒼帶著疑惑前往別的房間。在檢查到一樓最角落的一個房間時，照例伸手開門，卻卡住了。

她驚疑道：「這扇門怎麼鎖著？」

賀泱雲彎下腰查看：「門縫底下有灰塵，已經鎖了很長一段時間了。」

「為什麼要把自己家裡的房門鎖住？」穹蒼好奇道：「喂？我叫聲芝麻開門，三天的技術人員能再幫我開一次門嗎？」

賀泱雲好笑道：「怎麼可能？妳以為這個鎖是聲控的？既然鎖了，說明需要觸發其他劇情才能打開，我們再四處看看吧。」

穹蒼還沒開口，那熟悉的解鎖聲再次響起，方才還紋絲不動的木門，自動敞開了一半。

賀泱雲：「……」

小天才？妳為什麼會在我的公司裡開外掛？

穹蒼笑道：「謝謝技術人員。」

# 第十二章　合謀

等穹蒼走進房間後，就知道三天的技術人員，為什麼會輕易地幫她開門了。

這個房間恐怕跟丁陶的死沒什麼直接關係。

房間裡大部分的家具都鋪上了防塵白布，根據白布上堆積的灰塵來看，物品放置在這個地方已經有些年頭。木地板上也蒙著厚厚的灰色落塵，上頭沒有任何腳印的痕跡，證明這一片非常「乾淨」，長期無人涉足。

穹蒼走到最裡面，掀起一塊布，發現下面是一張藍色的兒童床。再旁邊是一個藍色的小木櫃。

這裡的傢俱體積都偏小，應該是丁陶兒子年幼時用過的物品。

靠近門口的位置，擺設變得雜亂，堆積了幾件有些損壞的玩具。看起來像是被改造成了一個雜物間。

賀決雲手指在牆上擦了一下，奇怪道：「一間兒童房為什麼要裝門鎖呢？臥室都不鎖，偏偏要鎖一間許久不用的兒童房。」

「東西太多就不想整理了吧，就像許多人不會經常清理床底一樣。」穹蒼說，「而且，如果家裡經常有小孩來拜訪的話，我恨不得把大門的鎖焊上。」

賀決雲：「……」就是因為這樣，妳的形象才會變得越來越奇怪。

他神情複雜地掃了穹蒼一眼，結果她已經轉身出去。

賀決雲跟著穹蒼沿著手扶梯走上二樓。

陽臺、露天花園、電影放映室。這些房間裡面都沒什麼重要資訊。

在走到一間臥室前的時候，穹蒼腳步再次頓住。

他們面前的就是丁陶兒子的臥室。

青年的臥室整理得很乾淨，被子整整齊齊地平鋪在床上，還能聞見淡淡的洗衣精香氣。

他兒子平時應該是住校，不常回家，房間經過清掃，沒有住人。

穹蒼抬腳走到桌邊，拿起一本本子翻看。上面寫了青年的名字——丁希華。

賀決雲仰頭看著書桌側面的木架，嘀咕了聲：「他房間裡有好多照片。」

穹蒼順著看去。

丁希華是一個長相斯文靦腆的男生。五官沒有侵略性，稍長的瀏海遮著眼睛，髮質軟綿綿的，帶著一點柔和的微黃，整體看起來非常符合學霸的形象，像每個班級裡都會有的那種老好人。

他的照片擺得很齊全，層層疊放在木架上，從內容幾乎可以看出他完整的成長過程。

他國高中都在十三中就讀，大學考入C大，目前在C大讀研究所。在校時是學生會會長，畢業時是學生代表。學過長笛，拿過相關的全國獎項。也學過奧林匹克數學，高中還參加過全國競賽。

每次丁希華獲獎，丁陶都會跟他拍一張合影，手裡舉著獎盃，笑得很開懷。說明丁陶對自己的兒子感到非常驕傲。

在掃過幾張學生時期的照片時，穹蒼心底生起一股輕微的異樣，她眼神飄了下，又很快掠過，最後收回視線。

穹蒼問道：「你們男生的家裡會擺這些照片嗎？」

「不常見吧？」賀決雲遲疑道：「我爸媽會幫我保存在相簿裡，但我的房間，頂多只擺一張全家福。我認識的朋友，也很少會在家裡擺那麼多的照片。不過這應該只是個人喜好？女生的房間裡，不是也會掛很多藝術照嗎？」

「哦。」穹蒼神遊天外，「是嗎？我一張照片都沒有。」

賀決雲：「……」

賀決雲絞盡腦汁地說：「手機裡也有一樣的。」

穹蒼低下頭，拉開面前的抽屜，沒想到裡面居然是個零食格。她用手撥弄了一下，除了洋芋片和小點心，還有幾顆眼熟的柳橙口味硬糖。

場外，幾人都在關注著穹蒼這邊的劇情進展。他們在聽見穹蒼問話後，對原本忽略掉的正常細節，逐漸覺得有些詭異，交頭接耳，小聲討論。

「男生在房間裡擺幾張照片很奇怪嗎？猛男有猛男的愛好，花美男有花美男的愛好。」

「男生也可以自戀吧？這種行為本質叫悶騷罷了。」

「穹蒼應該只是因為自己沒拍過照，隨便問一問吧？」

何川舟穩健有力的聲音，緩慢地從嘴裡吐出，擲地有聲，立刻將討論的聲音壓下去。

「我們要學會在現場勘查中獲得的任何碎片裡，提取有用的資訊，包括跟案件直接相關的證物或痕跡，還有能幫助你完善對死者或其身邊人的人物側寫的線索。雖然側寫沒辦法成為明確性的證據，卻可以協助你對案情進行判斷推理，搞不好會在某個時候成為破案關鍵。」

謝奇夢聞言，緊皺的眉頭彈跳了下，這才開始關注起剛才螢幕中一掃而過的照片。

何川舟繼續道：「丁希華擺出來的所有照片中，幾乎都是獲獎時的榮譽記錄。他並不像外表看起來的那樣與世無爭，也不是像普通人自戀地喜歡自己的容貌。他重視榮譽和名次，有一定的好勝心，是個很受歡迎的人物。完善類似的人物側寫，在對他們錄製口供時，也能有所幫助。」

謝奇夢低語道：「她真的想了這麼多嗎？」

「我怎麼會知道？」何川舟說：「不過一些有天分的人，就算沒想那麼多，潛意識中也會有類似的判斷。」

謝奇夢呢喃：「天分……」

何川舟點頭：「是啊。普通人靠經驗，天才靠天分。刑偵這一行也很不簡單。誰都喜歡有天分又努力的人。但那樣的人，也只占極少數而已。」

方起翹著二郎腿，笑道：「穹蒼在極少數裡，可是還要再更頂尖一點。」

何川舟並未反駁，而是點了點頭：「我看過她參加的副本。光是她的耐心和資訊蒐集能力，就已經超過了很多人。但是很可惜，她的性格不適合在體制內工作，沒有適合領導她的上司。嗯……作為外聘專家倒是不錯，可是我還不知道她的專長到底是什麼。」

方起說：「對於不喜歡的工作，她收費可是很高的。她在A大任教的時候，還可以免費諮詢，現在就沒有那麼好的機會了。」

謝奇夢說：「隊長……」

「噓——等一下。」何川舟抬起手制止了他的話，眼神如同銳利的刀鋒緊緊盯著螢幕，突然說了句：「她為什麼在看櫃子裡的零食？」

方起從穹蒼進行搜查開始，就沒了興趣。聽何川舟開口，才注意到穹蒼的視線，然而等他看過去的時候，穹蒼的目光早已移開。

裡面的人還在漫無目地開櫃搜查。

方起挑眉道：「你確定？」

「我確定。」何川舟肯定地說：「她的視線明顯在抽屜的位置停了一下。我跟無數人打過交道，知道他們的眼神是想看哪裡。」

螢幕側面，彈出了一張放大後的圖片。然而除了各種零食，並沒有什麼奇怪的地方。

方起狐疑。

謝奇夢忍了忍，問道：「何隊長，您是不是太過關注穹蒼了？還有好幾個玩家呢。」

何川舟像是沒聽進去一樣，仍舊一動也不動地盯著穹蒼。過了數秒，才不上心地問了句：「有嗎？幾個玩家都還在審問洪俊，沒什麼特別重要的。你剛剛想說什麼？」

謝奇夢深吸一口氣，挫敗道：「……沒什麼，您繼續。」

副本中，穹蒼跟賀決雲很快搜索完臥室。穹蒼說了句：「走吧，去丁陶的書房看看。」

她漫不經心地路過書桌，動作嫺熟地順走了裡面的橙味硬糖。

這一幕還是被賀決雲看見了，他驚道：「這是證物啊！」

「兩毛錢一顆。」穹蒼拆開包裝，「我先付一塊錢的吧。」

「妳以為這是兩毛錢的事嗎？」賀決雲憤怒道。

何川舟點頭。

沒錯！怎麼可以這麼不正經？

方起語塞，偏頭瞄了何川舟一眼。心想這些人真是太可怕了，他們的洞察力連許多優秀的心理醫師都比不上。

裡頭的賀決雲接著說：「妳知道一顆糖需要多少行程式碼嗎？妳知道三天的頂級工程師有多貴嗎？妳吃掉的是好大一筆經費！」

穹蒼遺憾道：「可是這顆糖果沒有味道啊。就……滑溜溜的。」

賀決雲扶額：「因為沒人會想到，玩家還會吃證物啊！」

穹蒼：「反正數據也要復原，吃顆糖也沒關係吧？如果有毒，說不定還能直接通關？」

賀決雲被她氣笑了：「妳怎麼那麼多歪理？」

這時，系統上跳出一句黑色提示：『Bug已接收，感謝回報。』

穹蒼得到肯定，也豎起拇指，與那位工程師隔空欣慰一笑。

賀決雲瞪眼，感覺自己受到了莫大的傷害。

這群無恥的小兔崽子，何時才能對你們老闆這麼殷勤？年紀輕輕，怎麼能有兩副面孔？

穹蒼已經腳步輕快地走遠，進了丁陶的書房。

此時賀決雲收到了來自同事的訊息。說他們已經陪同沈穗在回來的路上，問二人是否還在原地等待。賀決雲給了個肯定的答覆，並催促他們動作快一點。

等他進書房的時候，穹蒼已經霸占了正中間的旋轉椅，舒舒服服地坐著。可她並沒有打開桌上的電腦，也沒翻找桌上的物品，而是舉著手機在查資料。

賀決雲走過去，自己在書桌上翻了一遍。

穹蒼看他忙裡忙外，掀起眼皮，說道：「別找了，丁陶不太可能會把重要的證據放在明面上。至於電腦，我剛才試了下，芝麻開門也不能讓它解鎖。」

賀泱雲有些無語：「……妳是開外掛開上癮了嗎？」

穹蒼說：「書房裡能找到的線索，無非就是丁陶在公司經營中簽過幾份合約，以證明他在商場上的不光彩吧。」

賀泱雲說：「怎麼？」

穹蒼把手機遞過去：「你看，丁陶為了擴大新的生產線而進行融資，可是在吸引投資後，他並沒有馬上籌建新的工廠，而是把錢套出來。公司發布了幾則公告後，就沒有下文了。」

賀泱雲問：「套去哪裡了？」

「多半是拿去放款賺利息了，公司並沒有記錄相關的帳目。」穹蒼說：「這一部分利息，很可能是進了他私人的腰包。此外，他年報上的呆帳率遠超同行，屢屢消失的應收帳款搞不好去了什麼地方。他的日常開銷很大，應該有一些灰色收入。」

賀泱雲覺得有些荒誕：「他已經算有錢了，公司也有了口碑。老老實實地發展，生意能穩定擴大，這樣管理豈不是自毀前程？」

「見識過更有錢的人，就會更加渴望錢，因為資本世界殘酷又分明，而丁陶不是個容易滿足的人。」穹蒼兩手交叉，手肘撐在扶手上，那姿勢頗有商業大老闆的風範，她說：「利用別人的信任嘗到過甜頭，很容易會把其他人都當作傻子。何況丁陶的公司來自父輩的繼承，多年來又維持得不錯，他的成功太簡單了。」

賀泱雲看著她，有一瞬間忘記誰才是霸道總裁。

他把手機還給她，問道：「按照流程，我們是不是應該排查一下跟丁陶有仇的債務人？」

穹蒼攤手：「但是那個名單的數量可能會很龐大，我的直覺告訴我，多半是在浪費時間。」

以丁陶的做人方式，跟他有仇的，怎麼可能只有一點點？

兩人還沒敲定下一步的調查計畫，三天系統已經彈出提示框提醒他們，說沈穗回來了。

資料立刻回檔，二人重新回到緊鎖的門口。

穹蒼轉過身，看見了一起出現的三人。

丁陶的妻子沈穗，身體虛弱地靠在兒子的身上，鼻子與眼角一片通紅。雖然是素顏，卻有著成熟女子的風韻，看起來楚楚可憐。穿著一身中長裙，以及一雙黑色的高跟鞋。

後方的員警朝他們點點頭算作打招呼。沈穗也沙啞地說了句：「你們好。」

賀泱雲正要回禮，卻發現旁邊的穹蒼直著眼，毫不避諱地在沈穗身上來回掃視，舉止極不禮貌。

賀泱雲用手肘輕輕撞擊穹蒼以作提醒，並趕緊上前，禮貌地對沈穗道：「女士請節哀。我們今天過來，主要是想跟妳確認一些事情。」

沈穗吸了吸鼻子，無視了賀決雲，眼泛淚花地回視穹蒼，問道：「怎麼了？」

穹蒼這才移開視線，回道：「沒什麼。」

沈穗上前打開家門，邀請眾人進去。

就在沈穗出現時，何川舟露出了一個似笑非笑的表情。

方起正在觀察她，沒錯過這微妙的表情變化。他從位子上離開，一步步地靠近，試探打聽道：「妳覺得沈穗這樣的表現有問題嗎？」

何川舟眼珠轉動，不冷不熱地斜睨他，反問道：「你覺得呢？」

方起：「感覺有用嗎？」

何川舟說：「它有一定的參考價值，但你需要找到感覺的來源，否則它很可能會成為你的偏見。」

謝奇夢垂下視角盯著地面，眼睛重重地眨了兩下，臉上是陷入沉思的恍神。

方起捏著下巴，低聲沉吟。

「不同專業的人，有不同的判斷角度和判斷方法。讓我來分析的話……」方起說著，語氣逐漸堅定，兩手抱胸道：「如果三天的建模沒問題，我認為沈穗不如她表現出得那麼傷心。偽裝的情緒和真實的悲傷是不太一樣的，她臉上的肌肉有些僵硬，走向不夠自然。」

何川舟說：「這可能是臉上打了針。」

三天的幾位技術人員，在聽見這話笑了一下，但見其餘幾人的表情都很認真，又忍了下去。

方起說：「她在看見兩個警察的時候，下意識將丁希華的手臂抓在懷裡，還側過了身，迴避二人的視線。這是一種尋求安全感且表示抗拒的動作。賀決雲跟她說話的時候，她第一反應是關注穹蒼那邊。她對別人的態度很敏感。我見過一些極度悲傷的人，他們對外界的資訊接收會變得緩慢，沉浸在自己的情緒中。也幫忙開導過一些死者家屬，他們在面對警察時，第一反應不是抗拒，是希望警方能夠幫忙抓住真凶。普通人都會將警察預設成朋友。」

何川舟點頭。

方起說：「而且她太漂亮了。我是說，一種過於精緻的悲傷，好像在拍戲表演一樣。也不能說這樣不行，但總覺得有點奇怪。」

幾位同行都點了點頭。顯然他們也察覺到了沈穗身上的違和感。

何川舟掃向謝奇夢：「你覺得呢？」

謝奇夢小聲說：「有種說不出來的感覺，還不知道。」

何川舟語氣平靜：「她可是犯了幾個很大的錯誤。」

謝奇夢愣住。

但何川舟並沒有想解釋的意思，只道：「先往下看吧。」

謝奇夢內心滋生出一股淡淡的酸澀，大概是挫敗，然而很快被他按下。他全神貫注地注視著螢幕，較勁似地想在沈穗臉上盯出一個洞。

穹蒼等人走進客廳，在沙發上呈分明的兩派坐下。

穹蒼坐在最靠近沈穗的位置，邊緣處的年輕員警自覺地拿出筆記本，準備記錄重點內容。

穹蒼安慰了他們兩句，開始進入正題。

「妳最後一次見到丁陶是什麼時候？」

「昨天早上。」沈穗回憶說：「他前天其實回家了，只是回來得很晚，那時候我已經睡了。第二天早上他很早就離開，我還沒醒，也不知道他具體是什麼時候走的。」

穹蒼繼續問：「妳知道他昨天是去見誰嗎？」

沈穗搖頭：「不知道。他生意很忙，朋友很多，不會見誰都跟我說，說了我也不懂。」

穹蒼：「他昨天沒有按時回家，有打電話跟妳報備嗎？」

「他經常不按時回家，甚至不回家，從來不會跟我通報。」沈穗苦笑了下，扯過一張新的紙巾，「他有一點大男子主義，做什麼事情都自己決定，不喜歡我管他，何況我也管不了。」

穹蒼起身，拿過擺在桌上的一瓶飲料，示意說：「不介意吧？」

「隨意。」沈穗擦著鼻涕說：「不好意思，沒好好招待。」

穹蒼一邊擰開瓶口，一邊問道：「丁陶昨天穿的是什麼樣的衣服？」

「藍色西裝……」

沈穗說著明顯頓了下，又開始猶豫起來，說：「大概是吧，我也記不太清楚了。」

穹蒼狐疑：「嗯？」

沈穗繼續解釋說：「他走的時候，我迷迷糊糊地睜眼看了一下，所以有點印象。也可能是我記錯了。不過他衣櫃裡的衣服只有那些，平時比較常穿藍色的。」

「哦，我只是想讓妳放鬆一點，隨便問問，妳不要太緊張。人在悲傷的時候，就算出現記憶錯亂也是很正常的事情。」穹蒼說：「警方非常重視這件事，一定會追查個水落石出。」

沈穗捂著胸口道：「太好了，謝謝你們。」

「那我們繼續吧。」穹蒼說：「你們知道丁陶平時有得罪過什麼人嗎？」

沈穗又哭了，啜泣道：「我老公人很好的，朋友也很多，我想不出有什麼人要殺他。」

穹蒼瞥向一直沉默的丁希華，他卻低下頭表示迴避。

穹蒼說：「比如十二年前，丁陶刻意阻擋救護車通行，導致一名孕婦錯失最佳治療時機，最後不幸身亡。孕婦的家人，應該算是丁陶的仇人吧？」

沈穗在聽到一半的時候，額頭的青筋已經開始抽搐，等穹蒼說完，她神情激動，朝前坐了一點，說道：「是不是跟他有關？同仁！我們老陶真的不是故意的！我老公解釋過很多次，他只是當時有點分心。凶手是不是那個人？這是不是打擊報復？同仁，你們得幫幫我老公啊！」

穹蒼說：「我們只是在查丁陶的過往經歷時，查到了這件事情，妳不要激動。」

沈穗嘴唇顫抖，像是驚訝，說道：「需要查到這種地步嗎？」

「當然。」穹蒼說：「我們的目標是查出凶手，自然要從動機入手。妳放心，現在多種機構的資料庫都共用了，在這種資訊發達的年代，人只要做過什麼，都會留下一點痕跡。我們會逐一進行排查的，一定能夠抓到真凶。」

沈穗若有所思地點頭。

賀決雲不動聲色地注意著幾人的表情變化。他本身的共情能力比較強，自然也能感覺到此刻氣氛的詭異。

穹蒼身體前傾，偏向丁希華，說道：「你已經二十五歲了，你對公司應該有所了解吧？」

丁希華搖頭：「我不想繼承家裡的事業，我想走科學研究的道路。」

沈穗拍著他的手說：「我兒子不喜歡做生意。我老公學歷不高，被人嘲笑過，所以也很希望小希能好好讀書。他成績一向很好，老陶不會拿公司的事情煩他。」

穹蒼問：「你覺得你父親是個什麼樣的人？」

沈穗：「他是老陶的兒子，當然仰慕自己的父親！」

穹蒼：「你知道你父親當年阻攔救護車的事情嗎？」

沈穗尖聲道：「他當時還小，怎麼可能會知道！」

穹蒼停了下，冰冷的眼神掃過去。

「他當時還小，但是他現在不小了。他現在是個成年人，有能力獨自回答我的問題，你說呢？」

沈穗這才發現自己的情緒過於激動，在丁希華的安撫下安靜了下來。朝後靠坐，不再出聲。

穹蒼朝賀決雲點頭示意，賀決雲翻出洪俊的照片給丁希華看。

「你見過他嗎？」

丁希華唇角肌肉僵硬了下，同時搖頭。

穹蒼：「有沒有看見他在附近出現過，或者聽你父親提起過類似的人。」

丁希華：「真的沒有。」

穹蒼：「你對公司的財務狀況，一點都不了解？」

丁希華：「我只知道好像還不錯。」

穹蒼又問了幾句話，沒得出什麼有用的線索。二人已經因她剛才的問題產生了戒備。穹蒼乾脆起身告辭，答應有新的進展的話，會再來告訴他們。

三人離開後，上了停在路邊的車。

穹蒼剛關上車門，就說：「派幾個人去丁陶的公司問問，看能不能問出他昨天去了哪裡、見了什麼人，最好是詳細的行蹤。」

賀決雲直接問：「沈穗是有什麼不對的地方嗎？」

另一名員警坐在後排，聞言將腦袋從座位間的空隙伸出來，插話道：「我看她哭得很傷心，眼睛都腫了。隊長，妳怎麼好像對她有所懷疑的樣子？」

穹蒼笑了下，伸手調整上方的後照鏡，讓它照著年輕員警茫然的臉。

「你今天來通知她丁陶死訊的時候，她穿的是什麼衣服？」

「就身上這件衣服啊。」年輕員警說：「她情緒快崩潰了，也沒心情及換，之後我就送她去學校了。」

穹蒼說：「在家裡應該要穿睡衣吧？怎麼會穿那樣的裙子呢？」

「可能是正準備要出門？」年輕員警歪著腦袋，遲疑道：「一件黑色的中長裙，外加一條披風？不行嗎？」

穹蒼還是笑：「要出門的話，應該要化妝吧？她房間裡那麼多化妝品，是個生活過得很精緻的人。」

年輕員警愣了愣。

穹蒼說：「她頭髮綁好了，衣服換好了，應該是要出門，卻沒有化妝，也沒有戴首飾。憔悴、悲傷、素雅、美麗動人。」

年輕員警聽著，也不由開始懷疑：「這……」

穹蒼又問：「你是幾點到的？」

年輕員警回說：「不到六點半。我們在五點半接到報警電話，確認死者身分後，我第一時間從警局出來找死者家屬。」

「六點半，很健康的作息，但恕我直言，大多數人都做不到。」穹蒼的雙眼倒映在後照鏡中，因冷笑而牽動的肌肉變化，讓她的眼神變得更為深邃銳利，「丁陶深夜回來，早上出去的時候她還在睡。這個『早』，應該不會早於六點半吧？那時候天還是黑的。那她的作息到底是怎麼樣的？」

年輕員警立刻會意道：「二位請稍等，我馬上就去問問附近的鄰居，看看有沒有線索，很快回來！」

看完這一幕，何川舟點了點頭，似有似無地朝謝奇夢的方向轉了下身，說：「資訊有很多種解讀方式。不要忘記時間、地點，以及外界因素對它的影響。讀對了，它就是線索。」

謝奇夢沉沉吐出一口氣，將攥緊的手指放鬆，點頭道：「是。」

方起感慨道：「刑警真不是一般人能做的。」

何川舟難得笑了一下，只是她的笑容看起來非常搪塞：「有經驗就會好很多，警察是會成長的，但是罪犯通常不會。其實許多案件都是靠基層排查來解決的，因為很多凶手並沒有那麼強的心理素質，會在過程中留下不少線索，犯下相同的錯誤，甚至喜歡自作聰明。慢慢來，不用急。」

穹蒼二人坐在車裡，青年弓著背走出去，快速跑回樓上，找附近的住民求證。

穹蒼拿出手機對了下時間。現在這個時間，很多人都還在家，或者正準備去上班。

賀決雲一手搭著方向盤，努力回憶了一遍之前所有的細節，說道：「這樣想的話，沈穗的表現的確有點奇怪。她渾身肌肉都很緊繃，眼神閃避，對妳大為戒備。比起難過，更多的是緊張。而且還好幾次打斷她兒子說話，是不是怕丁希華向我們透露出什麼？」

穹蒼跟他聊了幾句，過了十幾分鐘，年輕員警回來了。

青年因為過於心急，明顯是一路衝刺回來的，以致於開口的時候，氣息不不平穩。

青年掏出筆記本，說道：「我問了下附近的居民，剛才幫我開門的是一個保姆，她說她平常五點多就要起床去買菜，然後過一段時間，就會帶小孩出門逛逛。從她往常遇見沈穗的時間來看，沈穗通常在十點左右才會出現，每次出門都會化妝，打扮得很漂亮，很在乎自己的形象。根據她化妝所需的時間來推測，她平時應該是在八、九點起床。對吧？」

穹蒼說：「可能吧。」

青年說：「那她今天會在六點半之前起床，甚至換好衣服，就顯得很反常，彷彿在等著我過去通知她一樣。難道她預料到了丁陶的死亡？」

穹蒼不置可否，問道：「還有嗎？」

「哦，另外，丁希華前幾天回來過，那個保姆說，她昨天傍晚出來散步的時候，還碰巧看見他了。」青年扒著椅背，討好地問：「隊長，妳覺得呢？」

賀決雲側過身，狐疑道：「那他房間怎麼打掃得那麼乾淨？好像沒有人住一樣。是刻意清掃過了嗎？」

穹蒼說：「這兩天也不是節假日，學校通常有課，他怎麼會突然回來呢？」

賀決雲手指不停敲動，鬱悶道：「這一件件事情怎麼都那麼可疑？」

「撲朔迷離比滿頭抓瞎還要好，發現疑點是件好事。」穹蒼淡定道，「找個合理的邏輯將它們連起來，就可以先確立一個調查方向。所以，大膽假設吧。」

車內無人出聲，路邊已經有行人來來往往。

安靜了片刻，後排的年輕員警按捺不住地開始躁動。他像倉鼠一樣把頭伸出來，彰顯自己的存在感。

賀決雲被他那張大臉嚇了一跳，深刻懷疑他是自己手下的某位員工，強行塞進來的分身代表。

「難道說——」年輕員警握拳，在手心用力一捶，因自己腦補出的大型家庭倫理劇，震撼得臉頰泛紅，他大膽猜測道：「丁希華會不會不是丁陶的兒子？這件事被丁陶知道了，丁陶十分生氣，決定將他們二人掃地出門。所以沈穗狠下心，決定殺人滅口！」

員警呲牙做了個抹脖子的動作：「又或者，沈穗出軌，丁陶要與她拚個你死我活。她設計殺死了丁陶，而丁希華因為父親已經死亡，又沒有決心告發母親，只能幫忙掩護。所以在剛才詢問口供的時候，沈穗三番兩次想要阻止丁希華說話，就是生怕他意志力不堅定。我說的對不對？」

穹蒼撓了撓眉毛，有點好笑，問道：「那該怎麼辦呢？」

青年積極舉手道：「我可以申請幫丁希華做個親子鑑定，我現在就去他的學校看看，試試能不能找到鑑定用的毛髮皮屑。」

「別鬧了。」賀決雲哭笑不得道：「丁陶跟丁希華就差共用一張臉了，還需要做親子鑑定嗎？」

青年仔細想了想，又覺得他說的很有道理。

賀決雲說：「而且洪俊也很可疑啊。他也說謊了。他的動機比沈穗可靠多了。」

穹蒼好笑地瞥向後照鏡，想看看年輕人的反應，說：「是啊，洪俊也很可疑啊。」

年輕員警再次陷入困惑中，兩手抵住太陽穴，跟發功似地尋找訊號。

穹蒼見狀，決定先幫眾人安排工作，說：「盡快核實洪俊和沈穗其他口供的真實性。洪俊說他昨天晚上一直待在家裡，當天推遲了一個半小時才出門工作。沈穗說她昨晚在家看電視。要把丁陶的屍體搬到郊區，肯定需要一輛車。一查凶案現場附近的監視器畫面，二查社區昨晚的車輛出入記錄。現在就去找管理員要監視器畫面吧。」

賀泱雲低頭嘆了口氣。

後面的年輕員警突然一拍座椅，高聲道：「隊長，我知道了！」

穹蒼對他追求獵奇的腦迴路充滿了期望：「你不會是想說，沈穗的出軌對象就是洪俊吧。」

年輕員警煞有其事地推理道：「不是，我的猜想是，沈穗想要殺了丁陶，於是主動找到洪俊。兩人動機相同，一拍即合，就決定聯手做案，互相掩護，提供資訊，構成完美犯罪。其實兩個人都是凶手！」

穹蒼心想這個案子跟完美犯罪差得有點遠，這孩子老是跟不上節奏是怎麼回事？

年輕員警還問：「隊長，妳覺得呢？」

「隊長想把一個很重要的任務交給你。」穹蒼說：「你去篩選一下社區的監視器畫面，看看昨天傍晚到凌晨一點之間，沈穗有沒有開車出去。」

年輕員警重重地點頭：「好！」

他精力十足地走下車，站在路口判斷了一下方向，然後大步邁向社區。

賀泱雲鬆了口氣：「他終於走了。」

穹蒼笑道：「那小孩挺可愛的。」

賀決雲身形滯住，緩緩轉過身，揚起眉毛問道：「妳喜歡這種類型的男生？」

穹蒼也緩緩轉過身，滿臉嚴肅道：「賀決雲，你的想法很危險啊。」

賀決雲指著自己：「我？」

「你怎麼會有這樣的想法？」穹蒼斥責說：「他還是個孩子！」

賀決雲：「……」

賀決雲乾笑道：「我以為你們這些高智商的人，真的會比較喜歡傻白……我是說比較單純的男生。」

穹蒼意味深長地看了他一眼，點頭說：「呵呵，也算吧。」

賀決雲敏銳地察覺到有那麼一點不對勁。品味著，看穹蒼的眼神帶上了譴責。你是不是在暗諷我？

穹蒼轉移話題，一身正氣道：「再回案發現場看一下，或者回警局裡查一查資料，順便催一下法醫跟痕跡檢驗人員。走吧。」

賀決雲快速切換狀態，盡責地發車啟程。沒想到車才剛開出五十公尺，口袋裡的手機再次響起。

他的褲子比較緊，不好意思叫穹蒼幫他拿，只能重新停靠在路邊。還沒來得及摸出手機，穹蒼那邊的設備也響了起來。

二人動作一致地低頭查看資訊，沉默地閱覽完裡面的內容，抬頭對視一眼。

「很重要的線索。」賀決雲說：「絕大程度上能確定凶手是誰。」

「我也是。」穹蒼做了個手勢，示意他先說。

賀決雲道：「剛才讓基層的人去丁陶的公司詢問，已經有了發現。丁陶昨天中午出現在工廠視察，當時穿的是一身黑色的西裝。設計師幫他拿了新一季的畫稿，還端了一杯咖啡給他，結果兩人因為衣服布料的問題吵了起來，設計師不小心打翻杯子，把咖啡潑到丁陶的身上，所以丁陶才換上了備用的藍色西裝，就是他遇害時穿的那件衣服。」

穹蒼點頭。

賀決雲說：「另外，根據丁陶的祕書說，丁陶平時辦公不穿藍色西裝，他覺得那種顏色太過豔麗，只有在招待客戶，或者參加晚會時才會換上。」

沈穗在說謊，這不是什麼奇怪的事情，二人心裡都有數。

從沈穗能夠在穹蒼提問後，下意識地回答出丁陶昨天穿的是藍色西裝，說明她昨天必然見過丁陶，且是在中午以後。而當她回答完這個問題，自己也馬上意識到不對，又開始找藉口進行解釋，顯得倉皇又可笑。

她為什麼要極力否認這件事？見過自己的丈夫，是什麼不能讓人知道的祕密嗎？過於欲蓋彌彰了。

穹蒼說：「這些不能作為直接證據，沈穗完全可以反駁。」

「但是能幫我們確認調查方向。不是妳說的嗎？」賀決雲問：「妳那邊呢？」

穹蒼靠在車窗上，單手扶住額頭：「法醫在丁陶的襯衫裡，發現了一顆白色藥丸。確認是安眠藥。另外，他們還在丁陶的嘔吐物中，發現了少量未融化完全的白色碎粒。雖然具體的血液濃度檢測還沒出來，但法醫有足夠的理由認為，丁陶是在深度醉酒後，被人餵食了過量的安眠藥導致死亡。他被送到案發現場時還活著，是在重度昏迷中慢慢停止呼吸。」

賀決雲疑惑道：「安眠藥？」

穹蒼點頭，看著手機螢幕，繼續道：「他們查了洪俊的病歷，確認洪俊有長期失眠的症狀，一直都在服用。最近一次從醫院領取藥物就在三天前。他們建議我馬上申請一張搜索票，去洪俊家裡看看是否還有剩餘的藥片。」

「我幫妳申請吧。不過我不認為安眠藥是洪俊的。」賀決雲知道憑直覺斷案不對，「但他的反應總讓我覺得他不是凶手。」

穹蒼說：「另外，現場初步的足跡鑑定也出來了。地上有一個四十三碼的新鮮腳印，從邊緣的位置一步步走到丁陶的倒地現場，將他放下，然後轉身離開。從鞋底留下的花紋進行比對分析，確認那雙鞋子，是公司統一發放給清潔人員的鞋子。而洪俊的鞋恰好是四十三碼。」

她手上快速按動，編輯訊息，讓技術人員幫忙再做一個腳印的受力點分析，找洪俊做對比實驗，確認那腳印是否來自洪俊。

賀決雲沉默片刻，說：「妳贏了。妳的證據比較正確，巧合點太多了。」

「照這麼看，應該是那個孩子贏了。」穹蒼說：「他兩個都押。」

這種時候，賀決雲竟然覺得她的冷笑話令人有點感動。

……人間慘劇，他竟然要習慣了。

賀決雲搖了搖頭，讓自己清醒。

「別的案子是找不到凶手，這個案子是看誰都像凶手，真有意思。」賀決雲一頓，問道：「妳也覺得，他們兩個人是合謀嗎？」

穹蒼放下手機，抬手擦了把臉，提起精神說：「誰知道呢？把洪俊叫來警局吧，我親自問他。」

賀決雲：「那沈穗呢？」

穹蒼：「先不用。」

——《案件現場直播 02　喋血與伸冤》完——

——敬請期待《案件現場直播 03》——

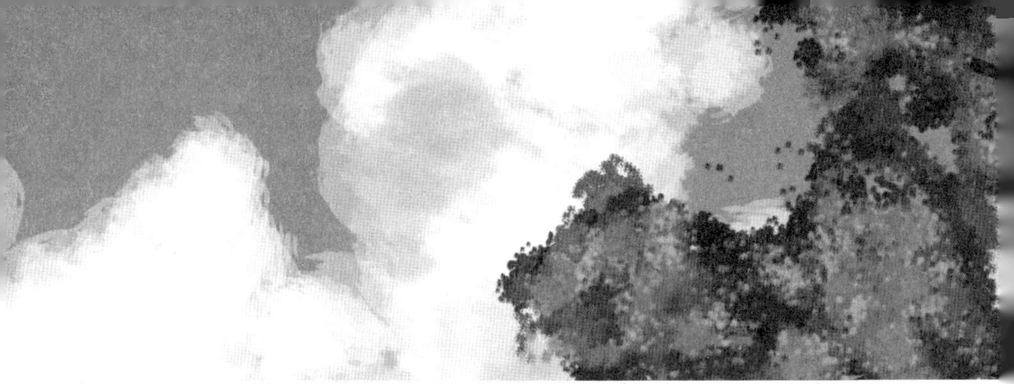

高寶書版集團
gobooks.com.tw

**YS 037**
**案件現場直播 02 喋血與伸冤**

作　　者　退　戈
特約編輯　畦榮安
責任編輯　吳培禎
封面設計　單　宇
內頁排版　賴姵均
企　　劃　何嘉雯

發 行 人　朱凱蕾
出　　版　英屬維京群島商高寶國際有限公司台灣分公司
　　　　　Global Group Holdings, Ltd.
地　　址　台北市內湖區洲子街88號3樓
網　　址　gobooks.com.tw
電　　話　(02) 27992788
電　　郵　readers@gobooks.com.tw（讀者服務部）
傳　　真　出版部(02) 27990909　行銷部 (02) 27993088
郵政劃撥　19394552
戶　　名　英屬維京群島商高寶國際有限公司台灣分公司
發　　行　英屬維京群島商高寶國際有限公司台灣分公司
法律顧問　永然聯合法律事務所
初　　版　2024年08月

本著作物《案件現場直播》由北京晉江原創網絡科技有限公司授權出版。

國家圖書館出版品預行編目(CIP)資料

案件現場直播. 2, 喋血與伸冤/退戈著. -- 初版. --
臺北市：英屬維京群島商高寶國際有限公司臺灣分公司, 2024.08
　冊；　公分. --

ISBN 978-626-402-049-7(平裝)

857.7　　113011419